メディアワークス文庫

甘党男子はあまくない

～おとなりさんとのおかしな関係～

織島かのこ

JN034631

目　次

一．失恋アプリコットタルト

糀谷胡桃《こうじやくるみ》の人生をかけた恋は、愛するひとからの「別れよう」の一言で、いともあっけなく終わった。

周りには内緒の、社内恋愛だった。彼は胡桃よりも二年先輩で、入社以来ずっと片想《かたおも》いしていた胡桃の方から熱烈にアピールして、付き合ってもらった。

片想いは一年、交際していたのは二年余りだ。彼は周囲に関係がバレることを嫌がって、外でデートをすることは、ほとんどなかった。実際、共に過ごした時間はあまりにも少ない。それでも胡桃は満足していたし、会えない時間に彼を思うことも、また楽しかった。

今日は、久しぶりのおうちデートのはずだった。昨夜のうちにトリートメントとパックをして、早起きして髪を綺麗《きれい》にブローして。仕事中に課長に嫌味を言われようが、へっちゃらだった。必死で仕事を終わらせて、なんとか定時で退社して。

彼の部屋を訪れる、その瞬間までは——胡桃は幸せそのものだったのに。

——俺たち、別れよう。勝手なこと言ってごめん。でも、胡桃ならわかってくれるよな。

茫然自失《ぼうぜんじしつ》のまま彼の部屋をあとにして、帰宅するなり、胡桃は着替えもせずにベッドに倒れ込んだ。絶望的な気持ちで枕に顔を埋める。買ったばかりのシフォンワンピースが皺《しわ》くちゃになってしまうかもしれないけど、どうでもいい。どうせ、「可愛《かわい》い」と言ってくれるひとは、もういないのだ。

今日は木曜日だ。指先ひとつも動かせないほどに身体《からだ》が重くて、上手《うま》く呼吸ができなくて苦しいのに、明日も仕事に行かなければならないなんて、信じられない。このまま世界が滅亡してしまえばいいのに、と悪の大魔王のようなことを考えてしまう。

――たとえば明日世界が滅亡するとして、人生最後の日に何をする？

そのとき胡桃の頭をよぎったのは、いつだったかの飲み会で、酒《さけ》の肴《さかな》に投げかけられた質問だった。

当時の胡桃は、「そんな現実離れしたこと言われても」と戸惑い、何も答えることができなかった。同僚たちが「たとえ話じゃん。ノリ悪いなー」と白けていたのをよく覚えている。今の胡桃が同じ質問を投げかけられたら、きっとこう答えるだろう。

（お菓子、作りたい。せっかくなら、フルーツがたっぷり入ったタルトがいい）

恋人に振られたところで、人類が滅亡するわけではない。それでも、まるでこの世の終わりのような絶望の淵《ふち》に突き落とされた、今この瞬間。胡桃はどうしようもなく、お菓子が作りたかった。

「……よし。作るかぁ」

胡桃は勢いよく立ち上がると、ワンピースの上からベージュのエプロンを身につけて、長い髪をヘアゴムでひとつにまとめる。ついさっきまで鉛のようだった身体が、タルトを作ろうと決意した瞬間に自然と動き出した。


お菓子に必要な、基本的な材料は常備している。冷蔵庫からバターと卵を出して、室温に戻しておく。流しの上にある棚を開いてみると、以前購入したアプリコットの缶詰が入っていた。ちょうどいい、これを使うことにしよう。

まずはタルト生地だ。ボウルの中に、きっちりと計量したバターと粉糖、塩をひとつまみ入れて、ホイッパーで混ぜる。ワックスぐらいの硬さになったところで、卵と薄力粉を順番に入れる。ホイッパーをゴムベラに持ち替えると、心を覆う悲しみを吹き飛ばすように、彼への憎しみを込めて、力いっぱい混ぜた。

（いきなり別れたいって、なんなのよ。胡桃みたいな子と結婚したいって言ってたの、嘘《うそ》だったの？　わたし、いつだって嫌な顔ひとつせずに、尽くしてきたのに……）

完成した生地をタルト型に流し込んで寝かせているあいだに、ダマンド――タルトの土台となるアーモンドクリームのことだ――作りに取り掛かる。

バターに砂糖、卵とアーモンドプードルをボウルに入れて混ぜる。ふと思いついて、アールグレイの茶葉を入れてみた。上品な紅茶の風味が、アプリコットにきっと合うはずだ。

寝かせておいたタルト生地の上に、ダマンドを流し込む。アプリコットをぎっしり贅《ぜい》沢《たく》に並べて、予熱しておいたオーブンへ。焼き上がりを想像して、ワクワクと胸が高鳴る。

中途半端に余った卵は明日のお弁当の卵焼きにしよう、と思って、苦笑した。ついさっきまで、世界が滅びればいい、なんて物騒な想像をしていたくせに、もう明日のことを考えている。やっぱりお菓子作りには、自分を前向きにしてくれる不思議な力があるみたいだ。

オーブンから、次第に甘い香りが漂ってくる。胡桃の未練と怨念がこもったタルトは、オレンジ色の光を浴びて、じりじりと焼けていく。胸に残る彼への想いが、ほんの少しだけ溶かされていくような気がする。

オーブンがピーッと音を立てて、タルトの焼き上がりを知らせてくれる。オーブンを開けて中から天板を取り出す、この瞬間が一番好きだ。綺麗に焼き上がったタルトは、まるで我が子のように可愛い。

乾燥防止とツヤ出しのため、杏《あんず》ジャムに水を加えたものを沸騰させて、冷めたタルトに塗る。仕上げに、細かく刻んだピスタチオを飾れば完成だ。

崩れないように慎重に、白いお皿にのせる。こんがりと焼けたタルトの上で、美しく並んだ杏がツヤツヤと輝いている。包丁で一切れだけカットすると、断面にはアールグレイの茶葉がぽつぽつと散らばっていた。我ながら、完璧な出来栄え。

スマートフォンで何枚か写真を撮ったあと、満足げに息をついて——胡桃は我に返った。

時刻は二一時。目の前にはアプリコットタルトがワンホール。胡桃は一人暮らしで、すぐ会える距離に家族や友人はいない。

タルトの賞味期限は、冷蔵庫に入れたとしても、おおむね一日か二日程度。どう考えても、胡桃一人では食べきれないだろう。こんなに美味《おい》しそうにできたタルトを腐らせてしまうのは、あまりにも可哀想《かわいそう》だ。

胡桃は悩んだ。タルトを前に、しばらく頭を抱えたのち、妙案を思いつく。

（そうだ、お隣さんに差し入れしよう！）

胡桃がこのマンションに住み始めてから三年が経《た》つが、隣人との交流はまったくない。しかし先日、エレベーターで一緒になった女性が、自分の隣の部屋に入っていくのを見かけたのだ。

二〇代後半から三〇代半ばほどの綺麗な女性で、近所にあるパティスリーの箱を持っていた。あそこのケーキと焼き菓子は、胡桃も好きだ。甘いものが嫌いでないのなら、アプリコットタルトも食べてくれるかもしれない。

胡桃は皿にのせたタルトを持って、部屋の外に出た。少し緊張しつつも、隣の部屋のインターホンを押す。

ややあって開いた扉の向こうから現れたのは、胡桃と同世代ぐらいの、見知らぬ男性だった。

「……なんだ？」

ボサボサの黒髪で色が白く、上下黒のスウェットを身につけている。ギロリとこちらを見る奥二重の目はやけに鋭く、不機嫌そうに見えた。扉から顔を出した男は、怪訝《けげん》そうに眉を寄せる。

（ど、どうしよう。まさか男のひとが出てくるなんて）

予想外の展開に胡桃は慌てたが、ここまで来たら引っ込みがつかない。意を決した胡桃は、「あの！」と勢いよく皿を突き出した。

「……このアプリコットタルト、作りすぎちゃったんですけど、よかったら食べませんか⁉」

その言葉に、男の視線が皿の上へと移る。男がアプリコットタルトを見た瞬間、覇気のなかった黒い瞳に、光が宿るのがわかった。

「入れ」

扉を開いた男は、こちらに向かって顎をしゃくってみせる。胡桃は「へ」と間抜けな声を出し、キョトンと瞬きをした。

「そ、それはどういう……」

「そろそろ休憩しようと思っていたところだ。定期的に甘いものを食べないと、頭が働かないからな」

「あ、あの……」

「紅茶を淹《い》れよう。フルーツタルトなら、やはりニルギリだな。ちょうど先日、最高の茶葉が手に入ったところだ。タイミングがいいな」

「わ、わたし」

「どうした。中に入らないのか」

戸惑う胡桃をよそに、男は一方的に話し続ける。かなり言葉が足りていないが、どうやら一緒にタルトを食べて紅茶を飲もう、と誘われているらしい。

本来ならば、初対面の男の部屋に一人で上がり込むなんて言語道断だ。胡桃は惚《ほ》れっぽいけれど、そこまで軽い女ではない。

しかし、目の前にいる男に、不思議と下心は感じられなかった。というよりも、胡桃自身に興味がないように見える。その証拠に、彼は胡桃が持っているタルトだけを見つめていた。やけに無邪気に、キラキラと瞳を輝かせている。

（……ま、いいか）

胡桃は開き直った。ちょっと変わっているけど見た目は悪くないし、一緒にお茶を飲むぐらいなら、問題ないかもしれない。彼氏に振られたばかりで、どこか投げやりな気持ちもあった。

「……お邪魔、します」

胡桃はぺこりと頭を下げると、部屋の中に入る。がちゃん、と後ろで扉が閉まる音がした瞬間に、本当によかったのかな、と少し後悔したけれど、もう遅かった。

招き入れられた部屋の中は、隣にある胡桃の部屋とはまったく雰囲気が違っていた。まず、間取りがまったく違う。胡桃の部屋はワンルームだが、角部屋である彼の部屋は1LDKらしい。キッチンも広々としていて羨ましい。

胡桃の目に最初に飛び込んできたのは、ぎっしりと本が並べられた、驚くほど大きな本棚だった。その隣には、立派なデスクとゲーミングチェア。デスクトップのパソコンとキーボード。デスクの上にも、本が何冊も積み上げられている。自宅というより、仕事場という雰囲気だ。

「そこの包丁でタルトを切ってくれ。俺は紅茶を淹れる」

隣人はそう言って、キッチンにある棚からティーセットを出した。アンティーク調の、かなりお洒落《しゃれ》なデザインだ。一人暮らしの男性の部屋には、あまり似つかわしくない。もしかすると、以前見かけた女性が買ったものだろうか。

途端に、胡桃は不安になってきた。勢いでやって来たものの、このひとは既婚者なのかもしれない。既婚者でなくとも、恋人と同棲《どうせい》をしているのかも。余計な揉《も》め事《ごと》に巻き込まれるのはごめんだ。もし妻や恋人がいるようなら、すぐにでもお暇《いとま》しよう。

「あの、つかぬことを伺いますが……一人暮らしなんですか？」

「そうだ」

「以前この部屋に、女性が入っていくのを見かけたんですが」

「あれはただの身内だ」

「身内？　もしかして、ご結婚されてるんですか？　あるいは、恋人とか……」

「違う。俺には配偶者も恋人もいない」

不機嫌そうな声で、即答された。修羅場の心配はなさそうだと、胡桃はひとまず安心する。男はティーポットで紅茶を蒸らしながら、こちらを一瞥《いちべつ》もせずに言った。

「初対面なのに、ずいぶん立ち入ったことを訊《き》くんだな」

咎《とが》めるような口調に、胡桃はややムッとした。「だって」と唇を尖《とが》らせる。

「特定のパートナーがいる男のひとの部屋に、いきなりお邪魔するのは、その……常識的に、まずくないですか?」

男はチラリとこちらに目線をやってから、心底呆《あき》れたような声を出した。

「常識、か」

「……」

「逆に訊くが、配偶者や恋人がいないなら問題がないと思っているのか。一人暮らしの男の部屋にノコノコやってくるなんて、危機感がなさすぎるぞ」

「そ、そういうつもりで誘い入れたんですか!?」

思わず声をあげた胡桃を、男はギロリと鋭く睨《にら》みつける。

「馬鹿げたことを言うな。そんなつもりは微塵《みじん》もない」

考えすぎかもしれないが、暗に「おまえには魅力がない」と言われたような気がする。いずれにせよ、男の言葉に嘘はなさそうだ。いきなり取って食われるようなことはない……と、思いたい。

胡桃がタルトを切り分けると、男は無言でプレートを二枚差し出してくる。ティーセットと揃《そろ》いの、繊細な花柄が描かれたものだった。

「素敵なお皿ですね」

「美味《うま》いものにはそれに見合った食器を用意しないと、本当の意味でそれを味わったとはいえないだろう。美味しさというのは、舌の先で感じるものだけではない。人間が受ける情報の八割は、視覚によるものだからな」

胡桃も食器にこだわりがある方なので、男の言うことは理解できた。そこまで難しいことを考えていたわけではなく、「可愛いお皿の方がSNS映えする」という理由だったけれど。

「見事なアプリコットタルトだ。最大限の敬意を持って迎えよう」

男はそう言って、皿にのったタルトをうっとりと見つめた。変なひとだなあと思ったけれど、自分の作ったものを丁重に扱ってくれるのは嬉《うれ》しい。

顔を上げた男は、胡桃に向かって仏頂面で布巾を差し出す。

「これでテーブルを拭いたあと、タルトを持って行ってくれ。トレイはそこにある」

この男、初対面のわりに人使いが荒い。胡桃が作ったタルトには敬意を払っているようだが、胡桃自身に対してはそうでもないらしい。むくれつつも、おとなしく布巾を受け取った。

テーブルを拭いた胡桃が、ダイニングチェアに座ると、男が紅茶を持ってきた。ソーサーの上にカップをのせると、茶漉《ちゃこ》しを置いてティーポットから紅茶を注ぐ。明るいオレンジ色の液体が、頭上にある照明の光を優しく跳ね返している。

男は自分の分も紅茶を注ぐ。ティーカップとソーサーは、胡桃の前に置かれているのと同じものだ。タルトに向かって、「いただきます」と両手を合わせた。胡桃もそれに倣って手を合わせる。

「……いただきます」

タルトを食べる前に、紅茶をいただくことにする。カップを持ち上げて口元に運ぶと、フルーティーで爽やかな香りが、ふわりと鼻腔《びこう》をくすぐった。上品で癖のない、すっきりとした味わいで、きっとタルトに合うだろう。

胡桃はそれほど紅茶に詳しくないけれど、きっとものすごく高価に違いない。手作りのタルトをいきなり持ってきた隣人に、こんなものを振る舞うなんて、このひとは一体何者なのだろうか。

(……どうしてわたし、彼氏に振られたその日に、知らない男のひとの部屋で、紅茶を飲んでるのかしら)

冷静になってみると、なかなかすごい状況だ。「危機感がなさすぎる」と呆れられるのも、無理はないかもしれない。

目の前にいる見知らぬ男は、フォークでタルトを一口サイズに切り分け、そのまま口に運んだ。仏頂面だった男の表情が、面白いぐらいにわかりやすく綻ぶ。その顔が言葉よりも何よりも、彼の感想を雄弁に伝えてきた。

(わたしが作ったもの食べて、こんな顔してくれるひとがいるんだ)

じわじわと、胸に喜びが押し寄せてくる。

今までだって、家族や恋人に手作りのお菓子を食べてもらったことはある。みんな「美味しい」とは言ってくれたけれど、こんなに幸せそうに食べてくれるひとは、誰もいなかった。

「ダマンドに茶葉が入っているな。アールグレイか」

「わ、正解です。よくわかりますね」

「サクサクホロホロのタルト生地に、ほのかなアールグレイの風味が混ざった濃厚なダマンド、アプリコットの甘酸っぱさが絶妙にマッチしている」

彼はタルトをモグモグと頬張りながら、満足げに何度も頷《うなず》いている。この顔見るためだけにお金払ってもいいかも、と思うぐらいに、彼の食べっぷりは気持ち良かった。彼に食べてもらえたアプリコットタルトは、きっと幸せだろう。

残った分は持ち帰ろうと思っていたのだけれど、彼はワンホールをぺろりと綺麗に平らげてくれた。見ているだけで、こっちが満腹になってしまった。胡桃の皿の上には未《いま》だ、手付かずのタルトが残っている。

「ごちそうさま。ありがとう、美味かった」

まっすぐにこちらを見つめたまま、彼がそう言った。無愛想な顔つきには似合わない、驚くほど優しくて温かい声の響きだった。

（……ごちそうさまって、言われたの……久しぶりだ）

その瞬間に、胡桃の中の何かが決壊して――瞬きと同時に、ぽろり、と水滴が頬を流れ落ちた。

自分でも何が起こったのかわからず、「あれ？」と頬に触れる。目の前の男は、ギョッとしたように目を見開いた。

「ど……どうしたんだ」

「え」

「もしかして、もっと食べたかったのか？　それなら、どうして早く言わないんだ。子どもじゃないんだから、何も泣くことはないだろう」

「泣く……？　わたし、泣いてますか？」

「どこからどう見ても泣いている」

どうやら胡桃は今、見知らぬ男のひとの前で泣いているらしい。二年間付き合った恋人に別れを切り出されたそのときも、涙ひとつ見せなかったくせに。

(だって、だって――〝胡桃ならわかってくれるよな〟って、言われたんだもん)

胡桃はいつだって彼の前で、「物分かりのいい彼女」だった。

もっと会いたい、とか、ちゃんと連絡してよ、とか、わたしのこと周りに紹介してくれないの、とか。たくさんのワガママを飲み込んで、彼の前では常にニコニコ笑っていた。向こうから急に会いたいと言われたら何を差し置いても飛んでいったし、彼がしたいというならいつでも身体を捧《ささ》げたし、彼のためなら何だってしてあげた。

彼のことが好きだったから――いや、嫌われたくなかったからだ。

本当は泣いて縋《すが》って、「別れたくない」と言いたかった。それでも、できなかった。

胡桃は最後の最後まで、彼に失望されたくなかった。物分かりのいいふりをして、「わかった」と笑って――

「……ぅ、うう……っ……」

下を向いた途端に、涙がテーブルの上にポタポタとこぼれ落ちる。男は困ったように眉を下げて、胡桃に向かってティッシュの箱を差し出した。柔らかなティッシュでチーンと洟《はな》をかんだ瞬間、鼻セレブだ、と気付く。

ぐす、と洟を啜《すす》った胡桃は「あの」と切り出した。

「……す、少しだけ……ぐ、愚痴っても、いいですか」

「……仕方ない、聞こう。タルト代だ」

男は頬杖《ほおづえ》をついて、じっと言葉の続きを待っている。それに促されるように、胡桃は話し始めた。

「……わたし、今日、ずっと好きだったひとに、振られたんです。い、いきなり、別れようって、言われて。く、胡桃ならわかってくれるよな、って……」

「……」

「ずっと、身勝手なひとだった。彼が会いたいって言うときだけ会いに行って、部屋でえっちして、で、でも動くのわたしばっかりで、く、口に出されて終わることも」

「ま、待て！　ほぼ初対面で、そういう生々しい事情は聞きたくないぞ」

「……あのひと、わたしが、ご、ごはん作っても、お菓子作っても、いただきますも、ごちそうさまも言ってくれなかった！　あ、ありがとうって最後に言われたの、いつだろう……」

「……聞けば聞くほど、きみの元恋人は碌《ろく》でもない男に思えるんだが。なんで、そんな男と付き合っていたんだ。見る目がなさすぎるだろう」

「そ、そうですよ。ろ、ろくでもないひとだった。わ、わたしが、バカだったんです！」

胡桃は再びティッシュに手を伸ばして、チーンと勢いよく洟をかむ。いい大人がみっともないとわかっているけれど、溢《あふ》れ出《で》る涙は止まらない。

「ほんとに……バカだった……でも、好きだったの……」

男はしばらく黙っていたけれど、やがてゆっくりと口を開いた。

「きみは、男の趣味が悪いな」

「……わたしも、そう思います」

「細かい事情は、わからないが……俺が言えることが、ひとつだけある」

「きみが作ったアプリコットタルトは、死ぬほど美味かった。これを食べ損ねた、きみの元恋人は馬鹿だな」

胡桃は弾《はじ》かれたように顔を上げる。男は怒ったような顔をして、人差し指でテーブルをトントン叩《たた》いていた。

（……もしかして、わたしのこと、慰めようとしてくれてる？）

不器用な男の言葉は、じんわりと胡桃の胸の奥へと染み込んでいく。

このひとは無愛想で態度も悪いけれど、そんなに悪いひとではないのかもしれない。なにより、胡桃の作ったタルトを「美味しい」と言って平らげてくれた彼のことを、胡桃はそれほど嫌いにはなれなかった。

「そういえば」

「は、はい」

「きみの名前を訊いていなかった」

男の言葉に、胡桃は「たしかに、そうですね」と笑う。二人で向かい合ってタルトを食べて紅茶を飲んで、他のひとには言えないような愚痴までこぼしたくせに、未だこのひとの名前すら知らなかったのだ。

「糀谷、胡桃です。……あなたは？」

「佐久間凌《さくまりよう》だ。……ところでそのタルト、食わないなら俺が貰《もら》うぞ」

「ま、待ってください！　食べます！　わたしが作ったんですから！」

胡桃は慌ててタルトにフォークを突き刺すと、ぱくりと頬張った。

甘くて酸っぱいアプリコットタルトは、優しいアーモンドクリームに包まれて、喉から胃の底へと落ちていく。隣人が淹れてくれた紅茶でそれを流し込んだ途端に、なんだか胸のつかえが取れたように、すっきりした。

＊＊＊

恋人に振られてタルトを作った、その翌日。当たり前だけれど、世界は滅亡することなく——また新しい朝がやってきた。

スマホのアラームが鳴る前に目が覚めた胡桃は、ベッドから起き上がって、うーんとその場で伸びをする。どうやらぐっすりと眠れたらしく、やけに頭がすっきりしていた。寝起きが悪い胡桃にしては、珍しいことだ。

キッチンに向かうと、食パンをトースターで焼いて、コーヒーを淹れる。ワンルームの部屋にダイニングテーブルなんて洒落たものはないから、食事をするのはテレビの前にあるローテーブルだ。マーガリンと杏ジャムをトーストに塗ると、昨夜食べたアプリコットタルトの甘酸っぱさが蘇《よみがえ》ってきた。

——ごちそうさま。ありがとう、美味かった。

（まさか、初対面のお隣さんの前で号泣しちゃうなんて。……彼氏の前でも、泣いたことなんてほとんどなかったのに）

二年以上付き合っていた恋人と別れたというのに、胡桃は意外なほど清々《すがすが》しい気分だった。今になってあれこれ思い返してみると、どうしてあんなに好きだったのかわからない。佐久間の言う通り、ろくでもない男だったのだ。

今の胡桃の頭の中は、ロクデナシの元カレよりも、おかしな隣人のことで占められていた。佐久間凌、と名乗った男の顔を思い出す。変なひとだったな、とあらためて思う。

彼は一体何者なのだろうか。紅茶もティーセットも明らかに高価なものだったし、鼻セレブの箱を半分空にした胡桃に対しても、文句を言わなかった。まあ、今後彼と関わることも、ほとんどないだろう。

トーストを平らげた胡桃は、身支度を整えて出勤の準備をする。今日は金曜日、あと一日で週末だ。そう思えば、なんとか頑張れる気がした。

パンプスを履いて玄関から外に出ると、エレベーターに乗る前に、チラリと隣の部屋を確認する。胡桃はこのマンションに丸三年住んでいるが、佐久間と遭遇したことは一度もなかった。在宅で仕事をしている雰囲気もあったし、普通の勤め人ではないのかもしれない。

エレベーターで一階に降りると、柔らかな五月の日差しが降り注いでいた。立ち並ぶ街路樹の緑が爽やかに輝いている。胡桃の住んでいるマンションは、都心からは少し離れているけれど、比較的緑が多い、良いところだ。

白から薄青へと移り変わっていく東の空を見上げながら、胡桃は大きく息を吸い込む。ひやりとした清々しい朝の空気が心地好くて、胡桃は心の底から思った。

(うん。やっぱり滅亡しなくてよかった、世界)

ピンと背筋を伸ばした胡桃は、軽やかな足取りで駅へと歩き出した。


「糀谷さん。悪いけどこの見積書《みつもりしょ》、一三時までに用意してくんない?」

「えっ! もう一二時半ですけど……」

「急遽《きゅうきょ》お客さんとこ行くことになっちゃってさ。無理言って悪いけど、頼むよ」

「……はい。わかりました……」

(……ああ。やっぱ滅亡しないかなぁ、世界)

文句を飲み込んで、取り掛かっていた作業を仕方なく中断する。出社してからおよそ四時間足らずで、胡桃の精神は再び悪の大魔王に侵食されつつあった。

胡桃の仕事は、産業機器メーカーの営業事務だ。主に発注業務や見積り、書類作成や電話対応などを行っている。入社してから四年目だが、いつまで経っても慣れる気がしない。自分の事務処理能力の低さには、うすうす気付いている。

ほんの少しでも手を止めると、次から次へと新たな仕事が舞い込んできて、どんどん手付かずの仕事が積み上がっていく。ひとつひとつはそれほど難しい作業ではないけれど、あれもこれもしなければならない、という焦りが胡桃の動きを鈍らせる。

このままだと、お昼休みを取る余裕もない。せっかくお弁当を作ってきたけれど、仕方ないから夜ごはんにしよう。保冷剤を入れておいてよかった。

必死で見積書を完成させて、先ほどの社員に渡した。おざなりな「ありがとう」とともに、ひったくるように受け取られて、内心ムッとする。

ようやく一息つけるかと思ったところで、容赦なく外線電話が鳴った。目の前の仕事で手一杯だったが、放置するわけにもいかない。渋々出ると、取引先からの電話だった。

「あいにく田山《たやま》は席を外しておりまして……ええ、かしこまりました。折り返し連絡するよう、伝えておきます」

電話を切って、社員のデスクにメモを置いておく。再び自分の仕事に戻ったところで、営業二課の冴島《さえじま》課長から声をかけられた。

「糀谷さん。今日一四時からの会議資料、できてる？」

慌てて顔を上げて、時計を見る。時刻は一三時過ぎ。そろそろ取り掛かろうと思って、つい後回しにしていた。

「す、すみません。今から急いでやります」

「えーっ、まだできてないの⁉　もうちょっと余裕持って仕事してくれないと、困るよ。ちゃんと優先順位考えてる？」

「すみません……」

説教はまだ続きそうだったが、今はそれを聞く時間すら惜しい。未処理ボックスの下の方に埋まっていた書類を発掘していると、冴島は「ほんとに、いつまでも新人気分で……」などとブツクサ文句を言いながら立ち去っていった。

（ああ、早く世界滅びろ！）

冴島の背中に向かって、心の中で呪詛《じゅそ》を吐き捨てたそのとき。隣からすっと白い手が伸びてきて、胡桃のファイルを摑《つか》んだ。弾かれたように顔を上げると、氷のように冷たい黒の瞳がこちらを見据えている。

「な、夏原《なつはら》先輩」

「それ、私がやります」

胡桃からファイルを取り上げたのは、二年先輩の夏原栞《しおり》だった。胡桃と同じ営業部の事務員だ。

胡桃は営業二課、栞は営業一課を担当している。年次は二年しか変わらないが、胡桃より遥《はる》かに優秀で仕事が早く、おまけにかなりの美人である。ただし、すこぶるクールで愛想はない。

「あの、でも、わたしが頼まれた仕事で……」

「私は今、手が空いてるから。糀谷さんは自分の仕事を片付けてください。あなたの手が止まると、周りに迷惑がかかります」

栞は冷たくそう言うと、こちらを一瞥もせずキーボードを鳴らし始める。申し訳ない気持ちはあったが、正直ありがたかった。栞に向かって、胡桃は深々と頭を下げる。

「……はい、わかりました。ありがとうございます。あの、今度お礼します！」

「結構です。いいから、口よりも手を動かして。だから毎日残業することになるんですよ」

栞はぴしゃりとそう言い放つ。厳しい物言いだったが、正論なので言い返す余地はなかった。すごすごとパソコンに向き直ると、溜《た》まっていた仕事を片付け始める。

入社当初の教育係はおおらかで明るく、優しい先輩だったのだが、去年から産休と育休に入り、代わりにやって来たのが栞だった。営業部の事務員は二人だけだし、もっと打ち解けたい気持ちはあるのだが、どうにも彼女はとっつきにくい。昼休みも一人でさっさとどこかに行ってしまうし、営業部の飲み会にもめったに参加しない。

胡桃の三倍ぐらいのスピードで会議資料を作成し終えた栞は、冴島のところにそれを持って行く。

「おお、さすが夏原さんは仕事早いなあ。ほんとに一課が羨ましいよ」

そんな嫌味ったらしい声が聞こえてきて、胡桃はぐっと下唇を嚙《か》み締《し》める。絶対に、わざと胡桃に聞こえるような音量で言ったに違いない。

……営業二課の事務員は、一課に比べて「仕事ができない方」「美人じゃない方」だと、陰で噂《うわさ》されていることを胡桃は知っている。

悔しさを堪《こら》えていると、ぐぅ、と腹の虫が鳴いた。この仕事の積み上がり具合では、お菓子を食べる暇すらない。

(……お菓子、作りたい。バニラとチョコとキャラメル味の、パウンドケーキがいい。フワフワよりもしっとりが強めで、それでいて重たくないやつ……)

そんなことを考えると、ほんの少しだけ気力が湧いてくる。胡桃は必死で自分を奮い立たせ、一心不乱にキーボードを叩いた。

胡桃が仕事を終えた頃には、二一時を回っていた。がらんとしたフロアに一人残って仕事をするのは、なんとも言えず寂しいものがあるが、誰もいないと余計な仕事を頼まれることもないので、それはそれで気が楽だ。

栞は帰り際に「手伝いましょうか」と言ってくれたが、胡桃はそれを固辞した。いつも業務時間中にフォローしてくれているのに、残業にまで付き合わせるわけにはいかない。

スマホを取り出して、いつものように恋人に「仕事終わったよ」とＬＩＮＥを送ろうとしたところで——ハッとする。

（……そういえば。わたし、昨日振られたんだった）

今朝は、ろくでもない男だったとせいせいしていたくせに——今この瞬間は、どうしようもなく寂しくて悲しくなる。めったに会えなくても、お疲れ、と一言返してくれれば満足だったのに。

ひとりぼっちで残業しているとき、恋人がフラッと現れて、「頑張ってるね」とか言って缶コーヒーを差し出してくれる——なんて想像をしたことは、何度もある。あいにく、そんなお仕事ラブコメのような出来事は一度も起こらなかったけれど。妄想しているだけで、幸せだったのだ。

ろくでもない男でも、どうしようもない男でも——この世界でたった一人でも、自分のことを好きでいてくれるひとが存在するのだと思えれば、それでよかった。

涸《か》れ果てたはずの涙が滲《にじ》みそうになるのを、上を向いて堪える。しばらくじっとしていると、ようやく涙を飲み込めた。喉の奥がほんの少し、しょっぱく感じられる。

「……うん。よし。帰ろっと」

デスクの上を片付けて電気を消して、セキュリティシステムをセットしてから、フロアをあとにする。しんと静まり返った薄暗い廊下はやけに冷たく、胡桃は足早にロッカールームへと向かった。

退勤した胡桃は、電車に乗って一目散に帰路についた。とにかく一刻も早く、お菓子が作りたい。幸いにも明日は土曜日だし、多少寝るのが遅くなっても平気だ。自宅マンションに帰り着いて、昼間食べ損ねたお弁当を食べたあと、さっそくパウンドケーキ作りに取り掛かった。

パウンドケーキの材料は全部、自宅に常備している。レシピも記憶しているので、ひたすら無心になりたいときにぴったりだ。

バターと砂糖と卵、生クリームと薄力粉。アーモンドプードルとベーキングパウダー。基本のバニラの他に、チョコレートとキャラメルを用意する。チョコレートのパウンドケーキの中には、チョコチップを入れることにしよう。

ボウルにバターを入れて、ハンドミキサーで白っぽくなるまで混ぜる。ここでバターをフワフワにしておくと、食感が変わるのだ。砂糖を入れて混ぜて、卵を少しずつ入れて混ぜる。ここで分離しないよう、充分に注意が必要。あらかじめふるっておいた粉類を、再びふるいにかけて入れる。ゴムベラでさっくりと混ぜて、パウンドケーキの型に生地を流し込む。一八〇度のオーブンで三〇分焼く。あまり焼きすぎないのも、しっとり仕上げるためのポイントだ。

オーブンの中で焼き上がっていく生地をじっと眺めるのが、お菓子作りにおける幸せな時間のひとつだ。無茶な仕事を押し付けてくる同僚、ネチネチと嫌味な課長、ちっとも打ち解けてくれない冷たい先輩。一方的に別れを告げてきた、身勝手な元カレ。余計なことなんて全部忘れて、今は漂ってくる甘い香りに身を委ねたい。

綺麗に焼き上がったパウンドケーキに、水と砂糖とラム酒で作ったシロップをべたべたに、これでもかというぐらいに塗る。冷める前にラップでぴったりと包む。粗熱が取れてから、いそいそと冷蔵庫にしまいこんだ。食べ頃は翌日だ。

（明日、食べるの楽しみだなあ）

考えるだけで、ウキウキと心が浮き立つ。明日は土曜日。いつもより少し寝坊をして、朝食代わりに食べることにしよう。

その夜の胡桃は、パウンドケーキのことを想いながら幸せな気持ちで眠りについた。

翌朝。九時過ぎに目を覚ました胡桃は、顔を洗うのもそこそこに、キッチンへと向かった。

冷蔵庫の中からラップに包んだパウンドケーキを取り出すと、シロップが固まって白い衣ができている。包丁を出して、慎重にパウンドケーキをカットする。現れたのは気泡がほとんどなく、キメの細かい見事な断面だ。

端っこの部分を手で摑んで、そのままぱくりと口に運ぶ。空腹のせいもあるのだろうが、驚くほどに美味だった。

（パンパカパーン！　おめでとうございます！　大成功、星みっつです！）

そんな効果音とナレーションを脳内でセルフで流して、その場で小躍りする。

焼き上がったパウンドケーキは、バニラ・チョコレート・キャラメルの三種類。どれも一切れずつ食べたが、素晴らしい出来だった。

食べられるだけ食べたら、残りは冷凍してしまおうと思ったのだが、こんなに美味しいものを一人で消化してしまうのは惜しい。できることなら、誰かに食べてもらいたい。あわよくば、褒めてもらいたい。

そのとき胡桃の頭に浮かんだのは、おかしな隣人の顔だった。胡桃の作ったアプリコットタルトを、美味かった、と言ってくれた甘党男。

胡桃は少し悩んだあと、三種類のパウンドケーキを切り分けて、プラスチック容器に詰められるだけ詰め込んだ。

ごく軽くメイクをしたあと、ラフなパーカーとワイドパンツに着替え、パウンドケーキを持って外に出る。今日は迷わず、隣の部屋のインターホンを押した。

ピンポーン、と一度鳴らしても反応はない。どうしようかと思ったが、諦め悪く、もう一度だけ鳴らしてみる。今度はすぐに扉が開いた。

「しつこいな。締切《しめきり》までには仕上げるって言ってるだろ」

顔を出した男は、至極不機嫌そうに、眉間に皺を寄せていた。萎縮した胡桃は、反射的に「す、すみません！」と謝ってしまう。

前回と同じく、ボサボサ頭に黒のスウェット姿の佐久間は、胡桃を見て、驚いたように目を丸くした。

「なんだ、きみか。一体どうしたんだ」

「突然すみません。パウンドケーキ作ったんですけど、よかったら食べ」

「入れ」

食べませんか、と言い終わる前に部屋の中に招き入れられた。胡桃はぺこりと頭を下げて「お邪魔します」とサンダルを脱ぐ。

およそ一日ぶりにやって来た隣人の部屋は、当然のことながら前回とほとんど変わりなかった。リビングの隅、巨大な本棚の前に毛布が丸まっている。明らかに寝起きという風情だし、今までそこで寝ていたのだろうか。

「ごめんなさい。起こしちゃいました？」

「いや。むしろ、起こしてくれて助かった。完全に寝坊していたからな」

キッチンに立った佐久間は、欠伸《あくび》交じりにそう答える。胡桃が手渡したプラスチック容器を開けると、中身をしげしげと確認した。

「三種類あるな」

「バニラとチョコとキャラメルです」

「なるほど。アッサムのミルクティーにしよう。きみも飲むだろう」

「は、はい。いただきます」

「皿の上にケーキをのせてくれ」

差し出されたのは、シンプルだが高級感のある白のケーキ皿だった。胡桃は容器からパウンドケーキを出すと、皿の上にひとつずつのせた。銀色のフォークも添えて、テーブルの上に置く。

紅茶のポットとともにダイニングチェアに腰を下ろした佐久間は、嬉しそうに口元を綻ばせた。

「昨日の夜から、いい匂いがするなと思っていたんだ」

「えっ、そうだったんですか？」

「べつに、昨日に限ったことじゃないがな。深夜に美味そうな焼き菓子の匂いだけを嗅がされるのは、とんでもないテロだ」

「すみません……」

　佐久間の言葉に、胡桃は頬を染めて目を伏せた。ストレス解消と称して深夜にお菓子作りに興じることはあったが、まさか隣の部屋にまで匂いが届いていたとは。あらためて、このひと、わたしの隣で生活してるんだなあ、と思うと、なんとなく落ち着かない気持ちになる。

「今日は目が覚めたら、駅前にある〝ブランシェ〟に焼き菓子を買いに行こうと思っていたぐらいだ」

「ああ、あそこ美味しいですよね」

「どうしても食べたかったから、きみが持ってきてくれてよかった。ありがとう」

　真正面からお礼を言われて、胡桃は「いやあ、えへへ」と照れたように頭を掻《か》く。

「このパウンドケーキ、ものすごく美味しくできたから、絶対誰かに食べてほしくて！　特に今回は、近年稀《まれ》に見る会心の出来栄えと言われた前回を大幅に上回る出来で……」

「ボジョレーヌーボーのキャッチコピーか？」

　熱を込めて語る胡桃に、佐久間は呆れたように肩をすくめる。「いただきます」と手を合わせて、パウンドケーキを口に運んだ。その様子を、胡桃は固唾を呑《の》んで見守る。一口食べた瞬間に、眠そうだった目が大きく見開かれた。

「！　美味い」

やっぱり、彼の反応はわかりやすい。露骨に表情を輝かせた佐久間は、あっというまにバニラのパウンドケーキを平らげてしまった。

「生地がフワフワなのに驚くほどにしっとりしていて、口当たりがなめらかだ。バニラの甘さも絶妙だな。これは、五〇年に一度の出来栄えと言っても過言ではない」

「ボジョレーヌーボーのキャッチコピーですか？」

「チョコレートとキャラメルもいただこう」

佐久間の食べっぷりは、見ていて非常に気持ち良い。存分に褒めてほしい、という当初の目的も達成された。

アッサムのミルクティーとともに、胡桃もパウンドケーキを食べる。彼が淹れてくれる紅茶は、お菓子によく合っていて美味しい。

「……それにしても、これは完全に独学なのか？　専門学校に通ったことは？」

キャラメルのパウンドケーキにフォークを刺しながら、佐久間は唸《うな》る。胡桃が「いいえ」と首を横に振ると、彼は得心のいかないような顔をする。

「そんな馬鹿な。どう考えてもおかしい。それなら、誰に教えてもらったんだ」

「わたしのお菓子作りの先生は父です。実家がお菓子屋さんだったから、小さい頃から教えてもらってて」

胡桃の実家は、ごく小さな町のお菓子屋さんだった。胡桃は幼い頃から厨房《ちゅうぼう》に立つ父を見ており、父は胡桃にお菓子作りのノウハウを叩き込んでくれた。気難しい父とは、今ではまともに会話を交わさないが、あの頃の胡桃は、父と一緒にお菓子を作る時間が好きだった。

懐かしさに目を細めていると、佐久間は「待てよ」と呟《つぶや》く。顎に手を当てて何やら考え込んでいたが、ハッとしたように顔を上げて、尋ねてきた。

「きみの苗字《みょうじ》は、糀谷、といったな」

「はい」

「実家の店の名前は……もしかして〝ko-jiya〟か？」

「そうです！　え、知ってるんですか」

佐久間の言葉に、胡桃は目を丸くする。実家である〝ko-jiya〟はごく小さな店だったし、都心からもかなり離れている。焼き菓子を中心に細々と営業しており、近所の常連さんがぽつぽつと買いに来る程度の規模だった。知る人ぞ知る、というレベルですらなかったはずだが。

「俺が一番好きな焼き菓子店だ。ここからはアクセスが悪いから、最近は行けていないが……」

「そうなんですか！　ありがとうございます」

「特に、あそこのフィナンシェは絶品だった。久しぶりに食べたいな」

「……すみません。実は、二年前にお店は閉めちゃったんです」

持病の腰痛が悪化した父は、厨房に長時間立っていることが難しくなり、泣く泣く店を閉めたのだ。小さな店だったが、常連たちが口々に「残念だ」と言っていたのをよく覚えている。

胡桃の言葉に、佐久間は打ちひしがれたように項垂《うなだ》れた。「そうか」と呟く声が、驚くほど暗い。

「残念だな……しかし、きみの作ったものが〝ko-jiya〟の直伝なら納得だ。あの焼き菓子のDNAが消えていないならよかった」

佐久間はティーカップを持ち上げ、一人でうんうんと頷いている。

「きみは、店を継がないのか」

「え⁉　と、とんでもない……わ、わたしの腕前なんて、プロのパティシエには到底及びませんから。ただのOLですし」

佐久間の問いに、胡桃はぶんぶんと勢いよくかぶりを振る。お菓子作りで生計を立てられるほど、自分に才能があるとは思えない。せいぜい趣味の範疇《はんちゅう》で、ストレス解消としてお菓子を作るぐらいが自分には合っているのだ。

「そうか？　俺はきみの作るものが好きだが」

佐久間は残念そうに言った。好き、という言葉に、どきりと心臓が跳ねる。こんなにもまっすぐに好意を口にされるのは、ずいぶんと久しぶりのことだ。たとえその対象が、自分の作ったお菓子だとしても。

（……わたし。このひとにお菓子食べてもらうの、好きだな）

自分が作ったものに惜しみない賞賛を与えてくれるのは、嬉しいものだ。美味しい美味しいとパウンドケーキを頬張る彼を見ていると、恋人を失った悲しみなんてどうでもよくなってしまう。

（わたしのことを好きだと言ってくれるひとは、もういないけど……わたしの作ったものを、好きだって言ってくれるひとはいる）

ただそれだけのことで、自分の存在が認められたような気がする。ここにいてもいいんだよ、って、言ってもらえるような。

胡桃はミルクティーを飲んだあと、カップをソーサーに戻し、「あの」と口を開いた。

「よかったらまた、わたしが作ったお菓子食べてくれませんか」

「え？」

「わたしのストレス解消方法、お菓子作りなんです。でも、一人じゃとても食べきれないし、差し入れするにも限界があるし……佐久間さんに食べてもらえると、助かるんですが」

「それはいいな。こちらも願ったり叶《かな》ったりだ」

佐久間は満足げに頷くと、ぱくりとパウンドケーキを食べる。恍惚《こうこつ》の表情で目を細めて、しみじみと噛み締めるように言った。

「こんなに美味いものが作れるなら、人間のストレスエネルギーも馬鹿にできないな。愚痴ぐらいは聞いてやるから、せいぜいストレスを溜め込んでくれ」

「……ちょっと！　他に言い方ないんですか！」

デリカシーの欠片《かけら》もない男の物言いに、胡桃はむくれる。佐久間は悪びれた様子もなく、「持ちつ持たれつ、ということだろう」と涼しい顔をしている。

かくして変わり者のお隣さんとの、決して甘くはない、おかしな関係が始まったのだった。

二.おでかけバターサンド

「……それで、指示通りに書類作成したら、数字が違うって言われて！　そもそも渡された資料が間違ってたのに、わたしがミスしたみたいな雰囲気になっちゃって、それでわたしが怒られるの、意味がわからないです！」

胡桃はぶんぶんと拳を振り回しながら、目の前の男に苛立《いらだ》ちをぶつける。

頬杖をついた男は、興味なさそうに「ふーん」と答えた。きっと胡桃の愚痴など右から左で、目の前のシュークリームが気になって仕方ないのだろう。

おかしな隣人――佐久間凌との出逢《であ》いから、はや一週間が経った。

恋人に振られた傷も未だ癒えず、会社では相変わらず積み上がる仕事に追われてばかりで、胡桃は日々ストレスを溜め込んでいた。

お菓子を作りたくてウズウズしていたのだが、今週は月末で多忙だったこともあり、毎日終電ギリギリで帰宅していた。平日深夜にお菓子作りをする気力はさすがになく、土曜日である今日、胡桃はようやく鬱憤を晴らすことができたのである。

本日のお菓子はシュークリームだ。シュー生地を作るために、牛乳とバターと薄力粉を火にかけて、ひとまとまりにしたあと、卵を少しずつ入れて馴染《なじ》ませる。この工程に、結構力がいるのだ。ストレス発散にはもってこいだが、腕が痛くなってしまった。

コロンとした丸っこいシュー皮の中に、グランマニエという洋酒を入れたカスタードクリームを、たっぷり詰め込む。上からお化粧のように粉糖をふりかけたら完成だ。生地も綺麗に膨らんで、なかなか上手にできたと思う。

シュークリームを完成させた胡桃は、約束通り隣人の元へ差し入れにやって来た。今までは一人で食べきれなかったため、日持ちしないお菓子を作ることに抵抗があったけれど、佐久間がいるならその心配もない。

佐久間は仏頂面の奥に、隠しきれない喜びを滲ませながら、胡桃を迎え入れてくれた。先日と同じように紅茶を用意して、「いただきます」と手を合わせた佐久間に、胡桃はひとつ条件を出したのだ。

「食べる前に、わたしの愚痴聞いてもらっていいですか⁉　シュークリーム代です！」

佐久間はあからさまにげんなりした表情を浮かべたが、渋々了承してくれた。そして胡桃は思う存分、鬱憤を隣人にぶちまけたのである。

「……残業してフラフラになって帰ってきたら、元カレのインスタが更新されてて、なんかスポーツバーでサッカー観戦したーとか書いてあるんですよ！」

「はあ」

「わたしは日付が変わるギリギリまで残業してるのに！ おへその出た服着た、知らない女のひとたちと一緒に写ってるの！ 信じられない！」

「へえ」

「それで、わたしが投稿したお菓子の写真には〝いいね〟とかしてくるし！ もう、どういうつもりなんだろ！ こっちは全然良くないんですけど！」

「おい。その話、まだ続くのか。そろそろ食べたいんだが」

「……いえ。以上です。ご清聴ありがとうございました」

たっぷり一五分ほど捲《まく》し立《た》てて、胡桃はようやく愚痴を締《し》め括《くく》った。

ようやく食べられる、とばかりにシュークリームを口に運んだ佐久間は、目を閉じて
「カスタードクリームの中に、グランマニエが入っているな。甘さの中にある爽やかなオレンジの風味が素晴らしい」

「うむ」と頷いた。

「……ねえ佐久間さん。わたしの話、聞いてました？」

胡桃はティーカップをソーサーに置くと、佐久間をじとりと睨みつけた。彼は真顔のまま「では、言わせてもらうが」と口を開く。

「きみは、別れた男とまだ繋《つな》がっているのか。さっさと縁を切った方が、精神衛生上いいんじゃないのか。昔の恋人のSNSを覗《のぞ》き見ても、得るものなんてひとつもないだろ

「うに」

「うっ」

元カレへの未練を見抜かれて、胡桃は言葉に詰まった。

話は聞いてくれていたようだが、正論で返されるのも気に食わない。そもそも助言や同意を求めていたわけではなく、ただ黙って愚痴を聞いてほしかっただけなのだ。

胡桃は、ふぅ、と息をついて、カラカラになった喉を紅茶で潤す。口に入れた瞬間に、どこかマスカットにも近いような、華やかな香りがした。コクは強いが甘みは強すぎず、濃厚なカスタードクリームにもきっと合うだろう。贅沢な味わいに、トゲトゲしていた気持ちが、ほんの少し丸くなるような気がした。

「……この紅茶、美味しいですね」

「ダージリンのセカンドフラッシュだ。ピークの時期には少し早いが、充分芳醇《ほうじゅん》な味わいがある。きみの作ったシュークリームにぴったりだろう」

佐久間は器用な手つきでシュー皮を切り、クリームを掬《すく》ってのせる。シュークリームはお菓子の中でもトップクラスに食べるのが難しいと思うが、彼の食べ方はすこぶる美しい。

「きみも食べたらどうだ」

「……食べますよ。わたしが作ったんですから」

佐久間はフォークを用意してくれたが、胡桃は彼のように綺麗に食べられる自信がない。少しお行儀が悪いかもしれないが、手摑みでいかせてもらおう。

シュークリームを両手で持つと、ぱくりと思い切り頰張った。中からむにゅっと甘いクリームが飛び出してくる。シュー皮はほどよくサクサクで、とろりとしたクリームとのハーモニーが抜群だ。バニラの香りが口いっぱいに広がって、胡桃は幸せを嚙み締めた。

お菓子を作るのは楽しいし、食べるのは美味しい。我ながら素晴らしい趣味だな、としみじみ思う。

「どうだ。とてつもなく美味いだろう」

作ったのは胡桃なのに、得意げにそんなことを言うものだから、思わず笑ってしまった。先ほどまで腹の中で滾《たぎ》っていた怒りややるせなさが、しゅわしゅわと気化していくのがわかる。

（……やっぱり、変なひと）

ちっとも優しくない、甘くないこの男の前では、何故《なぜ》だか不思議と肩の力が抜けるのだ。どちらかというと感情を内側に溜め込みがちな胡桃には、こんな風に思う存分愚痴をぶつけられるひとなんて、今まで周りにいなかった。

「……ありがとうございます。愚痴、聞いてもらっちゃって」

「いや。シュークリーム代だと思えば安いものだ」

胡桃が頭を下げると、佐久間はそう言って首を横に振った。

「ただ、仕事の愚痴はよくわからないな。俺は会社勤めをしたことがない」

「そういえば、佐久間さんのお仕事って……」

佐久間がどういう仕事をしているのか、きちんと聞いていなかった。胡桃にとって彼は、謎多き隣人なのだ。胡桃が知っている情報といえば、「甘いものが大好き」「配偶者や恋人はいない」ぐらいである。

まず、部屋から外出している気配がほとんどない。スーツを着て会社に出勤するような職種ではなさそうだ。買い物ぐらいは行っているのだろうが、部屋の外ですれ違ったことは一度もない。夜遅くまで部屋の電気が点《つ》いていることが多いが、午前中は基本的にカーテンが閉まっている。おそらく典型的な夜型で、胡桃とは生活リズムがまったく違うのだろう。いつもボサボサ頭にスウェット姿で、眠そうな顔をしている。

「あ、もしかするとデザイナーさんとか？　クリエイター的な」

「……まあ。クリエイターといえば、そうだな」

「ここでお仕事されてるんですか？　難しそうな本がいっぱいありますけど……」

胡桃はあらためて、佐久間の部屋をぐるりと見回す。本棚にぎっしりと並んだ書物を見ていると、佐久間はやや気まずそうに「あまり見るな」と頬を掻いた。

いかがわしい本があるようには見えないけれど、見えないところにこっそり隠してあるのかもしれない。胡桃は慌てて本棚から目を逸《そ》らした。

「……す、すみません。佐久間さんだって男性ですもんね」

「はあ？」

「そりゃあ、見られたくないもののひとつやふたつ……」

「……きみは、妙な勘違いをしていないか？　俺はただ」

佐久間が何かを言いかけたそのとき、ピンポーン、という音が鳴り響いた。

マンションの階下にあるインターホンではなく、部屋の扉のそばにあるインターホンの音だ。佐久間は微動だにせず、シュークリームを頬張っている。

「佐久間せんせー！　いるのはわかってるんですからねー！　開けてくださーい！」

見知らぬ男の声とともに、ドンドンドン、と扉を叩く音がする。胡桃は驚いて玄関の方を見たが、佐久間は外界の音を一切シャットアウトしてしまったかのように、一瞥もしなかった。

「……あの。開けなくてもいいんですか？」

「開けなくていい」

「ものすごーく、気になるんですけど！」

「気にするな」

「ちょっと、せんせー！　あっ、くそっ、チェーン掛けてやがる！　ここ開けて、進捗だけでも聞かせてくださーい！」

ガチャガチャと、無理やり扉を開けようとする音まで聞こえてきた。鳴り止《や》まない声に、佐久間はやれやれと首を振った。仏頂面で、玄関の方を指差す。

「きみが追い払ってきてくれ」

「へ」

「俺は裸でベッドで寝てるとでも言ってくれれば、さすがに気を遣って帰るだろう」

「い、言いませんよそんなこと！　破廉恥な！」

とはいえこのまま無視もできず、胡桃は渋々玄関へと向かった。チェーンを開けてやると、目の前の扉が勢いよく開く。

「！　佐久間せんせっ……い……!?」

扉の向こうから現れたのは、胡桃と同世代の若い男性だった。明るいグレーのスーツに、ヘンテコな柄のネクタイを締めて、黒縁の眼鏡をかけている。

「こ、こんにちは……」

胡桃が言うと、ずり下がった眼鏡のブリッジを押し上げた男は、口をあんぐり開けた。

「すっ……すみません！　部屋間違えました！」

勢いよくお辞儀をした男に向かって、胡桃はぶんぶんとかぶりを振る。

「あ、大丈夫です！　あの……ここ、佐久間さんのお部屋で間違いないです！」

「え⁉　なんで、佐久間先生の部屋から女性が出てくるんですか⁉」

「いや、その……」

「もしかして、先生のこいび……」

「ち、違います！」

「ちょっと、せんせー！　入りますよ！　ちゃんと説明してください！」

胡桃を押しのけた男は、ダッシュでリビングダイニングへと向かう。慌てて、その背中を追いかけた。

佐久間は相変わらず、ダイニングチェアに腰を下ろして優雅に紅茶を飲んでいる。

「役に立たないな」と溜息《ためいき》をついた彼は、じろりとこちらを睨みつけてきた。

「筑波嶺《つくばね》くん。とりあえず、座ったらどうだ」

胡桃の存在に大騒ぎしていた男だったが、佐久間にそう言われて、ようやく腰を落ち着けた。一人で突っ立っているのも変な気がして、胡桃は佐久間の隣に座る。

「あの、佐久間先生。この方、どなたですか？」

男は好奇心を隠そうともせず、まじまじと胡桃を見つめてくる。休日である今日はメイクも適当で、下地を塗って眉毛を描いただけだ。髪もひとつに適当に結んだだけだし、あまりじろじろ見られるのは恥ずかしい。

佐久間はふたつめのシュークリームを皿にのせると、胡桃を軽く顎でしゃくって言った。

「俺の隣人だ。お菓子作りが上手い。あと、男の趣味が悪い」

（……もう少し他に、説明の仕方があるんじゃないかしら）

そう思いつつ、胡桃はぺこりと頭を下げる。

「糀谷胡桃です」

胡桃が名乗ると、男はハッとしたように「ご挨拶が遅くなってすみません」と言って、カードケースから名刺を取り出した。

「筑波嶺大和《やまと》です。好きなジャンルはサイコホラーと純愛ラブコメです。僕は、佐久間先生の担当編集者で……」

「……編集者？」

胡桃は弾かれたように佐久間の顔を見る。彼は仏頂面のまま、モグモグとシュークリームを咀嚼《そしゃく》していた。

「佐久間さんって……もしかして作家さんなの？」

「え⁉　ご存知なかったんですか！」

大和は脇に置いていたビジネスバッグから、文庫本を数冊取り出した。テーブルの上に並べられたそれを見ると、たしかに表紙に書いてある作家名は「佐久間諒《りょう》」となっている。リョウの字が違うのは、ペンネームなのだろう。

ポカンとしている胡桃をよそに、大和は熱のこもった口調で話し始める。

「佐久間諒の作品は世界観が独特で、読者さえ置き去りにする、ジェットコースターのような息つく暇のない話運びが魅力なんですよ。吐き気を催すほどの凄惨な展開のなかに、すっと胸のすくような爽快感さえあって……」

「す、すみません。知りませんでした」

「知らなくて当然だ。一般ウケしない作風だし、読んでるのはコアでマニアックなオタクばかりだ。コイツみたいな」

「でも、めちゃめちゃ面白いんですよ！」

大和は興奮気味に叫ぶと、その場で勢いよく立ち上がった。佐久間の作品が本当に好きなのだなと伝わってきて、微笑《ほほえ》ましい気持ちになる。

それにしても、佐久間が小説家だったとは。驚いたが、あらためてそう言われると納得感がある。彼には昔の文豪のような、浮世離れした雰囲気があるのだ。

胡桃はテーブルの上に置かれた文庫本を手に取ると、パラパラと捲《めく》ってみる。大和がすかさず「最後のページだけ先に読む、とかやめてくださいね」と釘《くぎ》を刺してきた。もちろん、そんな無粋なことはしない。

「その本、よかったら差し上げますよ。布教用に持ち歩いてるんです」

「……え、いいんですか。すみません、ありがとうございます」

「面白かったら、ぜひ他の作品も買ってくださいね。ちなみに、新作が一〇月に発売予定です。……原稿が完成しさえすれば、ですけど」

そこで大和は佐久間に向き直り、恨みがましい目つきで睨みつけた。

「先生。そろそろ締切が近付いてきていますが、進捗いかがですか？」

「問題ない。俺は一日で一〇万字書いたこともある」

「一ヶ月で三文字も書けないときだってあるでしょうが！　ギリギリのラインを攻めるのはやめてくださいね！」

どうやら大和は、原稿の催促のためにここへやって来たらしい。なんだかテレビドラマの世界みたい、と胡桃はこっそりワクワクする。

「編集者さんって、作家さんのおうちまでわざわざ来られるんですか？」

胡桃の問いに、大和は「僕みたいなケースは、あんまり一般的じゃないと思うんですけどねぇ」と頬を掻いた。

「佐久間先生、締切前になるといっつも連絡つかなくなるんですよ。メールの返信もないし、電話も繋がらないから、無理やり合鍵ぶん取りました」

「べつに、無視しているわけじゃない。極力存在を消しているだけだ」

しれっと言ってのけた佐久間の態度は、社会人としてあるまじきものである。締切ギリギリに仕事相手が音信不通になるなんて、想像しただけで胃が痛くなる。業種はまったく違うものの、同じ会社員として胡桃は大和に同情した。

「……大変ですね」

「ほんとに大変ですよ。でも、無茶な締切でもなんだかんだ仕上げてくれるから、やればできるんですよね。内容は文句なしに面白いし」

大和はそう言って、何故だか悔しそうに表情を歪《ゆが》めた。敬愛する作家であり、面倒な仕事相手である佐久間に対して、複雑な感情を抱いているのかもしれない。

「あ、そういえば。僕、佐久間先生にシュークリーム買ってきたんですけど……必要なさそうですね」

手にしていた紙袋を持ち上げた大和は、テーブルの上にあるシュークリームを見て苦笑した。どうやらあいにく、手土産がかぶってしまったらしい。

ふたつめのシュークリームをぺろりと食べ終えた佐久間は、「見せてくれ」と紙袋に手を伸ばす。

「おっ、〝ブルームーン〟のシュークリームか。なかなかいいセンスをしているな」

「そりゃあ、佐久間先生と仕事してたら、嫌でもお土産のセンス磨かれますよ」

「せっかくだし、ひとつ頂こうか」

「え？　佐久間さん、まだ食べるんですか？」

胡桃はギョッとして佐久間の方を見た。タルトをほぼ一人で平らげたときにも思ったが、彼はかなりの健啖家《けんたんか》である。こんなに痩せているのに、摂取したカロリーはどこに消えているのだろうか。

紙袋から白い箱を取り出して開けると、中から粉糖を纏《まと》ったシュークリームが現れた。胡桃が作ったものよりも、ほんの少しツンと澄ましたような雰囲気がある。高級洋菓子店のスイーツ、といった風体だ。

佐久間はいつものように両手を合わせてから、シュークリームを器用に口に運ぶ。男の仏頂面が幸せそうに綻ぶのを見た瞬間、胡桃はなんだかムカッとした。たとえるならば、恋人が他の女にデレデレしているのを目撃したときのような気持ちだ。完全に、お門違いな嫉妬ではあるけれど。

「上品な味だが、ラム酒の風味が少々強めだな。シュー皮が硬めのクッキー生地なのもいい」

「ふうん。へえ。そうですか」

つらつらと褒め言葉を並べる佐久間に、胡桃は唇を尖らせる。「何を拗《す》ねてるんだ」と言われたので「なんでもないです」とそっぽを向いた。

「そうだ、筑波嶺くんも食べたらどうだ。彼女の作ったシュークリームは、とびきり美味いぞ」

「え⁉ このシュークリーム、手作りなんですか⁉」

大和は胡桃の作ったシュークリームをしげしげと眺め、「すげえ、売りもんみたいだ」と感嘆の息を漏らす。胡桃は緊張しつつも、「よかったらどうぞ」とシュークリームを差し出した。

「シュークリームパーティーですね。先生みたいに、たくさんは食べられませんけど」

「たしかに、ひとつ食べたら充分ですよね」

「でも僕、どっちも食べたいです」

大和はそう言って、まずは胡桃の作ったシュークリームを頬張った。佐久間のように綺麗には食べられないらしく、容赦なく飛び出してくるカスタードクリームに苦戦している。そのあと買ってきたシュークリームも食べ終えて、「ごちそうさまでした」とお辞儀をしてくれた。

「……でも、すみません。正直味の違い、よくわかんなかったです」

「なんでだよ、全然違うだろ。ヤモリとトカゲぐらいジャンルが違う」

「ひとの作ったものを爬虫類《はちゅうるい》にたとえないでください」

「……僕実は、コンビニで売ってる皮がフニャフニャのシュークリームが好きなんですよねえ。でも、どっちも美味しかったです。こんなの作れるなんてすごいですね」

そう言ってもらえて、胡桃はホッと胸を撫《な》で下《お》ろした。自分の作ったものを誰かに食べてもらうのは、いつだって不安なものだ。

大和の褒め言葉に、佐久間は胡桃以上に誇らしげな顔をしていた。「だから言っただろう」と腕組みをして、嬉しそうに頷いている。

「いや、なんで先生がドヤ顔してるんですか?」

大和は不思議そうに、佐久間と胡桃を交互にじろじろ眺める。眼鏡の向こうの瞳に好奇心を滲ませながら、尋ねてきた。

「さっきから、突っ込みたいのを必死で我慢してたんですけど。お二人、どういう関係なんですか」

「えっ⁉ ど、どういうって……」

胡桃は戸惑った。あらためて訊かれると、説明が難しい。ほどほどに心を許しつつはあるが、友人というほどの関係性はまだ築いていない。ただの隣人、それ以上でも以下でもない。

「佐久間さんは、ただのお隣さんで……お菓子を差し入れたり、愚痴を聞いてもらったりする関係といいますか……」

「彼女がストレス発散のために作ったお菓子を、俺が消費している」

「ほほう。なるほど。そうですか」

胡桃と佐久間の説明に、大和は意味深な笑みを浮かべた。まるで新しいおもちゃを見つけた子どものように、瞳を輝かせている。

「可愛いお隣さん……お菓子の差し入れ……不器用でひねくれた大人の男……うん、ラブコメの波動を感じる」

「はい？」

「いえ、こっちの話です。ところで佐久間先生、一方的に差し入れしてもらってるんですか？　お代は？」

「……支払ってない」

「いやいや、それはダメでしょ。彼女の方は、お菓子を作る手間のうえに、光熱費も材料費もかかってるじゃないですか」

「たしかに、それはそうだな。俺はきみに金を払ってもいいとは思ってる」

「えっ、大丈夫ですよ！　高そうな紅茶飲ませてもらってますし」

佐久間の言葉に、胡桃は慌てて首を横に振った。

そもそも自分の作ったものは、お金を取るレベルにはまだ達していない。それに、金銭のやりとりが生じてしまうと、思う存分愚痴を言えなくなりそうで嫌だった。今のバランスが、一番絶妙で気が楽なのだ。

「それなら、先生が彼女に何かご馳走《ちそう》するっていうのはどうですか」

「え？」

「休みの日に二人で出掛けて、どこかで飯でも食って来たらいいですよ。うんうん、それがいい。ぜひ、そうするべきです」

一人で勝手に話を進める大和に、胡桃は唖然《あぜん》とするほかない。隣にいる佐久間にチラリと視線をやると、彼は意外にも乗り気で「そうだな」と言った。

「来週の日曜は暇か」

「空いて……ます」

胡桃は頷いた。予定を確認するまでもなく、週末にはお菓子作りをする以外の予定はない。

「じゃあ、予定を空けておいてくれ。とっておきの店をいくつか紹介してやる」

「え、あの」

「部屋まで迎えに行くから、そのつもりでいるように」

(休日に二人で出掛けるなんて……それって、いわゆるデートなのでは？　い、いいのかな……)

「いやあ、よかったですねえ！　佐久間先生、ちゃんと原稿も仕上げてくださいね！」

置いてけぼりの胡桃をよそに、あっというまに予定が決められてしまった。佐久間はよっつめのシュークリームに手を伸ばしながら、小さな声で呟く。

「楽しみだな」

「え⁉ そ、それってどういう……」

「日曜にしか営業してない焼き菓子店がある。そこのバターサンドが美味いんだ」

「……ああ、そうですか」

佐久間の言葉に、胡桃はがっくりと脱力した。それってどういう意味ですか、だなんて聞くまでもなかった。このひとのことだから、胡桃をダシにして美味しいお菓子が食べたいだけに決まっているのだ。

＊＊＊

ピンポーン、というインターホンの音で目が覚めた。

ゆるゆると瞼《まぶた》を持ち上げた胡桃は、充電器に刺さったままのスマートフォンで時刻を確認する。六月最初の日曜日、午前八時五〇分。いつもの休日なら、まだ眠っている時間だ。

寝起きの悪い胡桃は、再び枕に顔を埋めてウトウトし始める。と、ピンポンピンポン、とインターホンが連打された。

あまりのしつこさに「はぁ～い……」と覇気のない声で返事をした胡桃は、やっとのことでベッドから這《は》い出《で》る。寝惚《ねぼ》け眼を擦《こす》りながら、玄関の扉を開けた。

「なんだ、まだ寝ていたのか」

そこに立っていたのは、背の高い爽やかなイケメンだった。

黒髪のマッシュショートで、やや長めの前髪を斜めに流している。ブルーグレーの長袖シャツに黒い細身パンツという出《い》でたちは、シンプルだが清潔感があり、スタイルの良い彼によく似合っていた。ベルガモットの香水の匂いが、不快でない程度にふわりと漂ってくる。

（こんなにかっこいい知り合い、いたっけ……）

「……どちらさまですか？」

「まだ寝惚けているのか。出掛けるぞ。三〇秒で支度しろ」

海賊でも四〇秒は猶予をくれるというのに、ずいぶんと横暴だ。その不遜な物言いで、目の前にいる男の正体がやっとわかった。

ようやく脳が覚醒してきた胡桃は、目の前にいる爽やかイケメンの顔面を、じぃっと観察する。

「もしかして、佐久間さん？」

「もしかしてもクソもないだろう。きみはたった一週間会わないだけで、ひとの顔を忘れるのか」

佐久間は心底呆れた顔で、はぁ、と溜息をついた。たしかによくよく見てみると、目つきが悪い隣人に間違いない。服装や髪型の爽やかな雰囲気で、不愛想さがクールさに変換されていて、全然気がつかなかった。

それにしても、こうしてちゃんとした格好をしていると、結構かっこいい。胡桃がぼうっと見惚《みと》れていると、パチンと額を人差し指で弾かれた。

「いたっ」

「まさか、俺との約束を忘れていたんじゃないだろうな」

「ちゃ、ちゃんと覚えてましたよ。こんなに早く迎えに来るとは、思ってなかっただけです」

今日はことのなりゆきで、佐久間と二人でおでかけをすることになっている。時間のことは何も言われなかったので、どうせ午後からだろうと高を括《くく》り、昼前まで寝ようと思っていたのだが。

「ちょっと早くないですか？」

「早くない。行きたい店は一〇時オープンだ」

「まだ九時前ですけど……もしかして、開店前から並ぶつもりですか」

「当たり前だ。バターサンドが売り切れたらどうする」

堂々と言ってのけた佐久間に、胡桃は呆気《あっけ》に取《と》られた。

胡桃もかなりのお菓子好きだが、どちらかというと自分で作る方が専門で、パティスリーの開店待ちをしたことは一度もない。やはり甘味に対する隣人の熱意は、なかなか凄《すさ》まじいものがある。

「俺は部屋で待っているから、準備ができたら呼びに来てくれ」

佐久間はそう言って、さっさと自分の部屋に戻ってしまった。なんて一方的なひと、などと憤る暇もない。

胡桃は大急ぎで身支度を整えた。歯磨きをしたあと、顔を洗って化粧をして、長い髪を頭の後ろでひとつにまとめる。

服をじっくり選ぶ時間はなかったので、一枚でそれなりに様になるように、七分袖のセパレート風ワンピースにした。ベージュのぺたんこパンプスを履いて外に出ると、急いで隣の部屋のインターホンを押す。すぐに出てきた佐久間は、高級そうな腕時計を一瞥した。

「九時一〇分か。意外と早かったな」

「そりゃどーも！」

「一七分のバスに乗れるな。急ぐぞ」

佐久間はエレベーターのボタンを押して、タイミングよく到着した箱に乗り込む。置いていかれないように、慌ててその背中を追いかけた。

マンションの最寄りにあるバス停から、普段は乗らない系統のバスに乗った。日頃はＪＲや地下鉄を利用することが多いため、新鮮な気持ちがする。後ろから二番目の、ふたつ並びの席に腰を下ろすと、ぷしゅう、と音を立ててバスが発車した。

窓際に座った佐久間は、まるで親の仇《かたき》でも睨みつけるかのような目で、窓の外を眺めている。怒っているわけではなく、きっともともとそういう顔なのだ。

端整な横顔を見つめていると、差し込んでくる太陽の光が眩《まぶ》しくて、胡桃はパチパチと瞬きをした。今週から六月に入ったが、まだ梅雨入り宣言はなされていない。今日もとても良い天気だ。

佐久間の頭の向こうにあるカーテンを閉めようと、胡桃は身を乗り出して、手を伸ばす。カーテンの端っこを摑んだ瞬間、佐久間がこちらを向いた。至近距離にある彼の瞳が、ギョッと見開かれる。

「え、な、なんだ。なんなんだ」

「あ、ごめんなさい。カーテン閉めようと思って」

「それならそうと口で言え！」

佐久間は目を三角につり上げると、シャッと勢いよくカーテンを閉めた。すると、眩しい光がようやく遮られる。ぷいとそっぽを向いた彼が、何故怒っているのかわからず、胡桃は首を傾《かし》げた。

「ところで、どこで降りるんですか？　結構遠い？」

「一軒目の店は一五分ぐらいで着く。二軒目の店は、そこから電車で二〇分ぐらいだな。そっちはマフィンがお薦めだ」

どうやら今日は、彼のお薦めのパティスリーを巡ることになるらしい。強引だなとは思ったが、胡桃も興味があったので異論はなかった。美味しいお菓子に出逢えると思うと、ワクワクする。

思えば、こうして休日に出掛けるのはずいぶん久しぶりだ。いつも部屋に引き籠もってお菓子を作ってばかりいたが、たまにはこうして外出するのもいいものだ。

「わたし、こうやって休みの日におでかけするの、久しぶりです」

「……恋人と出掛けたりはしなかったのか」

「はい。彼とは、ほとんどおうちデートだったから……」

「ふーん。インドア派だったんだな」

「いえ、そういうわけじゃなくて。彼自身は、かなりアクティブなアウトドア派なんですけど。会社のひとに見られたくなかったって」

「はあ？　なんでだ？」

佐久間が不愉快そうに眉をひそめる。このひと顰《しか》めっ面《つら》ばかりしてるなあ、と思いつつ胡桃は説明した。

「社内恋愛だから、周りにバレて噂されるとやりにくいって言ってました。わたしは全然、構わなかったんですけど」

「……」

「そもそも彼、休日はキャンプとかＢＢＱとかフットサルとか行ってたから、あんまり会ってくれなかったなあ。彼の誕生日もクリスマスも年末年始も、忙しいって言われてデートできなかったし」

「……それは、本当に付き合っていたと言えるのか」

「え？」

「きみはその男に遊ばれていたんじゃないのか、ということだ」

佐久間の言葉に、胡桃は愕然《がくぜん》とした。

好きだよ胡桃、と囁《ささや》かれる声が頭の中で響いて、また遠くなっていく。「まさか」と笑い飛ばそうとしたけれど、上手くできなかった。

「……ちゃ、ちゃんと好きって言ってくれたし、付き合おうって言われましたもん」

「そんなもの、なんの根拠にもならない。口ではいくらでも言えるだろう」

「それは、そうですけど……」

「明らかに、他に本命がいる男の挙動じゃないか。自分が浮気相手だと、どうして気付かないんだ。きみは馬鹿か」

背中がすぅっと冷たくなって、唇が震える。胡桃は膝の上で、拳をかたく握りしめた。

佐久間に言われて、元カレとの思い出を手繰り寄せてみると、たしかに不自然なことばかりだった。誰と会ってるとか、どこにいるかとか、ほとんど教えてくれなかった。突然電話がかかってきて、何も言わずにその場を離れることもしょっちゅうだった。「胡桃のために」と彼の部屋に置いてくれたシャンプーや化粧水は、本当に胡桃のためだったのか？

考えれば考えるほど、佐久間の言うことが正しいのではないか、という気がしてくる。当時の胡桃は幸せいっぱいで、なんの疑いもなく彼の愛情を信じていたのに。

……いや、もしかすると。胡桃はうすうす、その可能性に勘づいていたのかもしれない。

それでも、気付かないふりをしていた。きっと「わたしのことは遊びなんでしょう」と言えば、その瞬間に胡桃はあっさり捨てられていただろうから。

落ち込んでしまった胡桃に気付いたのか、佐久間はやや気まずそうに目を伏せた。かける言葉を探すように、唇をぱくぱくとさせたあと、「あー」と口ごもる。

「……いや、その、悪い。馬鹿は言いすぎた」

「……いえ。わたしがバカなのは、ほんとのことです」

「馬鹿なのはきみではなく、その男の方だろう。いずれにせよ、俺がとやかく言うことではなかったな」

そのときバスのアナウンスが流れて、次の停留所を知らせる。佐久間は胡桃の腕を引くと「降りるぞ」と立ち上がらせた。

「……まあ、なんだ。今から行く店のバターサンドは、その、美味いぞ。碌でもない男のことなんて、一瞬で忘れてしまうぐらいにな」

モゴモゴと呟かれた言葉はちょっとわざとらしく、なんだか演技がかった口調になっている。初めて逢ったときも思ったけれど、このひとは女性を慰めるのが、あまり上手ではないらしい。

うろうろと目を泳がせる佐久間がおかしくて、胡桃はくすりと笑みをこぼす。「はい」と笑って頷いた胡桃を見て、佐久間はホッとしたように頰を緩ませた。

佐久間に連れられてやって来たのは、住宅街の一角にある焼き菓子店だった。ごく普通の邸宅にまぎれてひっそりと佇《たたず》んでおり、意識しなければ素通りしてしまいそうだ。店の前に〝cohaRu〟と書かれた看板がさりげなく立っている。コハル、と読むのだろうか。チョコレート色の扉には、鈴蘭《すずらん》のスワッグが掛かっていた。

到着したのは九時四〇分だったが、既に三人が開店待ちをしていた。佐久間と二人、最後尾に並ぶ。

「ほんとに、開店前から並んでるんですね」

「そうだ。ここでは取り置きはやってないし、人気商品はすぐに売り切れるからな。店内が狭いから、一組ずつ順番に入ることになる」

「なるほど、了解です」

寒くも暑くもないちょうど良い気候ということもあり、待つのはそれほど苦痛ではない。佐久間も胡桃もほとんど喋《しゃべ》らなかったが、沈黙を気まずく感じることもなかった。

元カレと一緒にいるときは、つまらないと思われたくなくて、必死で話していることが多かった気がするが。

(なんで、こんなに楽なんだろう。……このひとには、どう思われても構わないからかな)

そんなことをぼんやり考えていると、店の中から出てきた年配の女性が、「お待たせしましたあ」と言いながら〝OPEN〟の札を出した。一番乗りの若い女性は、意気揚々と店内へと入っていく。

中で食事をするわけではないので、順番はすぐに回ってきた。扉を開けて店内に入ると、カランコロンと軽い音が鳴り、ふわりと甘いバターの香りが漂ってくる。胡桃の大好きな匂いだ。

「いらっしゃいませ」

どうやら店員は二人だけらしい。年配の女性と、その娘ぐらいの年齢の若い女性だ。カウンターの上には、焼き菓子がずらりと並んでいる。クッキーにパウンドケーキ、サブレにマドレーヌ。佐久間お薦めのバターサンドもある。色彩は地味で、SNS映えするような華やかなものではないけれど、どれも可愛くて愛《いと》おしい。

胡桃は両手を胸の前で組んで、はしゃいだ声をあげた。

「わあ！　どれにしようか目移りしますね」

「お、今日はキャロットケーキがあるのか。これもかなり美味いぞ」

佐久間の言葉に、年配の女性が笑って「いつもありがとうございます」と言った。どうやら顔を覚えられているらしい。

焼き菓子を見つめる佐久間の瞳は、まるで少年のように輝いている。それを見ていると、胡桃は面白くない気持ちになってきた。大和が買ってきたシュークリームを食べる佐久間を見たときと、同じ感情だ。

（……わたしのお菓子を食べるときよりも、嬉しそうな顔しないでほしい）

「…………浮気者」

「ん？　何か言ったか？」

「いえ、なんでもないです！」

思わずこぼれた本音を誤魔化すように、胡桃はぷいっと目を逸らした。どれにしようかと吟味していると、歳若《とし》い方の店員がニコニコと話しかけてくる。

「バターサンドは、味が週替わりなんですよー。今週は黒ゴマチョコレートです」

「わ、美味しそう。ちょっと和風なテイストもいいですね！」

「前回来たときはラズベリーとミントだったな。斬新な組み合わせだと思ったが、美味かった」

胡桃は悩みに悩んで、バターサンドのプレーンと黒ゴマ、バニラのパウンドケーキ、ブールドネージュクッキーを選んだ。佐久間は全種類とまではいかないまでも、かなりの量を購入していた。会計をしようと思ったところで、佐久間に押し留められる。

「俺が買う。もともと、そういう話だっただろう」

「え、そうでしたっけ」

佐久間はそう言って、さっさと支払いを済ませてしまった。胡桃がぼうっとしていると、茶色の紙袋を手渡される。

「いつもお菓子を作ってもらっている礼だ。今後ともよろしく頼む」

「は、はい。こちらこそ」

紙袋を受け取ると、佐久間の後ろについて店を出た。「ありがとうございましたー！」という声を背中で聞きながら、彼と並んで歩き出す。

「よし、次に行くぞ。こっちはチョコバナナマフィンを取り置きしてある。他にも欲しいものがあれば遠慮なく選んでくれ」

「はい」

胡桃のものよりも大きな紙袋を抱えた男の横顔を盗み見ると、口元が嬉しそうにニヤニヤ緩んでいた。ちょっと悔しいけど、幸せそうなひとの顔見るのって、なんかいいな。


二軒目の焼き菓子店でマフィンとフィナンシェを買ったあと、胡桃はにわかに空腹を覚え始めた。

時刻は一一時半。そういえば今日は、佐久間に叩き起こされてから、何も口にしていない。美味しそうなお菓子の匂いばかり嗅いだせいか、余計におなかが空いた気がする。そろそろ、早めのランチをしてもいい時間だ。


店を出るなり「次に向かうぞ」と言った佐久間に向かって、胡桃は声をかけた。

「佐久間さん、お昼ごはん食べませんか？」

「なんだ、もう腹が減ったのか」

「朝ごはん、食べ損ねたんですよ。誰かさんに叩き起こされたせいで」

「ひとのせいにするな。きみが寝坊をしたせいだろう」

しかし、何時に出発かを教えてくれなかったのは佐久間だ。胡桃がむくれていると、佐久間は「ついてこい」と言って、スタスタ歩き始めた。

脚の長い彼は、胡桃よりもうんと歩くのが速い。隣に並んで歩くためには、ほぼ小走りにならなければならなかった。

二人がやって来たのは、商店街を一筋逸れたところにあるカフェだった。

深みのある落ち着いたブルーグリーンの壁に、木目調のテーブルとチェア。店内の照明はやや落とされており、各所にランタンが置かれている。まるで西洋の魔法学校のようだ。どこかレトロな雰囲気があり、カフェというより喫茶店と呼んだ方がしっくりくるかもしれない。

「ずいぶんオシャレなお店知ってるんですね……」

「お洒落かどうかは知らないが、ここのケーキは美味い。特にお薦めなのは、ミルフィーユだ」

若い男性店員から、メニュー表を手渡される。胡桃は少し悩んで、サンドイッチとカフェオレを選んだ。佐久間お薦めのミルフィーユも非常に魅力的だったけれど、昼食には相応しくない。

しかし佐久間は迷わず、ミルフィーユとアッサムティーのセットを注文した。胡桃は驚いて目を丸くする。

「佐久間さん、お昼ごはんは？」

「これが俺の昼食だ。何を食おうが、俺の勝手だろう」

「ええ……佐久間さんって、甘いもの以外も食べるんですか？」

「必要なら食うが、極力甘味だけを食って生きていきたい」

「うわあ。そんな食生活で大丈夫なのかな……ちゃんと健康診断受けてます？」

「問題ない。先ほど買ったキャロットケーキにも、野菜が入っているだろう」

真顔で言ってのけた佐久間に、胡桃は呆れた。キャロットケーキに入った人参《にんじん》だけで、生きていくうえで必要な栄養素が補えるとは思えない。血糖値とか大丈夫なのかしら、と余計な心配をしてしまう。

「いい大人が、子どもみたいなこと言わないでくださいよ。そういえば、佐久間さんって、おいくつなんですか」

「先月、二八になったところだ」

「あ、じゃあわたしのふたつ上ですね。わたし、今年で二六です」

胡桃が言うと、佐久間は興味なさげに「そうか」と答えた。彼にとって、胡桃の年齢など、心底どうでもいい情報なのだろう。べつにいいけど、もう少し雑談を盛り上げる努力をしてくれないかしら。

そのとき、テーブルに飲み物とサンドイッチとケーキが運ばれてきた。注文を取った男性とは、別の店員だ。

「お待たせいたしました」

店員は何も訊かず、佐久間の前にカフェオレとサンドイッチを、胡桃の前に紅茶とミルフィーユを置いた。店員が去ったあと、佐久間はチッと舌打ちをして、プレートとカップを取り換える。

「やっぱり〝女性の方が甘いものが好き〟っていうイメージがあるんでしょうか」

胡桃はコーヒーカップを持ち上げながら、苦笑いを浮かべた。佐久間は不機嫌そうに「馬鹿げた先入観だ」と言い捨てる。

「甘いものを好むのに、性別は関係ない。先ほど行った店にも、男性客がいただろう」

「そういえば、そうでしたね」

頷いたものの、胡桃の中にも似たような先入観があるのかもしれない。佐久間のような男性が甘いものを好んでいることを、意外だな、と思ったのは事実だ。

「……少なくとも。自分の好きなものを、正直に好きだと伝えたときに。男の癖に、などと言われるのは心外だ」

そう言った佐久間の口調は、妙に苦味を含んでいた。もしかするとこれまでに、嫌な思いをしたことが何度かあるのかもしれない。自分も気をつけよう、と胡桃はひっそり反省した。

「まあ、そんなことはどうでもいい。……さっそく、いただこう」

佐久間はお行儀よく両手を合わせて、フォークとナイフを手に取った。パイ生地が何層にも重ねられたミルフィーユは、ケーキの中でもトップクラスに、綺麗に食べるのが難しいと思う。

どうやって食べるのだろうかと観察していると、佐久間はまず、プレートの上のミルフィーユを、そうっと横に倒した。それからナイフで一口大に切り分け、フォークにのせて口に運ぶ。

立てたままナイフを入れると、ミルフィーユが無残に崩れてしまうことが多いのだが、倒してから切ればいいのか。次から真似《まね》することにしよう。ひとつ、新たな知見を得た。

「うむ。サクサクのパイ生地と、濃厚なカスタードクリームの相性が最高だ。主張しすぎない、イチゴの酸味も素晴らしい」

心底美味しそうに食べる佐久間の姿を見ていると、胡桃もミルフィーユが食べたくなってきた。カリカリのベーコンとレタスが入ったサンドイッチも、マスタードが効いていて美味しいけれど。しょっぱいものを食べたあとは、甘いものが食べたくなるのが人間の常というものだ。

胡桃の物欲しそうな視線に気付いたのか、佐久間はまるで威嚇するような目つきで、こちらを睨みつけてきた。

「やらないぞ。欲しいなら自分で頼め」

「そういうことなら、お言葉に甘えて頼んじゃいます！」

胡桃は通りかかった店員を呼び止めて、ミルフィーユを注文する。驚くべきことに佐久間は、「チョコレートケーキをひとつ」と追加注文していた。


胡桃と佐久間は結局、一日で合計四軒の店を巡った。心ゆくまで買い物を楽しんだ二人は、大量の戦利品を抱えて、マンションへと戻ってきた。

スイーツオタクの佐久間と二人、大好きなお菓子を見ながらあれこれ言い合うのは、思っていたよりもうんと楽しかった。が、甘ったるい空気は微塵もなく、デートというよりは買い出しのような雰囲気だった。

「今日はありがとうございました」

部屋の前で「それでは」と別れようとしたところで、「ちょっと待て」と佐久間に呼び止められる。

「なんでしょう」

「きみは、バターサンドをどうやって食べるつもりだ」

「どうやってって……普通に手摑みで食べます」

「そういうことじゃない。合わせる飲み物の話だ。まさか適当に、そのへんのインスタントコーヒーと食べるんじゃないだろうな」

お菓子を食べるときの飲み物のことなんて、真剣に考えたことがなかった。一緒に飲むのは、大抵スーパーで売っているティーバッグの紅茶か、佐久間の言うところの「そのへんのインスタントコーヒー」である。

「ちょうどお誂《あつら》え向《む》きに、うちにはバターサンドにぴったりの紅茶があるんだが」

「？　はあ」

迂遠《うえん》な佐久間の発言に、胡桃は首を傾げる。佐久間は顰めっ面でこちらを睨みつけたまま、焦《じ》れたように言った。

「……察しが悪いな。飲んでいかないか、と言っているんだ」

佐久間は溜息をつくと、胡桃が手にしていた紙袋を奪って、部屋の中に入っていった。相変わらず、こちらの意見を聞かないひとだ。しかし不思議と、嫌な気持ちにはならなかった。

キッチンに立った佐久間は、手慣れた様子で紅茶を淹れた。いつもの黒いスウェット姿ではなく、ちゃんとした格好をしていると、まるで素敵なカフェスタッフのように見える。

「ディンブラだ。しっかりとした渋みがあり、まろやかなバタークリームとよく合う」

「へえ。佐久間さんといると、紅茶に詳しくなれそう」

「洋菓子を楽しむために、紅茶は必要不可欠だからな。きみも勉強するといい」

プレートの上にバターサンドをふたつのせて、ティーセットとともに並べる。厚みのあるバタークリームを丸いサブレでたっぷり挟み込んでおり、横から見るととても可愛らしい。見た目も匂いも、非常に食欲をそそる。

「それにしても、ずいぶんたくさん買い込みましたね……」

カウンターの上に置かれた紙袋の山を見て、胡桃は言った。胡桃もそれなりに買い込んだが、佐久間は少なく見積もっても、その倍以上購入している。胡桃の父も、ときおり研究と称してお菓子屋さん巡りをしていたが、ここまでの量ではなかった気がする。食べきれるのか少し心配になったが、普段の食べっぷりから見るに、きちんと期限内に消費するのだろう。今日の昼も結局、ミルフィーユとチョコレートケーキを平らげていた。彼の血を舐《な》めたら、甘い味がするかもしれない。

「……これでも、かなり買い控えてる方なんだが。いつも〝ここからここまで全部〟と言いたいのを必死で我慢しているからな」

「お店ごと買い取っちゃえばいいのに。パティスリーのオーナーになって、パティシエさんに好きなときに好きなだけ好きなお菓子作ってもらうの」

冗談めかして胡桃が言うと、佐久間は「馬鹿げたことを言うな」と呆れたあと、遠い目をして呟いた。

「……そういえば、小さい頃。〝大きくなったらお菓子屋さんと結婚する〟と言っていた記憶があるな」

「ふふっ。なにそれ、可愛い」

無愛想な男の、あまりにも可愛らしい幼少期のエピソードに、胡桃は思わず吹き出してしまう。佐久間はムッとした顔で、「大昔の話だぞ」と言う。

「今は、そんなことは考えていない。パティシエと結婚するよりも、パティスリーを買い取るよりも、お菓子を作るのが上手い隣人の愚痴を聞く方が、安上がりで楽で確実だ」

「あら、そうですか？」

さんざんな物言いだというのに、胡桃はちょっと嬉しくなる。「えへへ」と思わずにやつくと、「なんで笑っているんだ」と不審がられてしまった。

「いえ、なんでもないです。それじゃあ佐久間さんイチオシのバターサンド、いただきまーす」

胡桃はそう言って、両手を合わせる。まずはプレーン味のバターサンドを手に取って、サクッと一口齧《かじ》った。

「！　美味しい！」

サクサクのサブレはほんのりと塩気が効いており、クリームの甘さを引き立てている。

サンドされたバタークリームは濃厚でコクがあるのにくどくなく風味が豊かで、素材の味がしっかりと感じられた。

胡桃はティーカップを持ち上げると、紅茶を一口飲んだ。佐久間の言う通り爽やかな渋みがあり、芳醇な香りがする。

「ああ。やはり美味いな」

正面に座る佐久間も、しみじみと言った。胡桃はティーカップを持ち上げたまま、彼の顔を見つめる。甘いものを食べているときの隣人は、本当に幸せそうなのだ。

（うーん。このひと、黙ってたら……かっこいいんだな）

クールな印象がある、奥二重のすっきりとした目元。すっと通った鼻筋、やや薄めの唇。なにより、顎から首にかけての稜線《りょうせん》がシャープで非常に美しく色気がある。いわゆる塩顔イケメン、というジャンルに含まれるのだろうか。

「普段はわからなかったけど、佐久間さんって結構かっこよかったんですね」

一応褒めたつもりだったのだが、佐久間は微妙な顔をした。顔を上げてこちらを見ると、フンと不機嫌そうに鼻を鳴らす。

「そうやって簡単に顔面に騙《だま》されるから、碌でもない男に引っかかるんじゃないか」

バッサリと斬り捨てられて、ぐうの音も出ない。おっしゃる通り、胡桃は筋金入りの面食いである。

「う……たしかに、元カレも一目惚れでした……入社してすぐ、他部署での交流会で見かけて。顔がものすごく好みだなーって」

「ほら見たことか。次はちゃんと中身も踏まえたうえで選ぶことだな」

「そうですね。佐久間さんも顔はかっこいいけど、喋ると台無しですもんね……」

「それを面と向かって言えるきみも、なかなかいい性格をしているぞ」

そんなやりとりをしていると、未だ完全には塞がらない傷口が、ほんの少しだけ癒えるような気がする。

残りのバターサンドを口の中に放り込んで、胡桃は「うん」と頷いた。

「……やっぱり、佐久間さんの言う通りでした」

「何がだ」

「このバターサンド食べたら、ろくでもない元カレのことなんて忘れられそうです」

胡桃がふにゃりと笑ってみせると、佐久間の表情がムスッとしたものに変わる。

「……単純だな」

そう吐き捨てて、ふいっと視線を逸らしてしまった。

唇をへの字に曲げている男は、決して甘くはないけれど。機会があればまた二人でおでかけをして、一緒に甘いお菓子を食べるのも、悪くないかもしれない。

三 おかえりブルーベリーマフィン

佐久間との「おでかけ」から、はや二週間が経った。ここ数日、隣人が部屋にいる気配がない。

何時に帰ってきても、電気が消えている。カーテンもずっと閉まったままだ。昨日の夜などは、「先生ー！　どこ消えちゃったんですかー！」という担当編集の悲痛な叫び声が聞こえてきた。

そういえば、締切が近付くと音信不通になることが多いと言っていた。担当の追及から逃れるため、どこかにフラッと消えてしまったのだろうか。

多少心配だったが、胡桃は佐久間の連絡先を知らない。まあ、子どもではないのだから、直《じき》に帰ってくるだろう。

今日は水曜日、残念ながら明日も仕事だ。六月末は四半期決算があるため、通常業務に加えて余計な仕事が増えてうんざりする。

日付が変わる前にベッドに潜り込んだものの、妙に目が冴《さ》えていて、ちっとも眠くならない。ごろんと寝返りを打ったところで、枕元に置いている本に気がついた。

表紙に黒い犬の絵が描かれた文庫本。著者は佐久間諒。

(そういえば佐久間さんの本、担当さんに貰ったんだっけ……)

胡桃はあまり活字を読む習慣はないが、タダで譲ってもらったのだから、とりあえず読んでみるのが義理というものだろう。

あまり怖い話で眠れなくなったら困るな、と思いつつ。胡桃は背中と首の後ろにクッションを置き、文庫本を開いて──


気がついたら、朝だった。

カーテンの隙間から陽の光が差し込んでおり、チュンチュンとスズメの鳴く声が聞こえる。最後のページを読み終えて文庫本を閉じた瞬間、胡桃は「うぅ〜」と唸って頭を抱えた。

とんでもない話を読まされてしまった。読んだことを後悔さえしているのに、もう一度最初から読み返したくなっている。

彼の文章は支離滅裂で、登場人物も頭のネジが外れたキャラクターばかりで、場面展開も唐突だ。それなのに異様なほどに読みやすく、するすると頭の中に入ってくる。陰鬱で醜悪なストーリー展開の中に、くすりと笑ってしまうようなユーモアもある。情景描写があまりにも真に迫っていて、本を閉じたくなるような場面もあるのに、続きが気になってページを捲る手が止まらなかった。もうこれ以上の地獄はないだろうと思っていても、次々に地獄の底を見せられて、まるで読者を奈落の底に突き落とすような結末だった。それでも、ほんのひとかけらの救いを垣間見せてくるところが、また憎い。

シンプルに、一言で言うならば。佐久間諒の作品は、とても面白かったのだ。

（ああ、この気持ちを誰かに聞いてほしい……）

とにかく今読んだ作品の感想を、誰かにぶつけたかった。胡桃に布教してきた大和が適任なのだろうが、いきなり連絡できるほど親しくない。どうしようもない熱量を抱えたまま、ベッドの上でジタバタすることしかできなかった。

そのときスマートフォンのアラームが鳴って、胡桃は手を伸ばしてそれを止めた。まずい。そろそろ会社に行く準備をしなければ、遅刻してしまう。

胡桃は慌ててベッドから出ると、冷たい水で顔を洗うべく洗面所へと向かった。

カタカタとパソコンを叩きながら、必死で欠伸を嚙み殺す。一睡もしないままに出社したせいで、いつも以上に脳の回転が遅い。仕事は次々と舞い込んできたけれど、胡桃はどこか上の空だった。

昨夜読んだ佐久間の小説が、頭から離れない。気を抜くと、精神が物語の世界の中に吸い寄せられてしまう。

「……さん。糀谷さん」

「！　は、はい！」

名前を呼ばれて、現実に引き戻された。隣を向くと、栞が冷ややかな目でこちらを見ている。

「この書類、点検お願いします」

「わ、わかりました」

手渡されたファイルを受け取る。顧客へ手交する一部の書類については、二人のあいだで相互点検をするルールだ。とはいえ、栞の作成する書類はいつだって完璧で、ミスなんてほとんどないのだけれど。ダブルチェックの必要性はわかっているつもりだが、わたしの点検必要なのかしら、と胡桃は常々思っている。

（……夏原先輩は、佐久間さんの本読んだことあるかな……）

一瞬だけ手を止めて、栞をチラリと横目で見る。視線に気付いたらしい栞は、こちらを向いて首を傾げた。

「……なにか？」

「い、いえ。……あの……夏原先輩は、佐久間諒、っていう作家さん知ってますか？」

雑談めいたものを栞に振ったのは、初めてのことだった。栞はやや驚いたように瞬きをしたあと、「ええ」と頷く。

「たしか一〇年ぐらい前、高校在学中に新人賞を受賞した作家ですよね。当時私も高校生だったので、覚えています」

「わ、やっぱり有名なんですね！　すごい！　よ、読んだことありますか⁉」

「いえ。あまり読まないジャンルの作品なので」

「あ、そうなんですか……」

「その話、仕事に関係ありますか？　ないなら黙って手を動かしてください」

ぴしゃりと叱られてしまって、胡桃はしゅんと萎縮した。

たしかに今は業務時間中だし、栞の言うことは全面的に正しい。だけれども、少しぐらい雑談に付き合ってくれてもいいのに、と思う。このひとの隣にずっといると、息が詰まりそうだ。

（はあ、早く誰かに感想言いたい……誰か聞いてくれそうなひと、いないかなあ……）

書類に目を通しながら、胡桃はひっそり溜息をこぼす。迷惑を承知で筑波嶺さんに連絡してみようかな、などと考えたところで、胡桃はようやく思い至った。

（そうだ。佐久間さんに直接伝えればいいじゃない！）

他でもない、あのとんでもない作品を生み出したのは佐久間そのひとである。感想を伝えるならば、彼以上の適任者はいないだろう。

そうと決まれば、今日はできるだけ残業せずに早く帰らなければ。ようやくやる気が湧いてきた胡桃は、むんと制服の袖をまくって、書類に向き直った。

なんとか一九時までに仕事を終えて帰宅したのに、隣の部屋の電気は消えていた。締切を目前にして、未だ消息を絶っているのかもしれない。胡桃は心底がっかりした。

（感想、言いたかったのに……）

スーパーで買ってきた豚肉とキャベツとモヤシを炒《いた》めて、モソモソと食べた。ソファに寝転んでテレビを見ても、ちっとも内容が頭に入ってこなかった。何をしていても腹の底がウズウズモヤモヤしていて、どうにも落ち着かない。

佐久間の他の作品も読んでみようかと思ったが、あんな劇薬のようなものを連日摂取するのはキツすぎる。さすがに、今日は眠らないとまずいだろう。

何度もベランダに出て、隣の部屋を確認してみるが、いっこうに電気は点かない。狼煙《のろし》でも焚《た》いてみようかしら、と考える。

（……お菓子作ったら、匂いにつられて帰ってきたりして）

そんなことを思いついて、胡桃はふふっと笑った。一体佐久間のことをなんだと思っているのだろうか。それでも、やってみる価値はあるかもしれない。なにせ、あの男は筋金入りの甘党なのだ。

胡桃はキッチンに向かうと、部屋着のワンピースの上からエプロンを身につけた。何を作ろうか考えながら、冷蔵庫を覗き込む。冷凍のブルーベリーとクリームチーズを見つけて、マフィンにしよう、と決める。

まずはマフィンの生地からだ。バターを入れて練ったあと、砂糖と塩とバニラオイル、それからハチミツを加える。しっかりと攪拌《かくはん》しながら、卵を数回に分けて入れる。ふるっておいた薄力粉、アーモンドプードル、ベーキングパウダーを三分の一ほど入れて、ヘラで混ぜる。牛乳と残りの粉を交互に加えて、混ぜすぎないようにさっくりと混ぜる。

手を動かしながら、もし佐久間が帰ってきたら、何を言おうかと考えていた。胡桃は国語があまり得意ではなかったし、学生の頃に読書感想文を書かされるのもいつも苦痛だった。それでも今は、この気持ちを彼に伝えたい、と思っている。

生地が完成すると、マフィンの型に均等に入れていく。その上から、冷凍のブルーベリーとクリームチーズ、冷蔵保存していたクランブルをのせる。予熱しておいたオーブンに入れて、二五分。

オーブンから良い匂いが漂ってきたところで、胡桃はふと思いついて窓を開ける。六月の夜の空気は湿り気を帯びていて、蒸し暑かった。どこにいるのかわからない隣人に向かって、心の中で語りかける。

（佐久間さん、早く帰ってこないと、ぜんぶわたしが食べちゃいますよー。焼きたての

マフィン、すっごく美味しいんですからね）

オーブンがピーッと音を立てて、焼き上がりを知らせたその瞬間。ピンポーン、と部屋のインターホンが鳴った。

まさかと思い、エプロン姿のまま玄関に走って、勢いよく扉を開ける。目の前に現れた男は、うつろな目でひくひくと鼻を動かした。

「……お菓子の匂いがする」

「……ほ、ほんとに帰ってきちゃった……」

胡桃はぽかんと口を開いた。佐久間の黒髪はいつも以上にボサボサで、今にも死にそうなほど、憔悴《しょうすい》しきった顔をしている。

「とにかく、入ってください」

胡桃がそう言うと、佐久間はフラフラと部屋へと足を踏み入れる。他人を迎えるつもりはなかったし、それほど綺麗に片付いているとは言《い》い難《がた》いが、相手が佐久間ならばまあいいだろう。

胡桃の部屋はワンルームで、ダイニングテーブルなどという気の利いたものはない。大きめのカーペットの上に、ローテーブルがひとつあるだけだ。佐久間は物言わず、テーブルのそばに腰を下ろした。

両手にキッチンミトンを嵌《は》めて、オーブンから天板を取り出す。綺麗に焼き上がったマフィンから、甘い香りが漂ってくる。慎重に型からマフィンを取り出しながら、胡桃は尋ねた。

「佐久間さん。一体どうしたんですか？」

意気消沈した様子の佐久間は、ぐったりとテーブルの上に突っ伏している。目線だけをこちらに向けると、消え入りそうな声でボソボソと言った。

「……今日が締切だというのに、まだ原稿が終わっていない」

「えっ、大丈夫なんですか」

「大丈夫なわけないだろう。今度こそもう無理だ。絶対に無理だ。脳味噌《のうみそ》を雑巾のように振り絞っても、文章が一滴たりとも出てこない……俺の作家人生もいよいよ終わりだ……」

出逢って未だ一ヶ月ほどだが、こんなにも弱っている佐久間を胡桃は初めて見た。いつもの無駄に自信満々で傍若無人な彼は、どこに行ってしまったのだろうか。

「……かくなるうえは、もう世界を滅ぼすしかない」

しかしこういうとき、胡桃のように漫然と「世界滅びないかなあ」と願うだけでなく、自ら滅ぼそうとするあたりが、佐久間凌の佐久間凌たるゆえんである。

「とりあえず、ブルーベリーマフィン食べましょう。紅茶淹れますね」

「……マフィンにはアッサムティーがいい……」

「すみません、スーパーで売ってるブレンドのティーバッグしかなかったです。これでいいですよね」

佐久間は反論しなかった。電気ケトルで湯を沸かし、ティーバッグを入れたマグカップにお湯を注ぐ。「熊出没注意」と書かれた北海道土産のマグカップは、胡桃が元カレのために買ったものだった。

ブルーベリーとクリームチーズが入ったマフィンを皿にのせて、紅茶とともに彼の前に置く。死んだ魚のようだった瞳に、ようやく僅かに光が宿った。

「……いただきます」

「はい、どうぞ」

焼きたてのマフィンにフォークを入れて、そのまま口へと持っていった。モグモグと咀嚼しているうちに、佐久間の表情が安心したように和らいでいく。

「……美味いな」

「わ、よかったです」

「やはり、ブルーベリーとクリームチーズの相性は最高だ……クランブルのサクサク感もいい。甘さがほどよくて、いくらでも食べられそうだ」

突然饒舌《じょうぜつ》になった佐久間に、胡桃は胸を撫で下ろした。いつも感じが悪いひとだけど、らしくもなく弱っているところはあまり見たくない。

「よかったです。実はこのマフィン、佐久間さんのために作ったんですよ」

「へ」

「佐久間さんに会いたかったから。お菓子作ったら、もしかしたら帰ってくるかなーって。まさか、ほんとに帰ってくるとは思いませんでしたけど」

胡桃がニコニコと言うと、佐久間は狼狽《ろうばい》したようにマグカップを持ち上げて、口もつけずにそのまま戻した。

「な、なんなんだそれは。あ、会いたかったって、どういう意味だ」

胡桃はベッド脇に置いていた文庫本を手に取ると、佐久間に向かって「これ!」と見せる。黒い犬の表紙を見た佐久間は、げんなりと表情を歪めた。

「……俺の本じゃないか。まさか、読んだのか」

「読みました! あの、ほんとに……す、すごかったです!」

胡桃は文庫本を胸にぎゅっと抱きしめる。あんなにたくさん感想があったはずなのに、いざ口にしようとすると、ちっとも上手く言葉にできない。自分の語彙の少なさが恨めしい。

「あ、あの……読みながらずっと、ドキドキしてて。ずーっと最悪を更新し続けてて、すんごい嫌な気分になるんですけど、途中でやめられなくて! 特にあの、主人公がずっと心の支えにしてたモノの正体がわかるところ、わたしもうこれ書いたひと性格悪すぎ！って思いましたもん！」

「……」

「えっと、わたし普段、本とかあんまり読まないんですけど、一気に読んじゃって、あの、とにかく……ものすごく、面白かったです！　書いてくださって、ありがとうございます！」

思っていたことの半分も伝えられなかったが、感想を口にしたことで、胡桃はちょっとすっきりした。ふぅ、と息をつくと、カラカラに渇いた喉を紅茶で潤す。

「……あの、それを伝えたくて、佐久間さんを待ってたんですが」

「……」

「……ん？　佐久間さん？」

片手で顔を覆った佐久間は、ふいとそっぽを向いて胡桃から目を逸らしている。黒髪から覗く耳が赤く染まっていることに気付いて、胡桃は身を乗り出した。

「……佐久間さん、もしかして照れてます？」

「……」

返事はない。が、おそらく照れているのだろう。胡桃が顔を覗き込もうとすると、佐久間はくるりと身体を反転させてしまった。

「……まさか、読むとは思わなかった……きみが読むような作品じゃないだろう」

「読みますよ。布教されましたもん」

「……担当以外の人間から、自作の感想を面と向かって言われることに、慣れていないんだ。俺の身内は、俺の本を読まないから」

「えっ、そうなんですか」

そのあたりの感覚は、胡桃にはよくわからない。ひとつだけわかるのは、普段無愛想な隣人が照れているところは、ちょっと可愛い、ということだ。

「ねえ佐久間さん、こっち向いてくださいよ。照れてるとこ見たいです！」

「な、なんなんだ！　三〇手前の男の照れ顔なんて見ても、面白くもなんともないだろう！」

「そんなことないです！　普段態度の悪い大人の男の照れ顔でしか得られない栄養があるんです！」

「何を言ってるんだ、きみは！」

胡桃を怒鳴りつけた佐久間は、誤魔化すようにマフィンを頰張った。目の前で胡桃の作ったマフィンを食べている男が、あんなに素晴らしい作品を書いただなんて、不思議な気持ちがする。

「佐久間さんって、天才だったんですね……」

「はあ？」

「あんなお話が書けるなんて、すごいです。わたし、文章書くのも絵を描くのも下手だし、そういうクリエイティブな才能が備わってないから。尊敬しちゃうなあ……」

そういえば栞が、佐久間は高校在学中に新人賞を受賞したと言っていた。その若さで、自分の才能ひとつで生きていく道を選んだ彼の覚悟は、いかほどのものだったのだろうか。

どこをとっても平均かそれ以下、平々凡々な胡桃には、必死で勉強してそれなりの大学に入って、それなりの会社に就職するしか選択肢がなかった。良く言えば堅実なのだろうが、つまらない人間だな、と自分でも思う。

溜息をついた胡桃に向かって、佐久間は「何を馬鹿なことを言ってるんだ」と呆れたように言った。プレートの上にのったマフィンを指差す。

「これは、きみの立派な才能だろう」

「……これが？」

「俺にしてみれば、こんなに美味いお菓子を作れる方が、よほど凄《すご》い。天才はきみの方だ」

真正面からまっすぐ褒められて、胡桃の頬はかあっと熱くなった。それを見た佐久間は、さっきまでのお返しとばかりに意地悪い笑みを浮かべる。

「なんだ。きみも照れてるじゃないか」

「……反省しました。面と向かって〝天才〟って言われるの、すごくこそばゆいです」

「わかったならいい」

佐久間はそう言って、マフィンをぱくりと食べる。マグカップに入った紅茶を飲み干したあと、天啓を得たように瞳を見開いて、勢いよく立ち上がった。

「……今なら書けそうな気がする」

「えっ！　ほんとですか。完成したら読ませてくださいね！」

「無事に発売したら買ってくれ。俺は自分の部屋に戻る」

「あ、それじゃあ残りのマフィンも持って行ってください」

「いいのか」

「一日経ったらバターが生地に馴染んで、また別の美味しさがありますから、朝ごはんにでもしてください。だから、あの……締切間に合わなくても、世界滅ぼさないでくださいね」

「……善処しよう」

胡桃の言葉に、佐久間は大真面目な顔で頷いた。胡桃が包んだマフィンを受け取ると、バタバタと慌ただしく部屋を出て行く。

日付が変わるまで、あとおよそ二時間。果たして彼は、締切に間に合わせることができるのだろうか。

一人残された胡桃は、頬杖をついて先ほどの佐久間の言葉を反芻《はんすう》する。

（……才能。才能かあ……）

自分にお菓子作りの才能があるなんて、考えたこともなかった。あくまでも趣味の範疇で、家族や恋人にだけ食べてもらえれば、それでいいと思っていた。

（わたしが作ったものでも、知らないひとの心を動かすことができるのかな）

佐久間が書いた作品に、胡桃が大きく心揺さぶられたように――胡桃の作ったお菓子にも、そんな力があるのだろうか？

プレートにのったマフィンを手で摑んで、そのままむしゃりと齧りつく。しっとりとした生地に、甘酸っぱいブルーベリーとまろやかなクリームチーズがマッチして、とても美味しい。かなりの自信作だ。

（……まあとりあえず、今は。自分と……ついでに佐久間さんのことだけ、幸せにできればいいかな）

今ごろ隣の部屋で、必死で脳味噌を絞っているだろう男のことを考えながら、胡桃はそう思った。

＊＊＊

「いやあ、新作も大変面白かったです！　終盤、佐久間先生にしては爽やかな展開だなと思って読み進めてたんですが、最後の一文で死ぬほど嫌な気分にさせられて！　この鬼！　悪魔！　邪悪の権化！　先生はほんとに、読者を地獄に突き落とす天才ですね！」

「……それ、褒めてるのか？」

大和の熱弁に、佐久間は不服そうに眉を寄せた。彼は先ほどから、イチゴがこれでもかとばかりに盛られたパフェの山を、楽しげに崩している。若い女性やカップルでひしめく店内で、向き合って物騒な小説の話をしているアラサーの男二人は、あまりにも不釣り合いだった。

待ち望んでいた佐久間諒の新作原稿は、先週無事提出された。

締切三日前に音信不通になり、自宅マンションからも姿を消したときには、いっそここで首を吊《つ》ってやろうかと思ったものだが。日付が変わる一〇分前に、原稿データが送られてきた。

締切に間に合わないなら間に合わないで、その旨を早めに連絡してほしいのだが、佐久間はいつもギリギリまで進捗を教えてくれない。「一日で一〇万字書けるときもあるし、一ヶ月で三文字も書けないときもあるのだから、先のことなんてわからない」というのが本人の弁だ。本音を言えば、一緒に仕事をしたくないタイプの人間である。

しかし、その面倒を補って余りあるほどに、佐久間の書くものは面白い。大学時代に彼の作品に出逢って以来、大和はずっと彼のファンだった。卒業後出版社に入り、佐久間の担当編集になれたときは、天にも昇る心地だった。

……まあ、有頂天だったのはそのひとときだけで。それ以来大和は、傍若無人な男に振り回され続けているのだが。

しかしどんな苦しみも、佐久間諒の作品をいの一番に読めるという喜びには代えられない。新作も売れるといいな、なんとしてでも売らなければ、と大和は思う。

「また細かい点は修正をお願いすると思いますが、おおむね問題ないと思います。あ、別シリーズの原稿についても引き続き、よろしくお願いします」

「ひとつ締切を片付けたと思ったら、また次の締切が現れるのは何故なんだろうな。……仕事があるのはいいことだが」

佐久間はそう言って、眩《まばゆ》いほどにツヤツヤのイチゴにフォークを突き刺す。

一八歳で新人賞を獲《と》って鮮烈にデビューした佐久間は、二作目以降なかなか売れない下積み時代が長かった。ここ数年でようやく日の目を見るようになったが、本当ならばもっと評価されるべき作家であると大和は思う。

「そういえば、先生もそろそろデビュー一〇周年ですね。お祝いしましょうか」

「それなら、リッツ・カールトンのアフタヌーンティーがいい」

迷わず即答した佐久間に、大和は苦笑した。やはりブレない男である。

今日の打ち合わせも、佐久間の方から「パフェが食べたい」と指定があった。三〇〇〇円のパフェ代は経費で落とすためなんの問題もないが、彼と会うたびに甘いものを食べる羽目になるのは、少々うんざりしている。現に佐久間の担当になってから、大和は三キロ太った。

「いや、たまには普通に飲み行きましょうよ……そうだ。アフタヌーンティー、例のお隣さんと行ったらどうです？」

「はあ？　どうして彼女の話になるんだ」

「だって、こないだデートしたんでしょ？　どうでした？」

大和が前のめりで尋ねると、佐久間はげんなりしたように表情を歪めた。パフェの底にあるストロベリームースを掬って、「デートじゃない」と吐き捨てる。

先日佐久間の部屋に行ったときに遭遇したのは、大和と同世代ぐらいの若い女性だった。茶色のフワフワとしたロングヘアに、小動物のようなくりっとした瞳が可愛らしく、どこか「守ってあげたい」風情があった。

ついにこの朴念仁にも春が来たのか、と思いきや。手作り菓子のお裾分けをしてもらっているだけの、ただの隣人だという。

（いや、絶対それだけじゃねえだろ！）

大和に対しては気遣いの欠片も見せない佐久間が、可愛らしい隣人に対しては、どこか柔らかな雰囲気を醸し出していた。並んで座っている二人を見たそのとき、大和はピンときたのだ。これは「不器用な大人たちの、じれじれお隣さんラブコメ」なのだと。

変わり者の担当作家と隣人とのあいだに、大和はラブコメの波動をひしひしと感じていた。古今東西、ひねくれ男を変えるのは天真爛漫《てんしんらんまん》なヒロインだと、相場が決まっている。

「……二人で焼き菓子店とカフェに行って、部屋に戻って、一緒にバターサンドを食べただけだ」

「えーっ、もっと他にイベントないんですか！　彼女がナンパされて助けてあげたとか、普段と違う格好にドキッとか、そういうの！　そういうのもっとください！　大人の純愛でしか得られない栄養があるんです！」

「はあ。なんなんだ、それは。他人の色恋沙汰をエンタメ消費するな。……そもそも、彼女とはそういう関係じゃないと言っただろう」

「でも、先生が自分から女のひと部屋に連れ込むなんて、今まで一度もなかったじゃないですか」

「連れ込む、とは人聞きが悪いな。向こうが勝手に押しかけてきただけだ」

大和と佐久間との付き合いは五年になるが、これまで佐久間に女の影はまったくなかった。性格には大いに問題があるものの、きちんとしていれば見てくれは悪くないし、きっとモテるだろうに。やはり性格が足を引っ張っているのだろうか。

「……べつに、彼女が特別なわけじゃない。美味そうなアプリコットタルトを持ってやって来たら、俺は指名手配犯でも部屋に招き入れるぞ」

そんな馬鹿な。笑い飛ばそうとしたが、先生ならやりかねないな、と思い直して真顔になった。丁重におもてなしして、紅茶のひとつでも淹れそうだ。

（……いや、でも。あの子に対する態度は、なんっか違う気がするんですけど）

彼女への執着は、本当に単なるお菓子への愛だけなのか。それとも、他の何かがあるのか。それはきっと、ストロベリーパフェを食べている佐久間本人も、よくわかっていないのだろう。

「……まあ、今後の展開に期待ということで」

まだまだ、慌てるような時間ではない。大和は恋愛感情の自覚に一〇万文字かかるような、焦れったい恋愛模様が好きなのだ。

四．新たな恋とアップルパイ

失恋の傷もようやく癒えてきた、七月。ここ数日は雨続きで、じめじめと不快な気候が続いている。

空調が効いたフロア内は寒いぐらいで、胡桃は制服の上からカーディガンを羽織っていた。外回りの営業から帰ってきた社員は、蒸し暑そうに汗ばんでいるため、エアコンの温度を上げることはできない。

（はあ、今年も夏がきちゃったな……）

胡桃は、夏があまり好きではなかった。焼き菓子作りのベストシーズンは秋冬だと、個人的に思う。生地の温度が上がってしまうし、クッキーなどは湿度が高いと、湿気《しけ》やすくなってしまう。そもそも、夏は焼き菓子より、もっとさっぱりしたものが食べたくなるのだ。

せっかくだし、夏らしい涼しげなデザート作りに挑戦してみようか。佐久間さんはアイスやゼリーは好きかしら——なんてことを考えていると、冴島課長に声をかけられた。

「糀谷さん。悪いんだけどこの見積書、技術課まで持って行ってくれる？」

その瞬間、胡桃はひゅっと息を吸い込んだ。

今は比較的手が空いているし、断る理由はない。ワンテンポ遅れて「はい」と返事をする。声がやや震えたが、冴島には気付かれなかったらしい。

一ヶ月前の胡桃だったら、尻尾を振って大喜びでおつかいを頼まれていただろう。技術課には、胡桃の元カレ——香西彰人《かさいあきと》がいる。

「技術課の森脇《もりわき》さんが担当だから。もし不在だったら、事務の子にでも渡しといてよ」

「はい、わかりました……」

ファイルを抱え、胡桃は渋々立ち上がった。

エレベーターに乗って、技術課のフロアがある七階へ降りる。営業部の人間は昼どきは出払っていることが多いため閑散としているのだが、それに比べると活気がある。不自然にならない程度に、キョロキョロと周囲を確認する。彰人の姿は見えなかったので、ひとまず安心した。

彰人と付き合っていたときは、会社で彼の顔を見られるだけで嬉しかった。エレベーターで一緒になったときなど、天にも昇る心地だったのだ。もちろん会社で会話を交わすことはなかったし、せいぜいこっそりアイコンタクトをする程度だったけれど。

担当者はあいにく不在だったので、事務員にファイルを託すことにした。技術課の事務担当は、同期の菅生《すごう》ひとみだ。それほど親しいわけではないものの、顔を合わせれば雑談ぐらいはする。

「お、糀谷ちゃん。どしたのー？」

「ひとみちゃん。悪いけどこれ、森脇さんに渡しておいて」

「おけおけ、渡しとく。ところで、どう？　元気してる？」

「うーん、あんまり元気じゃない……四半期決算で忙しいし……」

「あー。糀谷ちゃんとこ、大変でしょ。あの夏原先輩と二人っきりだもんねえ。あたしだったら絶対ムリ」

「そ、そんなことないよ。助けられてることも多いし」

ひとみの言葉を、胡桃は慌てて否定した。

琹がおっかないのは本当のことだが、いつも胡桃のミスをフォローしてくれるし、仕事が積み上がっているときは、さりげなく手助けをしてくれる。こんなところで、陰口めいたことを言うのは嫌だった。

胡桃の反応が思ったようなものではなかったからか、ひとみは不満げに「ふぅん」と息を吐く。

「……森脇さん、もうすぐ帰ってくると思うけど。香西さんと一緒に出てるから」

不意打ちで元カレの名前が飛び出してきて、胡桃は内心ぎくりとした。当然ひとみは胡桃と彰人の関係を知らないため、まったくの偶然である。

彰人が帰ってくる前に、さっさとお暇しよう——そう思った瞬間、胡桃の背後から聞き慣れた声が響いた。

「香西、ただいま戻りましたー!」

朗々とした、耳に心地好い声。それを聞いただけで、胡桃の心臓が大きく跳ねた。

胸がどきどきと高鳴って、ぐるぐると全身の血液が巡って、かあっと頰に熱がともる。

ベッドの中で、何度も愛を囁いてくれた大好きなひとの声だと、染みついた記憶が教えてくれている。

別れを告げられたあの日以来、胡桃は彰人の顔を見ていない。

(今、振り返ったら——彰人くんが、そこにいる)

振り向くべきではない、とわかっている。振り向かずにフロアを出て、エレベーターに飛び乗って、まっすぐ営業部に帰るのだ。あんなろくでもない男のことは忘れてしまおうと、心に決めたではないか。

それなのに、胡桃は振り返ってしまった。

パーマがかった焦茶色の髪。くっきりとした二重で、黒目がちの大きな瞳。すっと通った綺麗な鼻筋。唇の片側を持ち上げるような、ちょっと斜に構えた笑い方。

彼と目と目が合った瞬間に、胸の奥底で燻《くすぶ》っていた恋心が、あっというまに燃え上がってしまう。

(ああ、やっぱり、ぜんぜん……忘れられて、なかった)

彰人がこちらを見ていたのは一瞬のことで、何事もなかったかのように、すぐにふいっと視線を逸らしてしまう。彼にとって、今の胡桃はただの背景にすぎない。

胡桃は今にもこぼれ落ちそうになる涙を堪えながら、ひとみに「じゃあまた」と言って、足早に技術課のフロアをあとにした。

「わたし、新しい恋をしようと思うんです」

胡桃の言葉に、カップケーキを頬張った佐久間は「はあ」と気のない返事をした。

彼が食べているのは、胡桃が作ったカップケーキだ。オイルで作ったふんわり生地に、ドライフルーツがたっぷりと入っている。佐久間はいたく気に入ったようで、先ほどから満足げに口に運んでいた。

「先週会社で、久しぶりに元カレに会ったんです」

「ジャムで作るカップケーキもいいが、ドライフルーツを入れるのは格別だな。ラム酒にしっかりと漬け込まれたドライフルーツが、大人の味を演出している」

「もう吹っ切れたかなって思ってたのに、顔見たらやっぱり、全然忘れられてなくて。ろくでもないひとだって、わかってるはずなのに……」

「食べ応えがあるのに重たくなく、フワフワとしたちょうどいい焼き上がりだ。生地に入っているハチミツとアーモンドの風味もいい」

「だからきっぱり忘れるために、新しい恋をするって決めたんです！」

「あの──……さっきから全然、話嚙み合ってないんですけど。二人とも、それでいいんですか？」

お互いに言いたいことばかり言い合っている胡桃と佐久間を見て、大和が呆れたように肩をすくめた。


いつものように、隣人にお菓子を差し入れに行ったところ。大和も偶然、佐久間の部屋に来ていた。仕事中のようだったが、佐久間が「そろそろ休憩したい」と言ったので、お邪魔させていただくことにしたのだ。

「反応がなくても、いいんです。壁打ちみたいなものなので」

「一応、ちゃんと聞いてるぞ。まだ元恋人に未練があったとは、きみはかなりの被虐趣味らしいな。もしかして、駄目な男に尽くしている自分に酔《よ》い痴《し》れるタイプか」

「そ、そんなんじゃないです！」

「じゃあ、どこが良いんだ。そんな男」

「…………顔、とか」

小さな声でボソリと答えた胡桃に、佐久間は憐《あわ》れむように言い捨てる。

「きみは本当に、救いようがないな」

自覚があったので、言い返せなかった。

「だ、だから、新しい恋をするんですよ！　今度は顔だけじゃなくて、もっと中身が素敵なひとを見つけますから！」

「そうですね！　僕もいいと思いますよ。失恋の傷を癒《いや》すのは、新たな恋だと相場が決まってます。ねっ、佐久間先生！」

大和は何故だかやけにウキウキした様子で、身を乗り出してきた。他人の恋愛話を聞くのが好きなタイプなのかもしれない。

「やっぱり、筑波嶺さんもそう思いますよね！」

「まず、近くにいるひとに目を向けてみたらどうですかね。運命の相手は、意外とすぐそばにいるもんですよ。ねっ、佐久間先生！」

「筑波嶺くんはやめておいた方がいいぞ。悪い男ではないが、面倒な作家に振り回されて、休みもロクにないからな」

「わかってるなら、振り回すのやめてください……じゃ、なくて！　僕のことじゃありませんよ！　ほら、幸せの青い鳥はいつでも枕元に……」

「それが、意外と周りにいないんですよね……」

身の回りにいる男性を思い浮かべてみたが、今ひとつピンとこなかった。胡桃には男友達はほとんどいないし、友人自体がそもそも少ないのだ。営業部には独身男性もたくさんいるが、もう社内恋愛は懲り懲りだ。

「だからわたし、マッチングアプリを始めてみたんです」

「マッチングアプリ？」

「明日、アプリで知り合った男性と初めて会うんですよ！　ちょっとドキドキします。素敵なひとだったらいいなあ」

「はあ」

「そうですか……」

佐久間はつまらなそうに、大和はがっかりしたように、カップケーキに齧りついた。

大和が食べているのはまだひとつめだが、佐久間はもうみっつも食べている。

元カレと遭遇した日の帰り道、地下鉄の吊り広告を見て「これだ」と思った胡桃は、勢いでマッチングアプリに登録した。そんなに簡単に相手が見つかるものなのだろうかと訝《いぶか》しく思っていたのだが、すぐに一人の男性から連絡がきた。

登録名は〝ミノル〟さん、胡桃より五つ歳上の三〇歳。すぐ近くで働いているらしく、すぐにでも会いたい、と言ってくれた。一週間ほどやりとりをして、ようやく明日会うことになったのだ。

胡桃の説明を黙って聞いていた佐久間だったが、次第に眉間の皺が深くなってきた。

「そんなにすぐ、知らない男に会って大丈夫なのか？」

「え？　べつに、変なひとではなさそうですけど……」

「どうだろうな。きみは、男を見る目がないからな」

佐久間の言葉に、胡桃は頰を膨らませた。彼の淹れてくれた紅茶を一口飲んで、じろりと睨みつける。

「もう。否定的なことばっかり言わないで、アドバイスでもしてくださいよ。わたしに魅力が足りないのは、自覚してますから。どうしたら男性をイチコロにできると思いますか？」

「そうだな……筑波嶺くん、ちょっと俺の後ろに立ってみてくれるか」

佐久間に命じられ、大和は「はい」と素直に彼の後ろに立った。

「男性に後ろから抱きつかれるというシチュエーションがあるだろう」

「ああ！　少女漫画でよく見る、バックハグってやつですね」

「げっ、僕が実演するんですかぁ？」

大和は嫌々ながらも、佐久間の後ろからぎこちなく腕を回した。大和よりも佐久間の方が長身のため、なんだかちょっと不格好だ。

「何が悲しくて、担当作家を抱きしめなきゃいけないんですか……」

「俺だって、べつに抱きしめられたいわけじゃない。いいか、よく見ておけ」

最後の言葉は、胡桃に向けられたものだった。胡桃が頷くと、佐久間は目の前にある大和の指を、ぐいと摑む。

「自分の顔の前にある男の小指を、こうやって摑んで」

「はい」

「関節の曲がる方向とは反対側に、全力で曲げる。遠慮はいらない」

「いてててて!! 痛い、痛いです先生!!」

思い切り小指を捻《ひね》りあげられた大和は、大声で喚《わめ》いてその場に倒れ込んだ。床で呻《うめ》いている担当編集者をよそに、佐久間は涼しい顔で腕組みをしている。

「非力な女性でも簡単にできる護身術だ。あとは、怯《ひる》んだところを急所でも蹴り上げればイチコロだろう。覚えておくといい」

「……イチコロって、そういう意味じゃないです！　佐久間さんが、わたしの見る目をまったく信用してないことは、よくわかりました！」

胡桃は膨れっ面で、佐久間を睨みつけた。こうなったら絶対、とびきり素敵な恋人を捕まえて、この男を見返してやる！

＊＊＊

金曜日、一九時過ぎ。仕事を終えた胡桃は、待ち合わせ場所である繁華街の駅前へと向かった。

改札を出る前に駅のトイレに入って、軽く化粧と髪を直す。思えば、ネットで知り合ったひとと直接会うのは初めてだ。一応写真でお互いの顔を確認してはいるが、がっかりされなければいいなと思う。

今日の胡桃は半袖のニットにロングスカート、白のスニーカーを履いている。本当は踵《かかと》の高いパンプスにしようと思ったのだけれど、佐久間の「そんなにすぐ、知らない男に会って大丈夫なのか」という言葉がふと頭をよぎったのだ。おそらく、走って逃げるようなことは起きないと思うけれど。

金曜夜の駅前は、いつも以上に混雑している。無事会えるだろうかと不安になったけれど、改札を出て正面にあるコンビニの前に、グレーのスーツ姿の男性が立っているのが見えた。

ゆっくり近付いていくと、向こうも胡桃に気がついたらしく、お互いに探るような視線を交わし合う。

「……あの、ミノルさんですか？」

「あ、やっぱりくるみさん？　はじめまして、ミノルです」

「は、はじめまして」

ぎこちない挨拶とともに、ぺこぺことお辞儀をする。ひとまず、スムーズに会うことができてよかった。待ち合わせ場所に行ったものの、誰も現れずに待ちぼうけを食らう、ということもあるらしいから。

「とりあえず、移動しましょうか」

「そうですね」

ミノルが歩き出したので、胡桃もそれを追いかけるように足を進める。歩くのが遅いな、と思ったけれど、どうやら胡桃に合わせてくれているらしい。元カレである彰人や、先日一緒に出掛けた佐久間は、まったく歩幅を合わせてくれないタイプだったのに。

（うん、いいひとかもしれない！）

チョロい胡桃は、そんな些細《ささい》なことでミノルへの評価が上がった。会ってみると顔立ちだってなかなか整っているし、写真で見るより好印象だ。いや、もう顔で判断しないと決めたのだけれど。

ミノルが選んだ店は、個室の居酒屋だった。そんなに高級感があるわけではないけれど、ほどほどに落ち着いていてお酒落な雰囲気がある。マッチングアプリで出逢った男女が初めて食事をするには、ちょうどいいかもしれない。

「くるみさん、お酒飲める？」

「はい。少しなら」

「じゃあ生ビールでいいかな」

「あ、えっと……」

胡桃が緊張してまごついているうちに、ミノルが適当に注文をしてくれた。ほどなくして、生ビールと枝豆が運ばれてくる。

「じゃあ、乾杯。お仕事お疲れさまです」

「お、お疲れさまです」

カチンとジョッキをぶつけたあと、お愛想程度に口をつける。最近は飲み会にもあまり積極的に参加していないし、お酒を飲むのは久しぶりだ。甘いお酒は好きだけれど、ビールや日本酒などは、あまり美味しさがわからない、というのが本音だった。二杯目はオレンジジュースにしよう、と心の中で決める。

生ビールをあっというまに飲み干したミノルは、こちらを見て嬉しそうに目を細めた。ニッコリ笑うと目が垂れて、人の良さそうな顔つきになる。優しそうなひとだな、と胡桃は思った。

「それにしても、こんなに可愛くて若い子と会えるなんてラッキーだな。くるみさん、写真で見るより可愛くてびっくりした」

「えっ、いや、そんなこと」

ストレートに褒められて、胡桃は頬を赤らめた。なにせ、容姿を褒められ慣れていないのだ。会社で日頃「美人じゃない方」扱いをされているぶん、ちょっと可愛いと言われただけですぐに舞い上がってしまう。

「こんなに可愛いと、モテるでしょ。えーと、なんの仕事してるんだっけ？」

「メーカーの営業事務です」

「そうなんだ。オレも営業だけど、こんなに可愛い事務員さんがいたら、絶対口説いてるけどなー」

「いえ、全然……わたしの先輩がすっごく美人で仕事もできて、わたしは完全に引き立て役です」

「えー？　信じられないなあ」

お酒が入ると、少しずつ口が滑らかになってきた。運ばれてくる料理もどれも美味しい。やっとのことでビールを半量ほど飲んだところで、勝手にお代わりを頼まれてしまった。親切のつもりなのかもしれないが、ちょっと困る。

「くるみちゃん、たしか二五歳だよね。若いよなー」

次第に打ち解けてきたのか、いつのまにか〝くるみさん〟が〝くるみちゃん〟呼びになっている。ちょっと馴《な》れ馴《な》れしいな、と思ったけれど黙っていた。

「ミノルさんだって、まだ若いじゃないですか」

「くるみちゃんは、歳上の男は恋愛対象としてアリ？　五つ上でもイケる？」

「うーん、そうですね。元カレも歳上だったので」

言ったあとで、こういう場で昔の恋人の話をするのはマナー違反だったかしら、と後悔した。しかしミノルは気を悪くした様子もなく、「そっかあ」と頷いている。

「オレ、歳下好きなんだよね。くるみちゃん可愛いし、ほんとにアリだな。このまま付き合っちゃう？」

「はは……」

どう答えていいものかわからず、とりあえず笑ってみた。が、自分の顔が引《ひ》き攣《つ》っているのがわかる。

そのとき彼の視線が、胡桃の胸のあたりに移って、そのまま止まる。粘っこさを感じる、嫌な目つきだった。胡桃は反射的に、メニュー表で胸元を隠す。

「あ、次何飲む？　せっかくだし、赤ワインでも頼もうか」

「すみません。わたし、あんまりお酒飲まなくて……」

「ちょっとぐらい、いいんじゃない？　金曜日なんだしさ。明日休みでしょ」

「そ、そうですね……」

流れに押し切られて、思わず頷いてしまった。悪いひとではなさそうなのに、このひとと話しているとどんどん息苦しくなってくる。

（さっきからこのひと、わたしの容姿と年齢の話しかしてない……）

好きなこととか、嫌いなこととか。趣味とか特技とか、休日の過ごし方とか。出身地とか、家族のこととか。これからお付き合いを始めるならば、もっと話すべきことがあるんじゃないだろうか。

胡桃の話も、真剣に聞いているふりをしているけれど、ちっとも真面目に聞いていないのが丸わかりだ。さっきから、「なんの仕事してるんだっけ」と何度も確認されている。胡桃はだんだんうんざりしてきた。

もっと酷《ひど》いことに、お酒が進んでいくにつれて、彼の話題は少しずつ、いかがわしい方向に逸れていった。彼氏とどのぐらいの頻度でしてたの、とか。もっと露骨に、どういうプレイが好きなの、とか、胸大きいね、とか。そんな不躾《ぶしつけ》な質問のすべてに、胡桃は苦笑いを返していた。

二時間半が過ぎたところで、店員が「そろそろお席の時間が」と呼びにきた。どうやら混雑しているため、そろそろ出なければならないらしい。ミノルは残念そうだったが、胡桃は安堵《あんど》した。

「あー、もうそんな時間か」

「そうですね。あの、お会計……」

「いいよいいよ、さっきトイレ行ったときに済ませといた」

「えっ」

胡桃は絶句した。気持ちはありがたいけれど、この男に借りを作るのは絶対に嫌だ。

「いえ、わたし……払います」

お財布からお札を抜こうとした胡桃の手を、ミノルが摑む。思いのほか強い力に、ぞっと肌が粟立《あわだ》った。

「じゃあ、出ようか。くるみちゃん」

最初は優しそうだと思った笑顔は、今はうっすらと男の欲が透けた、下卑たものにしか見えなかった。身を捩《よじ》って、できるだけ彼から離れようとする。

店を出たあとも、彼は胡桃の手を離してはくれなかった。慣れないお酒を飲まされたせいで、胡桃の足はややふらついている。駅とは反対側へ勝手に歩いていくので、胡桃は慌てて「あの！」と声をあげた。

「わ、わたし。地下鉄なんですけど」

「え、帰るの？　もうちょっとだけ一緒にいようよ」

「……いえ、あの……か、帰ります！」

胡桃は勇気を出して、ミノルの手を振り払った。くるりと踵《きびす》を返《かえ》した瞬間に、後ろからがばっと抱きつかれる。ひゅっ、という息が喉から漏れた。

「……ホテル行かない？　オレんちでもいいけど」

（この男、最低だ！）

胡桃はようやく、自分の愚かさを悟った。このまま無理やりホテルに連れ込まれてしまうのだろうか。それだけは絶対に、絶対に嫌だ。

背後から男に拘束された絶体絶命の状態で、胡桃が思い出したのは、佐久間の言葉だった。

――自分の顔の前にある男の小指を、こうやって摑んで、関節の曲がる方向とは反対側に、全力で曲げる。遠慮はいらない。

胡桃は目の前にある男の指を力いっぱい摑んで、思い切り曲げてやった。それこそ、骨を折ってやるぐらいの勢いで。

「イテェ！」

男が大声で叫んで、ようやく腕が離れた。その隙に、胡桃は全速力で駅に向かって駆け出す。ああ、スニーカーを履いてきてよかった！

胡桃はそれほど足が速い方ではない。本気で追いかけられたらたぶん捕まるな、と思ったのだけれど、追いかけてくる気配はなかった。どうやら諦めたらしい。

所詮、その程度の気持ちだったのだろう。アプリで出逢ったチョロそうな女とヤれたらラッキー、ぐらいの。

（ああ、わたしってほんとにバカ……）

悔しいけれど、佐久間の言うことは正しかった。やっぱり自分は壊滅的に、男を見る目がないらしい。

駅のホームから地下鉄に飛び乗ったところで、ようやく息をついた。汗びっしょりなのに、身体はカタカタと小刻みに震えている。冷房の効いた車内で、胡桃は自らの身体をぎゅっと抱きしめた。

（……お菓子、作りたい。リンゴのコンポートがたっぷり詰まった、小さめサイズのアップルパイがいい）

扉にもたれて目を閉じると、アップルパイを作る手順を思い浮かべる。それと同時に、胡桃の作ったお菓子を美味しそうに食べる男の姿が浮かんできて、胡桃の心はほんの少し慰められた。

自宅に着いたのは二二時過ぎだったが、胡桃はアップルパイを諦めきれなかった。まるで戦闘服に着替えるかのような気持ちで、エプロンを身につける。

これから作るのは、ショソン・オ・ポムというてのひらサイズのアップルパイだ。フランス語で、「リンゴのスリッパ」という意味らしい。

まずはアップルパイの中に詰める、リンゴのコンポートからだ。包丁でリンゴのヘタと芯を除き、綺麗に皮を剝《む》いて、いちょう切りに。鍋にリンゴと砂糖、洋酒とシナモンを入れて弱火にかけ、焦がさないように混ぜながら、二〇分ほど煮る。リンゴを軽く潰してから、バットに上げて冷ましておく。

次はパイ生地だが、今日は市販のパイシートを使うことにする。冷凍庫からパイシートを取り出して、少し解凍したあと、麺棒で延ばして型で抜いていく。リンゴのコンポートを楕円《だえん》形の生地の真ん中に置いて、縁に水をつけてパタンと折り畳む。

ずらりと並んだアップルパイの赤ちゃんたちは、とても可愛い。焼く前からもうこんなに可愛いのに、焼き上がったらどれほど可愛くなってしまうのか。

溶き卵を塗って、冷蔵庫でしばらく休ませる。そのあとは二〇〇度のオーブンで、およそ三〇分焼く。そのあいだに、水と砂糖でパイ生地に塗るシロップを作っておくのも忘れない。

オーブンから天板を取り出すと、アップルパイにこんがりと見事な焼き色がついていた。すぐにシロップをハケで塗ってあげると、ツヤツヤと輝き出す。

（はあ、なんて愛おしいの……）

自分の作ったお菓子が世界一可愛い、と感じるのも、親馬鹿の一種なのだろうか。食べるのがもったいないぐらいだけれど、アップルパイは焼きたてに限る。今すぐ佐久間に食べてほしい。

胡桃はすぐさまアップルパイを抱えて部屋を出ると、隣のインターホンを鳴らした。

隣人のもとに突撃するには非常識な時間だが、夜型の佐久間はまだ起きているだろう。

「……こんな時間にどうしたんだ。今日はデートだったんだろう」

予想通り、スウェット姿の佐久間がすぐに顔を出した。

胡桃は「お邪魔します！」と言ったあと、ズカズカと遠慮なく中へと入っていく。ここに来るのもずいぶん慣れて、もう半分我が家のようなものである。

「聞いてくださいよ、佐久間さん！　今日会った男のひと、最低だったんです！」

「お、ショソン・オ・ポムじゃないか。見事な焼き上がりだな。今日の紅茶は、ダージリンを少し薄めに淹れることにするか」

佐久間は喚いている胡桃を無視して、テキパキと紅茶を淹れている。いつもと変わらない彼の様子を見て、胡桃は心底ホッとした。話を聞いているふりをして聞いていない男より、聞いていないようで聞いている男の方が、ずっといい。

「とりあえず、座ったらどうだ」

促されるがままにダイニングチェアに座ると、佐久間は胡桃の目の前にティーカップを置いてくれる。温かい紅茶を飲むと、次第に怒りが落ち着いてきた。それと同時に、じわじわと恐怖感が湧き上がってくる。無事に帰ってこられてよかった、としみじみ思う。

クリーム色の可愛らしいお皿に、小さなスリッパのようなアップルパイがのせられる。

もうそろそろ、日付が変わろうかという時間だ。本来ならば、こんな時間にお菓子を食べるのは憚《はばか》られるが、今夜ばかりは甘いものでも食べなければ、やっていられない。

「……いただきます！」

半ばヤケになったような気持ちで、ぱくりとアップルパイを頬張る。サクサクの生地の中からとろりと溢れ出るリンゴのコンポートは、うっとりするほど甘くて幸せな気持ちになれる。

ああ、やっぱりお菓子って最高。お菓子だけは、胡桃のことを裏切らない。

「……美味しいです」

「そりゃあ、そうだろうな。きみが作ったアップルパイだ」

「佐久間さんも食べてください！　そしてあわよくば褒めてください！」

胡桃が言うと、佐久間も続いてアップルパイを口に運んだ。その瞬間、男の表情が幸せそうに綻ぶ。普段仏頂面ばかりしているくせに、お菓子を食べているときの表情は本当に甘い。その顔を見ているだけで、迸《ほとばし》っていた怒りや悔しさが薄れていく。

「リンゴに入った洋酒とシナモンが効いているな。このサイズだと、パイのサクサク感がストレートに感じられる。やはり、きみの作るものは美味いな」

褒めて、と言ったらちゃんと褒めてくれるところが、佐久間のいいところだ。

胡桃が無言で彼からの賞賛を噛み締めていると、佐久間も黙り込んだ。テレビも点いていない、深夜の男の部屋はやけに静かだ。しんと沈黙が落ちたけれど、全然気まずくない。さっきの男と二人きりの空間に比べると、どれだけ息のしやすいことか。

（……このひとのそばにいると、不思議と安心する。ちっとも優しくないのに、なんでかな）

「佐久間さん。アップルパイ代だと思って聞いてくれますか」

「なんだ」

「……わたし。今日会った男のひとに、ホテル行こうって言われたんです」

胡桃の言葉を聞いて、佐久間は露骨に不愉快そうな顔をした。胡桃はアップルパイを食べながら、じりじりと湧き上がってくる憤りを、剝き出しのままぶつける。

「最初からずっと、わたしの見た目とか年齢の話しかしないし。全然、わたしの話聞いてないし。いやらしい目で、む、胸とか見てくるし！」

「……」

「下ネタばっかり振ってきて、手握られて、後ろから抱きしめられて……うう、ほんとに最悪……」

「……大丈夫なのか。何もされなかったのか」

「セーフですよ！　ちゃんと逃げました！　でも、佐久間さんに教えられた通り、急所蹴り飛ばしてやればよかった……！」

「……そうか」

佐久間は短く息をついたあと、紅茶を飲んだ。それから呆れたように、やれやれと首を振る。

「どうしてきみはマッチングアプリでも、Sランク級のクズをいきなり引き当てるんだ。もう少し、マトモな男はたくさんいるだろうに」

「うう……」

たしかに、マッチングアプリの利用者の中にも、真剣に交際相手を探している誠実な男性はたくさんいるだろう。その中でもとびきりのロクデナシを選んでしまうあたり、胡桃の男運のなさは本物だ。

（もうしばらく、男のひとと二人で会うのはやめよう……）

そもそも、本当に恋をする必要があるのだろうか。胡桃はもともと恋愛体質で、常に誰かを追いかけていたいタイプだったが、元カレと別れてからの日々の方が、精神が安定している気がする。仕事のストレスが溜まればお菓子を作ればいいし、そのお菓子を「美味しい」と言って食べてくれるひとがいるのだ。

「……わたし、しばらく恋はうんざりです」

「それがいいだろうな。恋愛なんてしなくても生きていけるんだから、無駄に精神を擦り減らすことはないだろう」

佐久間はそう言って、アップルパイをさくりと嚙み締めた。そして、「ただ」と意地が悪そうに、唇の片側を持ち上げる。

「きみが男に振られるたびに、こんなに美味いものが食べられるなら、それも悪くないかもしれないな。そういうことなら、どんどん失恋してくれ」

「……やっぱり佐久間さんって、性格悪い」

胡桃が軽く睨んでも、佐久間は少しも堪《こた》える様子はない。むかっ腹が立った胡桃は、彼の目の前にあるアップルパイの皿をひょいと取り上げてやった。

「あっ、おい。何をするんだ」

「発言には気をつけてください！　もしわたしに、わたしの作ったものを美味しいって食べてくれる素敵な恋人ができたら、佐久間さんはお役御免なんですからね！」

「そんなことを言っていいのか。もしそうなったら、俺はきみの恋路を、全力で邪魔することになるぞ」

ぎゃあぎゃあと他愛もない言い合いをするこの時間も、何故だか不思議と心地好かった。

もっと男性を見る目が養われて、本当に素敵なひとと出逢って、新しい恋をするまで。まだまだ、この隣人とのおかしな付き合いは続きそうだ。

五．スイーツ女のフロランタン

サブレ生地にキャラメルコーティングしたナッツ類をたっぷりのせて焼き上げたお菓子、それがフロランタン。

胡桃はキャラメルを纏ってツヤツヤと輝くフロランタンを見つめて、うっとりと目を細めた。贅沢なアーモンドの香ばしい匂いが芳しく、永遠に嗅いでいられる。

プラスチック容器に詰めたフロランタンを持って、隣のインターホンを鳴らす。ピンポン、という音のあと、しばらく待っても反応がない。

（あれ、珍しい。留守なのかな？）

時刻は二一時。彼がこんな時間に外出することなど、めったにない。もしかすると、また執筆に行き詰まり逃げ出したのだろうか。

胡桃は自分の部屋に戻ると、ベランダに出て、隣の様子を確認した。カーテンが閉まっているため中までは見えないが、電気が点いているかどうかぐらいはわかる。電気は消えており、中にひとがいる気配はなかった。

（なーんだ、佐久間さんいないんだ……）

胡桃はがっかりした。上手にできた焼きたてのフロランタンを、佐久間に食べてほしかったのに。

肩を落としながらキッチンに戻り、インスタントのカフェオレを淹れる。少しお行儀が悪いけれど、流しの前で立ったままフロランタンを食べた。サクサクのサブレにパリパリのアーモンド、甘さの中にほんのりと苦味のあるキャラメルが、口の中で優しくほどける。

自分で作ったお菓子が美味しければ美味しいほど、佐久間さんに食べてほしかったな、と思う。彼がお菓子を食べている姿を見るのが、ストレス解消にもっとも有効なのだ。

そして何より、

(これ、どうしよう……絶対一人じゃ食べきれないよ……)

てんこ盛りになったフロランタンを見て、胡桃は溜息をつく。最近は佐久間に食べてもらうことを想定して、ついつい量を作りすぎてしまう傾向にあるのだ。

明日の夜まで待ってもいいのだが、佐久間が帰ってくるかどうかはわからない。連絡先を知らないので、「いつ帰ってきますか?」と聞くすべもない。

(……仕方ない。会社に持って行くか)

胡桃は棚から透明の小分け袋を取り出すと、フロランタンを中に詰めた。シーラーという機械でビニール袋を熱で溶かし、乾燥剤とともにしっかり密閉する。割れないように、気をつけて持って行かなければ。

七月も後半。暑さもどんどん本格的になってきて、満員電車に乗って出社するだけで汗だくだ。夏季休暇まであと一ヶ月もあると思うと、余計にげんなりする。

毎朝胡桃は出社すると、まず一〇階にある女性社員専用のロッカールームへ向かう。ロッカーの中に荷物を入れて、制服に着替えるのだ。胡桃の会社では、制服の着用は自由ということになっているが、胡桃は基本的に制服を愛用している。毎日服を考えるのも面倒だし。

胡桃がロッカールームに入ると、栞が制服に着替えているところだった。彼女はいつも、胡桃よりも少し早めに出社している。二人きりの空間に緊張しつつ、控えめに声をかけた。

「な、夏原先輩、おはようございます」

「おはようございます」

栞はほんの一瞬だけこちらを向いて、挨拶を返すとすぐに目線を逸らしてしまう。ロッカールームは女性社員の社交場だけれど、彼女はいつも、用がないなら話しかけないでください、というオーラを全身から放っているのだ。

胡桃はブラウスのボタンを留めながら、こっそりと栞の横顔を盗み見る。ツヤツヤの長い黒髪を、頭の後ろでひとつに結んでいるところだった。すぐそばから、華やかなフローラルの香りがする。ごくナチュラルなメイクなのに、彼女は胡桃よりもずっと美しい。比べるまでもないのだけれど、少し落ち込んでしまう。

ロッカーに荷物を入れるときに、紙袋に入ったフロランタンが目に入った。栞に渡すべきかどうか、胡桃は逡巡《しゅんじゅん》する。

これ作りすぎたのでよかったら、と差し出すなら今がチャンスだろう。今このタイミングならば、業務時間中だと叱られることはないだろうが——勇気が出なかった。

（……いりません、って言われたら立ち直れない……）

胡桃はこれまで、家族や恋人といった、ごく親しい人間にしかお菓子を振る舞ったことがなかった。勢いに任せて佐久間に突撃したのは、特殊な例だったのだ。冷たくておっかない栞に、いつものトーンですげなく断られたら、きっと落ち込むだろう。

（……うん。夏原先輩に渡すのは、やめとこう。他人の手作りとか、ダメなタイプかもしれないし……）

そうやって自分を納得させているあいだに、栞は着替えを済ませてロッカールームを出て行ってしまった。彼女の姿が見えなくなって、一人になった瞬間、胡桃は知らず詰めていた息を吐く。

「あ、糀谷ちゃん。おはよー！」

栞と入れ違いにやって来たのは、同期のひとみだった。胡桃の隣のロッカーを開けて、テキパキと着替え始める。ひとみちゃんならいいかな、と思い、胡桃は紙袋からフロランタンを取り出した。

「あの、ひとみちゃん。これわたしが作ったんだけど、よかったら食べない？」

個包装されたフロランタンを受け取ったひとみは、驚いたように目を丸くする。

「えー、これ糀谷ちゃんの手作りなの⁉　スゴ！　売り物みたいじゃん！」

「えへへ、そ、それほどでも……」

「ありがとー！　昼休みに食べるわ！」

快く受け取ってもらえた。フロランタンはまだまだ残っているが、この調子ならなんとかなるかもしれない。

お弁当とスマホが入ったサブバッグと一緒に、フロランタンの入った紙袋を抱えて、胡桃は足取りも軽くロッカールームをあとにした。


しかし昼休みになっても、紙袋の中身はちっとも減っていなかった。

忙しく飛び回っている営業部の面々に、呑気《のんき》にお菓子を配り歩く勇気はなかったのだ。

勝手にデスクの上にでも置いておこうかとも考えたが、得体の知れない手作り菓子がいつのまにか置かれているなんて、ホラー以外の何物でもない。

胡桃は社員食堂の片隅で、お弁当を広げていた。タイミングが合えば同期とランチをすることもあるけれど、お昼休みは大抵一人で過ごしている。昼休みが始まるなり、栞はさっさとどこかに行ってしまうのだ。もっとも、栞と二人きりでランチを食べるのも、それはそれで緊張するだろうが。

お弁当を食べ終わったあと、紙袋からフロランタンを取り出した。デザート代わりに、ひとつ食べることにしよう。

袋から取り出したフロランタンに齧りつく。焼きたてのときはサクッと軽い味わいだったけれど、時間が経つとキャラメルとサブレの層が馴染んで、また美味しいのだ。

「あれ、糀谷さん。お疲れさま」

しみじみとフロランタンを味わっていると、ふいに声をかけられた。顔を上げると、営業一課の水羽《みずは》直樹《なおき》が立っている。同じ営業部のメンバーではあるものの、二課の事務担当である胡桃とは、ほとんど関わりがない。

「水羽主任。お疲れさまです」

「ここ、空いてる？　他の席いっぱいでさ」

「あ、どうぞ」

胡桃が頷くのを待ってから、水羽は胡桃の正面に腰を下ろした。テーブルの上に、唐揚げ定食ののったトレイが置かれる。それほど親しくない先輩と向き合って食事をするのは、妙な緊張感があるものだ。

水羽は胡桃より四年先輩の二九歳で、営業部のエースとの呼び声も高い。やや垂れ目の温和なイケメンで、仕事もできて上司や部下からの信頼も篤《あつ》く、しかも独身。社内には虎視眈々《こしたんたん》と彼を狙っている女性社員が、たくさんいるとかいないとか。

しかし胡桃は、元カレだった彰人に夢中だったこともあり、それほど水羽に興味がなかった。もっとも彼の方も、胡桃なんぞに微塵も興味はないだろうが。

「水羽主任、食堂でごはん食べてるの珍しいですね。営業部のひとたちって、大抵外でランチしてますし」

「たしかに、外回りのついでに食ってくることが多いからなー。今日も外行こうかと思ってたんだけど、事務作業が終わんなかった」

水羽はそう言って、垂れ目気味の目を細めて笑う。思わず見惚れてしまうような、素敵な笑顔だ。こんな笑みとともに契約書を差し出されたら、サインのひとつでもしてしまいそうだ。さすが営業成績トップ、と胡桃は妙なところで納得する。

「俺、事務仕事苦手だからさ。糀谷さんも夏原さんも凄いと思う」

「わ、わたしは全然……！　夏原先輩はすごいですけど」

「いやー、ほんと。俺、夏原さんに全然頭上がらないし」

「え、水羽主任でもそんなことあるんですか？」

「あるよー。書類に不備があるって、しょっちゅう怒られてるもん。でも糀谷さんは優しいから、二課の連中が羨ましいな」

ニコッと笑顔を向けられたその瞬間、胡桃はフロランタンを喉に詰まらせそうになった。かあっと頬が赤くなり、頭の中に警鐘が鳴り響く。

（……もしかしたらこのひと、天然タラシなのかもしれない……！）

二度と顔の良い男に騙されはしないと、胡桃は心に誓ったのだ。もうしばらく、恋なんてしない。自分の男運のなさを真摯に受け止め、身の程をわきまえなければ。

「ところで、糀谷さん。何食べてるの？」

いつのまにか唐揚げ定食を食べ終えたらしい水羽が、胡桃の手元にあるフロランタンを指差す。

「フロランタンっていうお菓子です。よかったら、食べますか？」

「え、いいの？」

「これ、わたしが作ったんですけど……他人の手作りとか平気ですか？」

胡桃は紙袋からフロランタンを取り出して、水羽に差し出す。受け取った水羽は、しげしげと物珍しそうにそれを見つめた。

「え、手作り!? こんなお洒落なもの作れるなんて、糀谷さん凄いね。プロみたいだ」

「い、いえ、そこまででは！」

「ありがとう、いただくよ」

水羽はそう言って、フロランタンを一口食べた。食べながら、うんうんと大袈裟《おおげさ》なほど頷いてくれる。

「うわ、すごく美味しい。手作りとは思えないな」

「よ、よかったです！」

水羽の反応に、胡桃は両手を胸の前で合わせた。自分の作ったものを、目の前で他人に食べてもらうのは、どうにも緊張するものだ。しかし美味しいと言ってもらえるのは、やはり嬉しい。

「それにしても糀谷さん、お菓子作り得意なんだね。さすが、女子力高いなあ」

お菓子作りの能力を「女子力」と定義されてしまうのは、なんとなく違和感がある。胡桃の中にある「お菓子作り」のイメージは、厳しい顔でキッチンに立つ父親の姿だからだ。

「そう……ですかね？」

甘いものを好むのに性別が関係あるのか、と言った佐久間の気持ちが、今なら少しわかる気がする。あのときの佐久間の苦々しげな顔を思い出しながら、胡桃は水羽に曖昧な笑みを返した。

珍しく、ほとんど残業することなく仕事が終わった。ウキウキとパソコンの電源を落として、課長に挨拶をしてからフロアを出る。

紙袋の中に、フロランタンはまだ残っていた。今日、佐久間は部屋にいるだろうか。もし会えたら、フロランタンに合う紅茶を教えてもらおう。

ロッカールームで制服を脱いでいると、「おつかれさまでーす」と女性二人組が入ってきた。ひとみと、庶務課の前川梢絵《まえかわこずえ》だ。

四年先輩である梢絵は、明るく社交的ではあるのだが、気が強く高圧的なきらいがある。胡桃は彼女のことを、やや苦手にしていた。栞とは別の種類の怖さだ。

「お先に失礼します」と愛想笑いで頭を下げて、そそくさと外に出た。扉を開けた瞬間、栞と鉢合わせする。

「な、夏原先輩……お疲れさまです」

「お疲れさまです」

足早にしばらく歩いたあと、ハッとする。残ってしまったフロランタンを、ロッカールームにいる梢絵と栞に渡せばよかったのでは。

（……佐久間さんがいるとは限らないし、せっかくだから誰かに食べてもらった方がいいよね。……喜んで、もらえるかな）

悩んだ結果、胡桃は引き返すことにした。昼休みに水羽が「美味しい」と言ってくれたことも、胡桃の背中を後押しした。

ロッカールームの扉をそうっと開いたところで、梢絵の大きな声が聞こえてきた。

「そういえば今日、糀谷さんが水羽くんにお菓子渡してるの見たんだけど」

突然出てきた自分の名前に、ぎくりとした。梢絵は水羽と同期だ。おそらく、昼休みのやりとりを見られていたのだろう。

胡桃は反射的に、入り口のすぐそばにあるロッカーの陰に隠れる。

「あー、あれ糀谷ちゃんの手作りらしいですよ。あたしも今朝もらいました」

「え、ほんとに⁉　あざとー」

「これですこれ、フロランタン」

「うわっ、しゃらくせえ。アピールに余念がないなー、あのスイーツ女」

きゃはは、と意地悪な笑い声がロッカールームにこだまする。スイーツ女、という響きには、隠しきれない悪意と侮蔑が滲んでいた。スイーツかっこわらい、の方。

胡桃はフロランタンの入った紙袋を抱きしめたまま、下唇を噛み締める。

「そういえば、ひとみちゃんって糀谷さんの同期だっけ」

「そうですよー。あの子、入社してすぐの同期会でも、趣味はお菓子作りです、とか言ってて。悪い子じゃないんだけど、絶対仲良くなれないなーって思いました」

ひとみの言葉に、胡桃は身体を強張《こわば》らせた。そんな風に思われてたんだ、と奥歯を噛み締める。

「あー、男ウケ狙ってそう。私も無理なタイプだわ」

（……なんで、そこまで言われなきゃいけないの……）

お菓子作りが好きなのは、本当のことだ。男ウケを狙ったわけでもないし、自分の好きなものを好きだと言っただけで、馬鹿にされる筋合いは少しもない。

「お菓子作ってきて、水羽くんにだけ渡すっていうのが露骨だよねー。他にも営業部に男いっぱいいるだろっていう」

「そういえば、夏原先輩は貰いました？　糀谷ちゃんのお菓子」

ひとみの言葉に、胡桃は冷や汗をかいた。

栞には渡すチャンスがいくらでもあったのに、胡桃は彼女にフロランタンを渡さなかった。他意はなかったとはいえ、栞にしてみれば、「自分を無視して男に媚《こ》びを売っている」と感じても仕方ないかもしれない。

「いいえ。貰っていません」

「あー。やっぱりあのスイーツ女、水羽くん狙いなんじゃん」

「一番近くにいる夏原先輩スルーするなんて、なんか感じ悪いですよねー」

同意を求めるようにひとみが言うと、バン！　と勢いよくロッカーを閉める音がした。

しん、とロッカールーム内が水を打ったように静まり返る。

「本人が弁明できないところで、彼女の行動について、とやかく言うつもりはありません」

栞がきっぱりとした口調で言った。梢絵とひとみはゴニョゴニョと口ごもっていたが、「べつに、陰口叩いてるわけじゃ」とようやく話題を切り上げる。

心はズタボロに傷ついていたけれど、栞の一言で、胡桃はほんの少しだけ救われたような気がした。必死で涙を堪えて、音を立てぬようにロッカールームから逃げ出す。

喜んでもらえるかも、だなんて思った自分が浅はかだった。フロランタンの入った紙袋をぎゅっと握りしめながら、もう二度と他人に自分のお菓子を食べさせるものか、と胡桃は決意した。

マンションに帰り着いて胡桃が最初にしたことは、佐久間の部屋の電気が点いているか確認することだった。

カーテンの隙間から漏れ出る光を見た瞬間に、胡桃は彼の部屋へとまっすぐ向かう。迷わず、インターホンを押した。

「なんだ。今日はやけに早いな」

扉から顔を出した瞬間、胡桃はフロランタンの入った紙袋を彼に押し付ける。佐久間は中身を確認すると、ウキウキした声色で「入れ」と言った。部屋に入って扉を閉めるなり、胡桃は声を荒らげる。

「……佐久間さん！　昨日の夜どこ行ってたんですか！」

「べつに、どこでもいいだろう。きみには関係ない」

「佐久間さんがいなかったせいで！　わたしっ……！」

そこで我慢が決壊して、ポロッと涙がこぼれ落ちた。はらはらと頬を流れる雫《しずく》を見た佐久間は、ギョッと目を見開く。

「ど、どうしたんだ。泣かなくてもいいだろう。関係ないは言いすぎた。昨夜は実家に帰っていただけだ」

「佐久間さんが、佐久間さんがあああ」

胡桃は怒りに任せて、ポカポカと佐久間の胸を叩く。佐久間は「な、何なんだ……」と戸惑いつつも、不器用に背中を撫でてくれた。普段はあんなに冷たいくせに、温かくて大きな手だった。

「とにかく座れ。紅茶を淹れる。ナッツの渋みとよく合うキャンディティーだ」

ぐすんと洟を啜りながら、胡桃はダイニングチェアに座った。ウサギのように目を真っ赤にした胡桃を前にして、佐久間は珍しく困惑しているようだった。

「……俺はきみの泣き顔を、しょっちゅう見ている気がする。いい歳をして泣き虫だな、きみは」

「……さ、佐久間さんの前だけです。ちゃんと、会社では我慢したんですよ」

胡桃が言うと、佐久間は無言でティッシュの箱を差し出してきた。出逢ったとき以来の、鼻セレブの登場だ。涙を拭って洟をかみながら、胡桃は話し始める。

「……佐久間さんがいなかったから、今日会社にお菓子持って行ったんです」

「ほう」

「そしたら、会社のひとたちに陰で、スイーツ女、とか言われて」

「……？　それ、悪口なのか」

佐久間は不思議そうに首を傾げる。甘いものが大好きな彼にとっては、そこに含まれた侮蔑のニュアンスを感じ取れないのだろう。

「スイーツかっこわらい、の方です」

「よくわからんが、甘いものが馬鹿にされるのは看過できないな」

「……バカにされてるのは、わ、わたしの方です。わたしが作ったお菓子、たまたま営業の先輩に渡したんです。そしたら、そんなつもりないのに、あざといとか狙ってるとか言われて」

「……」

「なんで、お菓子作りが好きって言っただけで、女子力高いねとか、男に媚び売ってるとか言われるんだろう……」

「理解できないな。優秀なパティシエの中には、男性もたくさんいるだろう」

「……悔しいです。あんなやつに、わたしのお菓子あげるんじゃなかった」

ひとみに渡したフロランタンを、彼女は果たして食べたのだろうか。もしかすると、食べずに捨てられてしまったのかもしれない。とっても美味しくできた、可愛い我が子のようなフロランタンだったのに。佐久間のような、もっと喜んでくれるひとに、食べてもらえばよかった。

佐久間は目の前のフロランタンに手をつけることもなく、胡桃の話を聞いていた。胡桃が再び洟をかむのを見届けたあと、ゆっくりと口を開く。

「細かい事情は、よくわからないが……気にすることはない。自分の才能を曝《さら》け出《だ》すというのは、常に他人からの妬みや僻《ひが》みに晒《さら》されるということだ」

佐久間の発言は、やけに真に迫っていた。彼もプロの作家として作品を世間に公表している以上、嫌な思いをたくさんしてきたのかもしれない。しかし、佐久間と胡桃では、立っているフィールドがまったく違う。

「……才能、だなんて、そんな大袈裟なものじゃないです。佐久間さんはプロですから。わたしとは違います」

「……」

「もう、わたし、お菓子作りが好きだなんて、他人に言いません。佐久間さん以外のひとに食べてもらうのも、嫌です」

いやいやをするように首を振る。好きなものを好きだと言って、余計な陰口を叩かれるのはもううんざりだ。ひっそりと、自分だけで楽しめればそれでいい。

佐久間はトントン、と人差し指でテーブルを叩いた。少し考え込む様子を見せたあと、静かに続ける。

「……それは、勿体無《もったいな》いな」

「……もったいない、ですか？」

予想外の言葉に、胡桃は瞬きをした。その拍子に、瞳に溜まっていた涙がテーブルの上に落ちる。佐久間は個包装されたフロランタンを手に取り、言った。

「これの価値がわからない人間に、みすみす食わせてやることはない。しかしこの世界には、きみの価値を理解できる人間が、たくさんいるはずだ」

「わたしの、価値？」

「趣味の範疇で、自分一人だけで楽しむのもいいだろう。それもまたお菓子作りだ。きみがそれで満足できるなら、それでいい」

「……」

「ただ、きみがお菓子を作るのは、本当に自分のためだけなのか。きみはよく、俺に向かって〝食べてほしい〟〝褒めてほしい〟と言うだろう。お菓子作りに対して、承認欲求がないと言えるのか」

「……それは……たしかに、なくは、ないです」

お菓子を作ること自体は、たしかに楽しい。しかし出来上がったものを誰かに食べてもらって、〝美味しい〟と言ってもらえたら、もっと楽しくて嬉しいし、今度は何を作ろうかな、と思える。現に佐久間に出逢ってから、胡桃のお菓子作りに対するモチベーションはうんと上がった。

「俺はきみの才能が、きみのことを必要としている人間に届けばいいと思う」

「……佐久間さんみたいなひとに？」

「……それ、自分で言うのか」

佐久間は照れたように頭を掻いたけれど、胡桃の言葉を否定しなかった。両手を合わせて「いただきます」と言うと、フロランタンに齧りつく。

（わたしの作ったものを、心の底から喜んでくれる……佐久間さんみたいなひとが、そんなにたくさんいるとは思えないけど）

心底美味しそうに、フロランタンを噛み締めている男の顔を、胡桃は穴が開くほどじいっと見つめていた。

とにかく今は、目の前にいる彼にだけ、自分の価値をわかってもらえればいい。

「美味い」という佐久間の言葉が、傷ついた心にじわりと染み込んでいく。胡桃は笑みを浮かべて、彼が淹れてくれた紅茶を飲んだ。

＊＊＊

八月の半ば、待ちに待った夏休みが始まった。

せっかくの長期休暇だというのに予定はほとんどなく、胡桃は一日のほとんどを、佐久間の小説を読んで過ごしている。彼の書く物語は、人間の悪意を凝縮して尖らせたようなものばかりだ。面白くてやめられないのだが後味が悪く、陰鬱な気分になるのが悩みどころである。二冊目の文庫本を読み終えたところで、この世のすべてを呪いたいような気持ちになった。

（人類って、なんて愚かなの……今すぐ滅んだ方がいい……）

このままでは、自ら世界を滅ぼそうとする、悪の大魔王になりかねない。気分転換をしようかと思ったものの、ここ最近は連日猛暑が続いており、お菓子を作る気力もない。やはり暑さは焼き菓子作りの天敵だ。

……もっとも理由はそれだけではなく、先日会社で〝スイーツ女〟呼ばわりされたことも、少なからず尾を引いているのだが。ストレス解消のためのお菓子作りに、嫌な思い出がセットになってしまった。

（あー……お風呂、入らなきゃ……）

お湯に浸《つ》かるのが面倒で、夏場は大抵シャワーで済ませている。胡桃は寝巻き代わりのTシャツとショートパンツを持って、脱衣所に向かう。ノロノロと服を脱いでからバスルームに入ると、勢いよくシャワーコックを捻った。

「ぎゃあああ！」

頭からシャワーを浴びた瞬間、文字通り冷や水をぶっかけられた胡桃は、叫び声をあげた。

ずぶ濡《ぬ》れになりながら慌ててコックを閉めて、給湯器のスイッチが入っているか確認する。きちんと入っているようだ。しばらくシャワーを出してみたけれど、お湯が出てくる気配はない。もしかすると、故障だろうか。胡桃は全裸のまま、風呂場でがっくりと項垂れる。

（どうしよう。修理の依頼は明日するとして……水風呂だと、さすがにこの季節でも風邪ひいちゃうかな……）

胡桃は脱衣所に戻り、髪と身体を軽く拭いたあと、Tシャツとショートパンツを着た。スマホを取り出し、マンション周辺にある銭湯を調べてみる。歩いて一五分ほどの場所にあるらしい。

（……うーん、仕方ない。行くか）

夏休み中とはいえ汗だくだし、お風呂に入らないわけにはいかない。胡桃はTシャツとショートパンツ姿のままお風呂グッズを持って、ゴムサンダルを履く。部屋の外に出たタイミングで、インターホンを押そうとしている佐久間と鉢合わせした。

「あれ、佐久間さん。どうかしたんですか」

佐久間の方から、胡桃を訪ねてくることは珍しい。キョトンとしていると、彼はこちらを見て渋い顔をする。

「どうしたもこうしたもないだろう。さっきの悲鳴はなんだ。ゴキブリでも出たのか」

「えっ、聞こえてたんですか？」

このマンションは比較的防音がしっかりしている方だが、そんなに大きな声で叫んでいただろうか。胡桃が頬を赤らめていると、佐久間は訝しむように、じろじろとこちらを眺めてくる。

「そんな格好で、一体どこに行くつもりだ。髪が濡れているぞ」

「あ、実はお風呂のお湯が出なくなっちゃって。今から銭湯に行こうかと」

「こんな時間に？一人でか？」

佐久間は腕組みをしたまま、胡桃を睨みつけた。時刻は二三時前。女性が一人歩きをするには、たしかにやや心もとない時間帯だ。

怖い顔をしているけれど、もしかして心配してくれているのだろうか。それなら、そんなに顰めっ面をしなくてもいいのに。

「平気ですよ。そんなに遠くないですし」

「いや、俺はきみの危機管理能力を信頼していない。初対面の男の部屋に、平気で上がり込むような女だぞ」

「相手が佐久間さんなんだから、なんの問題もないでしょ」

「このあいだは、初対面の男にホテルに連れ込まれそうになっていただろう」

「あのときは、ちゃんと逃げられましたよ」

「次も逃げられるとは限らないだろう」

佐久間はそう言うと、自分の部屋の扉を開けて「入れ」と顎をしゃくってくる。

「……仕方ないから、うちの風呂を貸してやろう」

「え、いいんですか？」

それはありがたい申し出だ。正直なところ、胡桃も濡れた髪のまま一五分も歩くのは嫌だなと思っていたのだ。よく知らない人間ならば遠慮するところだが、相手が佐久間なら問題はないだろう。「お邪魔します」と足を踏み入れる。

「佐久間さん。お風呂はどちらですか？」

ここにやって来たことは何度もあるが、風呂を借りるのは当然ながら初めてである。

佐久間が無言で指差した方に向かうと、洗面所の隣にバスルームへと続く扉があった。念のため確認してみたが、女性用のメイク落としや化粧水などはない。

「あら、女性の影がないですね」

「いまさら何を言ってるんだ。恋人はいないと、前にも言っただろう。他に女がいるなら、ホイホイきみを家に入れたりしない」

それは当然だ。佐久間に恋人がいるならば、胡桃はとっくに鉢合わせして修羅場になっているだろう。

「中にあるものは勝手に使ってくれ。必要なら湯を張るが」

「いえ、シャワーで大丈夫です。すみません、助かります」

銭湯に行くつもりだったので、必要なものはすべて持ってきている。佐久間の姿が見えなくなってから、おそるおそる服を脱いだ。他人の家で全裸になるのは、さすがに少し緊張する。

熱いお湯でシャワーを浴びてさっぱりしたあと、持参してきたスキンケアセットでしっかりと保湿をして、胡桃は再びTシャツとショートパンツ姿になった。髪を乾かすのは、自分の部屋に戻ってからでいいだろう。

長い髪をひとつにまとめ、バスタオルを首から下げたまま、脱衣所から出る。

「佐久間さーん、お風呂いただきました……って、あれ？」

広々としたリビングダイニングに、佐久間の姿はなかった。電気も点いているし、エアコンも消えていないし、パソコンのスイッチも入ったままだ。キョロキョロと見回していると、リビングからベランダへと続く窓のカーテンが開いていた。

「さーくまさん」

窓を開けてベランダに出ると、佐久間がそこに立っていた。

ベランダのへりに頬杖をついたまま、呆れた顔でこちらを見ている。右手に持った煙草《たばこ》から、細い煙が立ちのぼっていた。

「……せっかく気を利かせてベランダに出ているんだから、今のうちに自分の部屋に戻ったらどうだ」

「すっぴんぐらい、佐久間さんに見られてもへっちゃらです。もっと酷い泣き顔とかも見られてるし」

「そういう意味ではないんだが……」

胡桃は佐久間の隣に並んで、外の景色を眺めてみる。排ガスで煙る空には星のひとつも見えず、行き交う車のヘッドライトの光が、遠くでチカチカと光っていた。夏の夜は昼間の熱がまだ残っていて、むっとした空気に包まれていたけれど、頬を撫でるなまぬるい風は、案外心地好い。

目線を動かし、佐久間の横顔をこっそり盗み見る。伏せた睫毛《まつげ》が意外と長い。煙草を持つ指は骨張っていて、胡桃のものとはまったく違う、男のひとの手、という感じがする。顎から首にかけてのラインが、まるで芸術品のように美しい。Tシャツの襟元から覗く鎖骨のあたりに、小さな黒子《ほくろ》があるのを見つけて、胡桃は何故だかドキリとした。

佐久間はどこか遠い目をしたまま、ふぅっと白い煙を吐き出した。煙草を吸っている男は、どうして妙に物憂げな表情をするのだろう。懐かしい匂いが鼻をついて、胡桃の胸はぎゅっと締めつけられた。

「……この匂い、久しぶりに嗅ぎました」

「……ああ、煙草か。不快なら消すが」

「いえ。元カレが吸ってたのと同じ銘柄だな、と思っただけです」

胡桃の言葉に、佐久間は盛大に顔を顰める。そのまま、煙草を携帯灰皿に押し付けて消した。

「べつに、よかったのに。もう未練なんてありませんから」

「きみのためじゃない。そんな碌でなしと重ねられるのは、俺が不愉快だっただけだ」

吐き捨てるように言った隣人のことを、素直じゃないな、と胡桃は思う。それでもそんな彼の不器用な優しさは、胡桃にとって好ましいものだった。

「佐久間さん、煙草吸うんですね」

「口寂しいときだけだ。ここ最近は、きみがお菓子を持ってこないからな」

「……すみません。こう暑いと、お菓子作る気力もなくて。それに夏休み中はストレスも溜まらないし」

「愚痴ならいくらでも聞いてやるから、さっさとストレスを溜めてきてくれ。きみの作ったものを食べないと、調子が出ない」

佐久間にそう言ってもらえると、どんどんやる気が漲《みなぎ》ってきた。何を作ろうかな、と久しぶりにお菓子のレシピを思い浮かべてみると、心がふわりと浮き上がる。

「そうですね……夏らしくアイスとか、ババロアとかムース作るのもいいかも。あ、ホワイトチョコムースなんてどうでしょう。ちょっとレモンの風味を加えて、底にはベリーのソースを入れて……」

「……くそ。食べたくなってきたな」

佐久間は「少し待ってろ」と言い残して、リビングへと戻っていく。しばらくすると、透明な器を両手に持って戻ってきた。右手に持った方を胡桃に渡す。

「きみのぶんだ」

「わ、ありがとうございます」

涼しげなガラスの器には、ひんやりとしたバニラアイスが入っていた。バニラアイスの上には、茶色い液体がかかっている。銀色のスプーンでほんの少し溶けたアイスを掬って、口に運ぶ。濃厚なバニラの甘さとともに、ほろ苦くもフルーティーな風味が口の中に広がった。

「美味しい！　これ、なんですか？」

「少量のブランデーだ。酔っ払うほどではないだろう」

「うわあ、大人の味だ……これ、アイスも絶対いいやつですよね。バニラビーンズを感じます」

美味しいデザートを食べたとき、自分でも作れるだろうかと考えてしまうのは胡桃のサガだ。リンゴのコンポートにバニラアイスを添えるのもいいな、などと想像していると、幸せな気持ちになってきた。

隣の佐久間もアイスを食べて、「うん、美味い」と満足げに頷いている。

恋人でもないひとの部屋でシャワーを浴びて、一緒にアイスを食べているなんて、なんだか変な感じだ。それでも、ちっとも嫌じゃない。

「ね、佐久間さん。明日もお風呂直らなかったら、貸してもらえますか？」

「断る。遅くならないうちに銭湯に行け」

「美味しいデザート作ってきますから。ねっ」

「………………仕方ない。ただ、きみはそれでいいのか。普通は男の部屋で、ホイホイ風呂を借りるものじゃないぞ」

「大丈夫ですよ、相手が佐久間さんですから」

「……やはり、きみは危機管理能力に欠けているな」

佐久間は呆れたように肩をすくめて、胡桃の額を人差し指でパチンと弾く。

元カレと同じ煙草の匂いは、甘いバニラとブランデーの香りにすっかり上書きされてしまった。

＊＊＊

佐久間諒の担当編集になってから、大和の手土産のセンスは抜群に磨かれたと思う。

昨年末に久方ぶりに帰省した際は、佐久間イチオシのカヌレを購入して帰ったところ、妹から「兄ちゃん、なんで彼女もおらんのに、こんなん知っとんの？」と訝しがられた。余計なお世話である。

本日の手土産は、フルーツパーラーのオレンジゼリーだ。オレンジの中身をそのままくり抜いた皮の器の中に、果肉がたっぷりのゼリーが入っている。小さな容器に入ったホイップクリームをのせて食べるらしい。ふだん三個パックで一〇〇円のゼリーしか買わない大和にとっては、至極贅沢な一品である。

合鍵でオートロックを解除して、エレベーターで一五階へ。そのまま鍵を開けて突入してもいいのだが、一応のマナーとしてインターホンを鳴らすことにしている。返事がなければ強行突破だ。

インターホンを鳴らしてしばらくすると、ガチャリと扉が開く。大和の目の前に現れたのは、長い髪を頭の後ろでひとつにまとめた、可愛らしい女性——佐久間の隣人である、糀谷胡桃だった。

「あ、筑波嶺さん。こんばんは」

「……!?」

予想外の展開に、大和は言葉を失った。

胡桃が佐久間の部屋から出てくること自体は、もはや意外でも何でもない。彼女は手作り菓子を差し入れがてら、しょっちゅうここに入り浸っているのだ。

しかし今日の彼女は、明らかに様子が違っていた。長い髪は濡れており、いつもより眉が薄く素朴な顔つきをしていて(おそらくすっぴん)、肩からバスタオルを掛けて、白いTシャツにパイル地のショートパンツを身につけている。

……どこからどう見ても、風呂上がりである。

「……もしかして僕、重大なイベントスキップしちゃいました!?」

「え、なんの話ですか?」

「なんだ、筑波嶺くんじゃないか。なんの用だ」

部屋の奥から出てきた佐久間は、訝しげな表情で大和を見ている。

「なんの用だ、じゃないですよ! 今日二〇時から打ち合わせです! 時間指定したのは先生ですよ！」

「ああ、そうだったな。忘れてた」

佐久間は悪びれもせずに言った。まあ、彼が打ち合わせの予定を忘れるのはいつものことなので、それはべつに構わない。問題は何故、風呂上がりの隣人が彼の部屋にいるのか、ということである。

「筑波嶺さん、こんな時間までお仕事なんて大変ですね。頑張ってください」

「え、いや、まあ、ハイ」

「それじゃあ佐久間さん、今日もお風呂ありがとうございました。あんまり筑波嶺さんに迷惑かけちゃダメですよー」

「余計なお世話だ。さっさと帰れ」

佐久間が顰めっ面でしっしっと手を振ったが、胡桃は嫌な顔ひとつせず「じゃ、おやすみなさーい」と言って、ゴムサンダルを履いて部屋を出て行った。

大和は呆然《ぼうぜん》とその背中を見送ったあと、佐久間の襟首を摑んでガクガクと揺さぶる。

「……なんか、彼女ヅラして出て行きましたけど……事後ですか⁉　やっちゃったんですか⁉」

「な、何を馬鹿なことを言ってるんだきみは！　指一本しか触れていない！」

大慌てで言い返した佐久間に、大和はひとまずホッとする。せっかくじれじれのラブコメを見守ろうと思っていたのに、一番美味しいところを見逃してしまったのではないかと心配していたのだ。まあ、指一本しか触れていないというのも、それはそれでいいかがわしい気もするが。

「あー、よかった。ちゃんと手を握るまでに、文庫本一冊ぶんぐらい時間かけてくださいね。次はそろそろ名前呼びイベントですか？」

「筑波嶺くんとは長い付き合いになるが、俺は未だにきみが何を言っているのかわからないことがある」

「とりあえずこれ食べて、話聞かせてください」

大和は手土産の紙袋を佐久間に手渡して、ダイニングチェアに腰掛ける。佐久間はさっそく、オレンジゼリーを両手でうやうやしく取り出した。

「〝パーラーイトウ〟のオレンジゼリーか。この季節に相応しいデザートだ。褒めてつかわそう」

「はいはい、ありがたき幸せ」

佐久間は蓋代わりのオレンジのヘタ部分を持ち上げて、別添えのホイップクリームをのせる。銀色のスプーンでゼリーとクリームを掬って、幸せそうに口に運んでいる。相変わらず、甘いものを食べているときだけはご機嫌そのものだ。

とにかく、打ち合わせは後回しだ。焦れた大和は「状況を教えてくださいよ」と身を乗り出した。

「ああ、書きたいものはだいたいまとまった。きみからのメールを踏まえて修正してみたから、一度プロットに目を通してくれ」

質問の意図からズレた佐久間の回答に、大和は椅子からずり落ちそうになった。

「そっちの状況じゃなくて！　……いや、そっちの状況も大事なんですけど！　まず僕が聞きたいのは、お隣さんの件です」

「……べつに、話すようなことは何もない。彼女の部屋の給湯器が壊れたから、うちの風呂を貸してやってるだけだ。明日修理に来るらしいから、今日が最後だな」

「は⁉　僕が知らないあいだに、そんな美味しい思いしてたんですか⁉」

「……言っておくが、やましい気持ちは微塵もないぞ」

果たして本当にそうだろうか。大和は訝しげな視線を佐久間に向ける。彼は下を向いたまま、半透明のゼリーをスプーンでつついていた。

「でも自分の部屋で可愛いお隣さんがシャワー浴びて、風呂上がりにウロウロしてるんでしょ？　多少はドキドキソワソワしません？」

「…………………………しない」

大和の問いに、佐久間はあさっての方向を向きながら、怒ったようにそう答えた。ふーん、なるほど。

これは長い付き合いだからわかるのだが、彼は嘘をつくときに露骨に目を逸らす癖がある。意外と正直な男なのだ。

（まあ、今日はこのへんにしといてやるか……）

恋愛慣れしていない担当作家をからかうのも楽しいが、変につついて意識をさせて、二人の仲がぎくしゃくするのも本意ではない。

「そうですか、変なこと訊いてスミマセン。じゃ、仕事の話しましょう」

大和は雑談を打ち切り、頭を仕事に切り替えた。ようやくこちらを見てくれた佐久間は、資料をテーブルに広げ、真剣なまなざしで話し始める。

次回作の打ち合わせは、なかなか白熱したものになった。佐久間が譲れない部分と、大和が譲れない部分の折り合いがつかず、良い落としどころが見つからない。

大和だって佐久間諒のファンとして、彼の書きたいものを存分に書いてもらいたい気持ちはある。しかし編集者としては、そういうわけにもいかない。「売れる」作品を作家に書いてもらうことが、大和の仕事なのだ。売れなければ次は出ない。そうなると、大和は二度と佐久間諒の新作が読めなくなってしまうのだ。

……こればかりは、「このへんにしといてやるか」で済ませられる問題ではない。

佐久間は苛立ちを露《あらわ》にしながら、人差し指でテーブルをトントン叩いている。そろそろお互いに、クールダウンした方がいいだろう。

「先生。ちょっと休憩しましょう」

「……賛成だ」

平行線のやりとりを中断して、大和は放置していたオレンジゼリーを一口食べた。果肉がたっぷり入っていてみずみずしかったが、すっかりぬるくなっていて、美味さは半減だ。打ち合わせに夢中になって食べ頃を逃すのは、いつものことである。佐久間に「勿体無い」と叱られることもしばしばだった。

とっくの昔にゼリーを食べ終えている佐久間は、テーブルのそばにある小物入れから、煙草の箱を取り出した。それほど頻繁ではないが、打ち合わせが長引いたときはよく見られる光景だ。大和は非喫煙者であるが抵抗はないし、自分の前では断りなく吸っても構わないと伝えてある。

彼が手にしている箱が見慣れないものだったので、大和はおやと目を見開いた。あまり煙草に詳しいわけではないが、漂ってくる匂いもいつもと違う。

「先生。煙草の銘柄、変えたんですか」

「……ああ。ちょっとな」

「へー、珍しいですね。どういう心境の変化ですか？」

佐久間は香水や歯磨き粉、洗剤などの日用品に至るまで、「これ」と決めたブランドやメーカーを使い続けるのだと言っていた。頑固でこだわりの強い彼は、簡単に自分を曲げるタイプではないのだろう。

佐久間はやや逡巡しつつも、白い煙を吐き出しながら言った。

「……彼女の元恋人が、俺と同じ銘柄の煙草を吸っていたらしい」

「ん？　彼女って、お隣さんのことですか？」

「碌でもない男だったらしいからな。……俺の煙草の匂いを嗅ぐたびに、そんな奴のことを思い出すのは嫌だろ」

大和は啞然とした。あの傍若無人な佐久間が、先ほどから大和相手に一歩も譲ろうとしない頑固な佐久間が。ただの隣人のために——ほんの些細なことではあるが——自分のこだわりを曲げたのだ。

「あの佐久間先生、それって」

「……べつに、彼女のためじゃない。目の前で泣かれると面倒臭いからな。意外と泣き虫なんだ、あの女は」

佐久間はまるで言い訳でもするかのように、早口でそう言った。大和は「ツンデレのテンプレありがとうございます！」と大声で叫びたいのを必死で堪える。誤魔化すように、オレンジゼリーを口に運んだ。

（……そういうの、世間じゃ愛って呼ぶんじゃないですかね⁉）

もちろん、まだ教えてやるつもりはないが。もう少しだけ、不器用な大人たちのじれじれラブコメを楽しませてもらおうじゃないか。

そのあと再開された打ち合わせでも、頑固で強情な作家はなかなか折れようとはしなかった。悔しいけれど、この男のこだわりをいとも容易《たやす》く曲げられるのは、可愛らしいお隣さんだけなのだ。

六. 涙と笑顔とレモンクッキー

夏季休暇が終わった、八月の末。ふと思い立った胡桃は、お菓子を作ることにした。バタークッキーに甘酸っぱいレモングレーズをたっぷりかけた、夏にぴったりのレモンクッキーだ。

グレーズとは、お菓子の乾燥防止や艶出しなどに使用される、いわゆる砂糖水のことだ。冷めると白く硬くなって、お菓子を優しく包んでくれる。今回は少し水分量を多めにして、甘さ控えめの爽やかなものにした。

レモンの形に型抜きされたバタークッキーを、半透明のレモングレーズで包む。見た目もとっても可愛くて、レモンのいい匂いがする。中央にトッピングしたハチミツ漬けのレモンも、素敵なアクセントだ。このまま食べても美味しいだろうが、レモングレーズがしっかり固まるように、一晩冷やしておこう。

(やっぱり、お菓子作りって楽しい……)

スイーツ女と揶揄《やゆ》されようが、やはり胡桃はお菓子作りが好きなのだ。まるでみずみずしい美少女のようなレモンクッキーの香りを嗅いでいると、落ち込んでいた気持ちが浮き上がっていく。

いくつかは明日の会社のおやつにして、残りは佐久間にあげることにしよう。今度は余計な陰口を叩かれぬよう、誰にも見つからないようにしなくては。

翌朝胡桃が出社すると、栞が既に自席でパソコンを叩いていた。胡桃は小さく咳払《せきばら》いをしたあと、シャキッと背筋を伸ばして挨拶をする。

「夏原先輩、おはようございます」

「おはようございます」

栞はほんの一瞬だけ顔を上げてから、すぐにディスプレイに向き直ってしまう。相変わらずの冷たさだったが、胡桃の栞への苦手意識は薄れつつあった。

――本人が弁明できないところで、彼女の行動について、とやかく言うつもりはありません。

ロッカールームでの栞の言葉に、胡桃は少なからず救われていた。胡桃は一方的に苦手意識を抱いて避けていたというのに、彼女は胡桃の陰口に加わることなく、庇《かば》ってくれた。無愛想ではあるけれど、きっと根っから冷たいひとではないのだ。

（せっかく二人きりの事務員なんだから、もうちょっと親しくなれないかな）

そんなことを考えつつ、芸術品のように整った横顔をじっと見つめる。栞はキーボードを叩きながら、こちらを一瞥もせずに言った。

「糀谷さん。シンエイ機工さんにお渡しする見積書、数字が間違っていました。こちらで訂正しておきます」

「えっ。す、すみません」

「あなたももう四年目なんですから、いつまでもこんなミスをしてもらっては困ります。もっと気を引き締めてください」

「……はい……」

朝から早々にお説教を食らって、胡桃はがっくりと項垂れる。この調子では、彼女と仲良くなるのはまだまだ難しいかもしれない。

今日は業務量も落ち着いており、いつもは仕事に追われている胡桃も多少は余裕があった。ピリピリしていることが多い営業部の空気も、比較的長閑《のどか》である。このまま何も起こらなければ、残業せずに帰れそうだ。

一五時を過ぎたところで、栞が「郵便局に行ってきます」と言って、席を外した。その隙に胡桃はこっそり、サブバッグからレモンクッキーを取り出す。小腹も空いたし、おやつを食べることにしよう。

レモンクッキーが入った透明の袋には、先日購入したレモンのシールが貼ってある。まるでお店の売り物みたいだ、と一人でテンションが上がった。

レモン形のクッキーを袋から出して、音を立てぬよう静かに頰張る。サクッとした食感に、バターとレモンの甘さがマッチしていて、とても美味しい。

「あれ、糀谷さん。何食べてるの？」

突然声をかけられて、胡桃はぎくりと肩を揺らす。

顔を上げると、水羽がニコニコ笑みを浮かべてこちらを見ていた。胡桃は慌ててクッキーを飲み込み、勢いよく立ち上がる。

「すっ、すみません……！　仕事中なのに……」

「いやいや、おやつ食べるぐらい全然いいでしょ。この時間、おなか空くよね」

「ハイ……」

「もしかしてそれも、糀谷さんの手作り？」

手元を覗き込んでくる水羽に、胡桃は首が千切れそうなほどの勢いで、ぶんぶんとかぶりを振る。

「ちっ……違います！　その、えーと、そう、貰い物です！」

「そうなんだ。このあいだの糀谷さんのクッキー、美味しかったなあ。よかったら、また食わせてよ」

（そういうこと、あんまり大きい声で言わないでください！）

周囲の目が気になって、胡桃は冷や汗をかく。これ以上身に覚えのないことで、余計なやっかみを買うのはごめんだ。それにしても、平然とこんなことが言えるなんて、このひとは本当にタラシなのかもしれない。

「は、はい……機会があれば……」

そう答えながら、おそらくその機会はないだろうな、と胡桃は考える。今後はイケメンと充分な距離を取り、乙女心を弄ばれないように気をつけることにしよう。なにせ、胡桃には男運がないのだ。

そのとき、栞の席に置いてある電話が鳴った。営業一課の外線電話だ。栞が不在のため、胡桃が代わりに受話器を上げる。

「はい、三葉《みつば》産業営業一課でございます」

『おい、ちょっと！　どういうことなんだよ！』

開口一番怒鳴り声が響いてきて、胡桃はひっと息を呑んだ。受話器の向こうの声が聞こえたのか、目の前にいる水羽が心配そうにこちらを見ている。

「も、申し訳ありません。何かございましたでしょうか」

『ございましたでしょうか、じゃないんだよ！　どう考えても、そっちのミスだろこれ！　責任取れよ！』

「あ、あの……」

突然のことに頭が真っ白になっている胡桃に、水羽がジェスチャーで「代わるよ」と言ってくれる。胡桃はやっとのことで「少々お待ちください」と告げると、震える指で保留ボタンを押す。

「はい、お電話代わりました。いつもお世話になっております。ええ、ええ、はい……申し訳ありません。こちらの手違いです」

水羽は二〇分ほど謝罪を交えつつ話していたが、ひとまず場を収めたらしい。電話を切ると開口一番、「糀谷さん、大丈夫だった？」と胡桃を気遣ってくれた。自分も怒れただろうに、本当にいいひとだ。

「わたしは全然大丈夫です。あの、今のって……」

「ただいま戻りました」

胡桃が尋ねようとしたところで、栞が戻ってきた。深刻な雰囲気を漂わせている二人を見て、「どうかしましたか？」と尋ねてくる。

「夏原さん。長田《おさだ》工業さんに納品する部品、発注してくれた？」

「……え？」

「今日が納期なのに届かないって、先方がカンカンで電話かけてきて。ちょっと、注文書の控え確認してもいいかな」

栞はハッとしたように目を見開き、みるみるうちに顔が青ざめていった。キャビネを開き、綺麗に整理されたボックスの中からクリアファイルを取り出して、愕然とした表情を浮かべる。

「……申し訳ありません。発注できていませんでした。私のミスです」

「そうか、わかった。とりあえず、一緒に課長のところ行って報告しよう」

水羽は栞を責めることなく、営業一課の堂本《どうもと》課長の元へと歩いていった。栞は青い顔をしていたが、いつものように背筋を伸ばして、彼の後ろをついていく。胡桃はそんな二人を、オロオロしながら見守ることしかできない。

「くっだらねえミスしてんじゃねえよ！　何年目だと思ってんだ！」

ややあって怒号が響き、胡桃はびくっと身体を震わせる。それが自分に向けられたものでなかったとしても、怒鳴り声を聞くのは嫌な気分になるものだ。

堂本課長は声が大きく、ガタイの良い体育会系だ。短気で大雑把で、自分にも他人にも厳しく、やや威圧的なところがあるので、栞の前任である先輩は、こっそり「パワハラじじい」と呼んでいた。二課の課長である冴島もネチネチと嫌味な上司ではあるが、それでも堂本よりはマシだと、胡桃は常々思っていた。

「申し訳ありません」

「謝って済む問題じゃねえんだよ。俺たちが汗水垂らして取ってきた契約を、なんで黙って座ってるだけのおまえが台無しにしてんだ！」

「……」

「おまえのヘマを尻拭いすんのは、俺ら現場の人間なんだよ。わかってんのか？　だったらちゃんと誠意見せて謝れ！」

（ひどい。夏原先輩、わたしと違って、めったにミスなんてしないのに……）

たしかに栞がミスをしたことに間違いはないが、あまりにもひどい言い草だ。堂本はきっと普段から、栞のことを良く思っていなかったのだろう。細かいミスを指摘してくる栞と、口論をしているところもよく見かけた。ここぞとばかりにミスをあげつらって、栞を吊《つる》し上《あ》げようとしている。

「堂本課長。夏原さんはいつもきちんとしてくれてますし、今回は単純なケアレスミスです。次回以降、気をつけてもらえればそれでいいです」

見かねた水羽が栞を庇う。堂本はチッと舌打ちをして、栞を睨みつけた。栞は直角に身体を折り曲げて、深々と頭を下げる。

「ご迷惑をおかけして、申し訳ありません」

「夏原さん、顔上げて。今はそれより、ミスをリカバーすることを考えよう。よそに回す予定だった部品、長田さんの方に回してもらうよ。夏原さん、サンヨーテクノさんに連絡してもらえる？」

水羽はテキパキと指示を出し、自分もスマホを取り出して、どこかに電話をかけた。栞は「はい」と答えて、こちらに戻ってくる。

胡桃はおそるおそる、彼女に声をかけた。

「な、夏原先輩……あの」

「お騒がせしてごめんなさい。私のことは気にせず、あなたはあなたの仕事をしてください」

そう言った栞は、いつものように毅然《きぜん》とした表情を浮かべている。けれど、受話器を持つ手は小刻みに震えていた。

「……ええ、はい。このたびは大変申し訳ありませんでした。すぐにお届けしますので、はい」

電話を切った水羽は、栞に向かって指でOKサインを作ってみせた。栞は安堵したように息を吐いて、強張っていた表情をやや緩める。

水羽と栞があちこち奔走した甲斐《かい》もあり、なんとか先方に部品を届けることができたらしい。胡桃はなりゆきを見守っていただけだったが、心の底からホッとした。

「水羽主任。このたびは本当に申し訳ありませんでした」

「いいよいいよ。夏原さんがミスするなんて、めったにないことだし」

「……いえ。こんなミスをすることなど、あってはならないことです。以後、充分気をつけます」

「じゃあ、今度は俺の書類不備見逃してね」

水羽は悪戯《いたずら》っぽく笑うと、菓子折りを持って堂本課長とともに会社を出て行った。きっと、直接お詫《わ》びに行くのだろう。

時刻は一九時を回っている。定時はとうに過ぎているが、栞のデスクにはまだ仕事が残っていた。つい先ほどまで、ミスの後始末にかかりきりだったのだから当然だ。

「……糀谷さん、お疲れさまでした。どうぞ、先に帰ってください」

カタカタとキーボードを叩く栞の横顔には、さすがに疲れが見えた。先ほども課長からさんざん怒られていたし、精神的なダメージが大きいのだろう。

胡桃はといえば、自分の仕事はなんとか終わらせている。栞が良いと言うのだから、このまま退社してもいいはずだ。この時間ならば、家に帰ってお菓子を作る時間だってある。でも。

（……でも、夏原先輩は。いつもわたしのこと、助けてくれた……）

栞は言葉こそキツかったけれど、胡桃が困っているときに、さりげなく手を差し伸べてくれた。胡桃のミスに先回りして気付いて、指摘をしてくれた。そんな彼女を置いて、帰る気にはなれない。

「……いえ！　わたしも手伝います！　これ、入力すればいいんですよね」

胡桃は栞の返事を聞かず、彼女の目の前に積まれたファイルを奪い取った。エクセルソフトを立ち上げて、データを入力していく。栞は呆気に取られたように目を丸くして、こちらを見つめていた。

「糀谷さん……」

「このぐらいなら、わたしでもできます！　夏原先輩ほど早くはないですけど、頑張って終わらせましょう！」

胡桃はそう言って、胸の前でぐっと拳を握りしめる。栞はやや戸惑ったような表情を浮かべていたけれど、小さな声で「……ありがとう」と呟いた。

それから二人がかりで作業に没頭して、気付けば胡桃と栞以外の社員は誰もいなくなっていた。

胡桃は、入社以来こんなに集中したことはないのでは、というぐらいに集中していた。だだっ広いフロアに、カタカタとキーボードを叩く音だけが響き渡る。

「おわっ……たぁ～……」

最後の数字を打ち込んだ瞬間、胡桃はへなへなとデスクに突っ伏した。

栞が普段こなしている業務量は半端ではなく、控えめに見積もっても胡桃の三倍はあった。営業一課の方が人数が多いのだから、当然だ。日頃業務時間内にこの仕事を完璧にこなし、しかも胡桃のフォローまでしている栞は超人である。

窓の外は真っ暗で、とっぷりと夜が更けている。パソコンに表示された時刻を確認すると、二一時だった。どうなることかと思ったが、思っていたよりも早く終わってよかった。

「……ありがとうございます。助かりました」

栞はそう言って、深々と頭を下げた。胡桃の戦力はせいぜい彼女の半分以下なので、それほどお役に立ったわけではない。胡桃は「お気になさらず！」と力いっぱい首を横に振った。

しかし栞の表情は晴れず、俯《うつむ》いて下唇を噛み締めている。

「私、あなたに偉そうにお説教できるような立場じゃなかった。……ごめんなさい」

栞の謝罪に、胡桃はしどろもどろになる。

「そ、そんなことないです。いつも夏原先輩が、わたしのミスを見つけてくれるから、大事にならずに済んでるので……それに夏原先輩は普段ミスしないから、こういうとき余計に目立つだけっていうか……」

「……」

「えっと、わたしなんて去年、機材一〇ケースのところ、間違えて一〇〇ケースも発注しちゃって……営業さんたちに頑張って売り捌《さば》いてもらって……はは……」

静まり返ったフロアに、胡桃の自虐が虚《むな》しく響く。先輩が落ち込んでいるというのに、慰めの言葉がちっとも出てこない。こういうとき、自分の語彙のなさが心底恨めしい。これでは、佐久間のことをとやかく言えないではないか。

胡桃が口を噤《つぐ》むと、二人のあいだにしんと重たい沈黙が落ちる。必死で次の言葉を探していると、ふいに栞が下を向いた。その拍子に、ポタリ、とデスクの上に雫が落ちる。ぐす、と洟を啜る音が聞こえてきて、胡桃は慌てふためいた。

「なっ……夏原先輩！　すっ、すみません、わたしっ」

オロオロと狼狽《うろた》えていると、栞は鼻声で「大丈夫です」と言った。

「違うんです。……すこし……気が緩んで」

「……」

「私なんて、仕事しかできないのに……仕事でもミスするなんて、本当にダメね……」

「そ、そんな……」

黒い瞳から透明な涙がとめどなく溢れて、はらはらと頬を流れていく。栞は唇をいびつに歪めると、頬を手の甲で拭って、自嘲するように言った。

「……私。糀谷さんと比べて、愛想がない方、可愛げがない方だって言われてるの、知ってる」

「え？」

栞の言葉に、胡桃はぽかんと口を開けた。仕事ができない方、美人じゃない方。そんな風に周りから揶揄されるのは、自分ばかりだと思っていた。

「……ごめんなさい。取り乱しました」

ようやく少し落ち着いたらしい栞は、ハンカチを取り出して涙を拭う。マスカラとアイラインも落ちて、目の下が黒くなっていたけれど、それでも栞の美しさが損なわれることはなかった。

栞が落ち込む必要など少しもないのに、かけるべき言葉が見つからない。お互いが黙り込んだ瞬間、ぐうぎゅるるる、という、やけに間抜けな音が鳴り響いた。

「……？」

「……」

「もしかして今の、夏原先輩のおなかの音ですか？」

胡桃が尋ねると、栞は耳まで真っ赤になった。バツが悪そうに俯いて、「すみません」と蚊の鳴くような声で呟く。何それ、可愛い。普段キリッとしているぶん、意外なギャップにときめいてしまう。

「お、おなか空きましたよね！　そういえば晩ごはん食べてないし！　あっ、わたしクッキー持ってるんです、けど……」

恥ずかしがっている栞を横目に、胡桃はサブバッグからレモンクッキーを取り出す。おやつに一枚食べたので、残りは一枚だ。差し出そうとすると、遠慮がちに押し留められる。

「いえ、大丈夫。糀谷さんが食べてください」

「実はこれ、作りすぎちゃって。家にたくさん残ってるんです。よかったらどうぞ」

「……これ、あなたが作ったの？」

透明の袋に包まれたレモンクッキーを見て、栞は目を丸くする。スイーツ女、という陰口が蘇ってきて、ほんの少し不安になった。

けれども栞ならきっと、胡桃のことを馬鹿にしたりはしないはずだ。

「実は、そうなんです……大丈夫ですか？　手作りとか嫌だったら、無理には……」

胡桃は緊張しつつも、栞に向かってクッキーを差し出した。彼女は「いいえ」と首を横に振って、それを受け取ってくれる。

「抵抗ないです。……ありがとう」

栞はレモンのシールが貼られた袋を破ると、レモングレーズのたっぷりかかったクッキーを、控えめに一口齧る。胡桃は固唾を呑んで、その様子を見守っていた。

「……とっても美味しい」

栞はそう言って、目を細めて柔らかく微笑む。油断して思わずこぼれ落ちた、という風に。

胡桃が彼女の笑った顔を見たのは、初めてのことだった。まるで無垢《むく》な少女のように可憐《かれん》で無邪気で、思わず恋に落ちそうになるほど、可愛らしい笑みだった。

（……あの夏原先輩が。冷たくて怖い、いつも無愛想な夏原先輩が。わたしが作ったお菓子食べて、笑ってくれた……！）

今すぐ栞に飛びついて、力いっぱい抱きしめたいような気持ちになる。思わず立ち上がって、がばっと両手を広げてしまった。

突然の奇行に、栞は怯《おび》えたようにびくっと肩を揺らす。我に返った胡桃は、「失礼しました……」としずしず着席をした。

「ど、どうしたの、急に」

「いえ、ちょっと感極まっちゃって。あの、お口に合ったならよかったです」

「ええ、本当に美味しい。……糀谷さんは凄いのね」

「いえ、そんな、えへへ……」

「……仕事以外にも誇れるものがあるって、素敵なことだと思うわ。……私、あなたが羨ましい」

「え」

（夏原先輩が？　わたしなんかのことを、羨ましいって言った？）

美人で仕事ができて、いつでもクールで毅然とした、完璧な先輩。彼女のようなひとは、胡桃のようにくだらないことで思い悩むことなどないのだろうと、そう思っていたのに。

信じられないような気持ちで、胡桃はまじまじと栞を見る。彼女はレモンクッキーを食べながら、もう一度優しく微笑んでくれた。

「糀谷さん、ありがとう。……元気、出ました」

(わたしの作ったものが、誰かに元気を与えることができるんだ……)

——俺はきみの才能が、きみのことを必要としている人間に届けばいいと思う。

(ねえ、佐久間さん。佐久間さんが言ってたのって、こういうことですか?)

胡桃は笑い出したいような、泣き出したいような気持ちで、ぐっと拳を握りしめる。なんだか今すぐ、無愛想な隣人に会いたくなった。


栞と話し込んでいたせいで、結局終電ギリギリで帰ることになってしまった。地下鉄から降りた胡桃は、駅から自宅マンションまでの道を足早に歩いていく。目の前の信号が点滅し始めたので、ダッシュで横断歩道を渡った。

ふつふつと胸の奥から湧き上がってくる、この喜びを。今すぐ伝えたいひとがいる。

いったん自分の部屋に戻った胡桃は、着替えもせずにレモンクッキーが入ったプラスチック容器を抱えて、再び外に出た。逸《はや》る気持ちを抑えながら、隣のインターホンを鳴らす。すぐに、佐久間が顔を出した。

「一体どうしたんだ、こんな時間に」

「すみません。レモンクッキーがあるんですが、明日出直してきましょうか」

「いや、問題ない。俺にとってはこれからがゴールデンタイムだ」

家主の許可が下りたため、遠慮なくお邪魔させてもらうことにする。仕事をしていたのか、パソコンの電源が点いていた。時刻は午前零時。夜型の佐久間は、このぐらいの時間からエンジンがかかってくるのだろう。

胡桃からプラスチック容器を受け取った佐久間は、中身を確認して瞳を輝かせた。

「いい匂いだ。レモンの香りをより引き立てる、ニルギリを淹れよう。皿を出してくれ。棚の二段目にある、ミントグリーンのやつだ」

いつものように佐久間が紅茶を淹れてくれて、深夜のお茶会が始まった。最近、深夜に甘いものを食べすぎている気がする。

クッキーを目の前に置いた佐久間は、「それで」と呆れた目を向けてくる。

「今度は一体誰に泣かされたんだ」

「な、泣いてませんよ！　ひとを泣き虫みたいに言わないでください！」

胡桃はそう言い返すと、ティーカップを持ち上げて口に運ぶ。ほのかに柑橘《かんきつ》系の香りがして、刺激の少ない穏やかな口当たりだ。

「クッキー食べる前に。話、聞いてもらえますか」

「ふん。いいだろう」

胡桃が言うと、佐久間はつまらなそうな顔で頬杖をついた。彼が胡桃の話を聞くときは、大抵この体勢だ。

「……今日。会社の先輩が仕事で失敗して落ち込んでたから、わたしが作ったレモンクッキー食べてもらったんですけど……」

「ほう」

「そしたら、美味しい、って言ってくれて……普段すごく冷たくて、怖い先輩なのに。わたしが作ったお菓子食べて、笑ってくれたんです！」

「まあ、それはそうだろうな。当たり前だ」

佐久間はそう言って、涼しい顔で紅茶を飲んだ。胡桃本人よりも自信満々なので、おかしくなってしまう。このひとはどうして、胡桃の作ったお菓子のことを、なんの疑いもなく信じてくれるのだろう。

「笑ったところ初めて見たんですけど、もうすごく可愛くて……うっかり好きになっちゃいそうでした」

「……きみはまた、性懲りも無くそんなことを……」

「……わたしが作ったもので、ありがとうって、元気出た、って言ってもらえるのって、幸せなことですね」

栞の顔を思い出して、またフワフワと気持ちが浮き上がっていく。

佐久間は頬杖をついたまま、「それで、どうしたんだ」と続きを促してきた。

「え、そ、それで……すごく嬉しかったっていう、それだけです。おしまい」

話はここで終わりである。胡桃の話にヤマもオチもないのは、いつものことだ。

しかし佐久間はやや驚いたように眉を持ち上げて、言った。

「……こんな時間に、ここまで来て。愚痴を言いにきたんじゃないのか」

「へ？」

「俺の役目は、きみの愚痴を聞くことだろう」

そういえば、もともと彼との関係が始まった当初はそういう話だった。お菓子を作って差し入れする代わりに、愚痴を聞いてもらう。持ちつ持たれつの、おかしな関係。

しかし今日の胡桃は愚痴ではなくて、嬉しかったことを佐久間に聞いてほしかった。栞と、他でもない佐久間が教えてくれた、このあたたかな喜びを。彼と一緒に、分かち合いたかったのだ。

「……先輩が笑ってるの、見たとき。佐久間さんが言ってたこと、思い出したんです」

「俺が、何か言ったか」

「わたしの才能を認めて必要としてくれるひとがいる、ってやつ」

「……そういえば、そんなことも言ったな」

「あの、たぶん先輩にとっては、そんな大袈裟なことじゃないんですけど……佐久間さんの言う通りだったよ、って、伝えたくて」

「……」

「だから……これからは……えっと。愚痴だけじゃなくて、たまには、嬉しかった話も聞いてください」

そう言ってぺこりと頭を下げると、佐久間は落ち着きなくティーカップを持ち上げて、またすぐにソーサーの上に戻した。それからやけにムスッとした顔を取り繕って、つっけんどんな口調で言った。

「……まあ、いいだろう。辛気臭い泣き顔を見ているよりは、多少はマシだ」

相変わらずの物言いに、胡桃は思わず吹き出してしまった。

この佐久間語を翻訳機に通すと、「きみが泣いているところなんて見たくないよ」である。佐久間と出逢って三ヶ月で、胡桃も多少は彼のことがわかってきた。

ミントグリーンの皿にのったクッキーに手を伸ばして、サクッと齧りつく。冷蔵庫でしっかりと冷やされたレモングレーズに包まれたクッキーはひんやりとしていて、爽やかなレモンの酸っぱさのあとに、バターの柔らかな甘さが追いかけてくる。世界で一番、幸せなマリアージュだ。

「いただきます」

佐久間は両手を合わせてから、レモンクッキーを口に運ぶ。心底嬉しそうに綻んだ彼の表情を見ると、栞の笑顔を見たときと同じような感情が湧き上がってきた。

……どうやら胡桃は、自分の作ったお菓子で無愛想なひとを笑顔にすることに、どうしようもなく喜びを感じる性質らしい。

思わず立ち上がった胡桃は、がばっと勢いよく両手を広げる。怪訝な顔をしている佐久間に向かって、衝動のままに叫んだ。

「……あの、佐久間さん！」

「なんだ」

「……だ、抱きしめてもいいですか⁉」

その瞬間、佐久間は飲んでいた紅茶を吹き出しそうになる。狼狽した様子で、「だ、駄目に決まっているだろう！」と力いっぱい拒絶されてしまった。

七．背徳ガトーバスク

九月の末である。昼間こそまだまだ夏の名残はあるものの、朝晩はずいぶんと過ごしやすくなってきた。気温も湿度も下がってきて、焼き菓子作りに適した季節になりつつある。

二人で残業をしたあの日以来、胡桃と栞はずいぶん打ち解けた。相変わらず仕事中は、能面のような顔つきでミスを指摘してくるけれど。業務終了後のロッカールームでの雰囲気はずいぶん柔らかくなったし、雑談に付き合ってくれるようにもなった。

仕事が遅く残業ばかりの胡桃を見かねて、栞は極限まで効率化された事務フローを伝授してくれた。あらためて教えてもらうと、いかに自分の仕事に無駄が多かったのかを思い知らされた。当然、すぐには栞のようにはなれないけれど、胡桃の残業時間はぐっと減った。やはり栞はすごい。

「夏原先輩、ありがとうございます！　今度お礼させてください！　そうだ、一緒にランチでもどうですか？」

「結構です。後輩の教育も、私の業務の一環ですから」

胡桃の申し出を、栞はすげなく却下する。しかし、「そうですか……」と目に見えてしょんぼりした胡桃を見て、動揺したように目を泳がせた。コホンと小さく咳払いをしたあと、「それなら」と続ける。

「……あなたの作ったお菓子が食べたいわ」

「え？」

「どうしてもお礼を、ということならば」

栞はそう言って、ふいっと視線を逸らしてしまった。表情はいつもと変わらないけれど、ほんのり耳が赤い。このひとちょっとだけ佐久間さんに似てるなあ、と思って、なんとなく嬉しくなった。

「喜んで！　夏原先輩、どんなお菓子が好きですか⁉　なんでも作ります！」

「先日のレモンクッキーも、とても美味しかったけれど……チーズケーキなんか、どうかしら」

「お任せください！　糀谷胡桃、全身全霊をかけて作ってきます！」

意気込んだ胡桃は、栞の両手をガシッと握りしめる。メラメラとやる気に満ちている胡桃に、栞は呆れた顔で「今この時間は、仕事に全力を傾けてください」とたしなめられてしまった。

栞からのリクエストに応え、胡桃は張り切ってベイクドチーズケーキを作った。

昨夜のうちに、味見係である佐久間に食べてもらい、「口当たりがしっとりとしていてチーズが濃厚だが、サワークリームの酸味によって、ほどよいさっぱり感がプラスされている。素晴らしいベイクドチーズケーキだ」との太鼓判を貰っている。

会社に持ってきたものの、周りの目が気になったので、昼休みになるなり、栞を「どこかに移動しませんか」と誘った。

天気が良かったので、胡桃と栞は会社のそばにある公園に移動した。栞はたまに、ここで一人で昼食を食べているらしい。

「夏原先輩……やっと二人きりになれましたね。嬉しいです」

「……糀谷さん。あなた、不用意な言動で誤解を招くタイプなんじゃない？　気をつけた方がいいわよ」

並んでベンチに座って、胡桃は持ってきていたお弁当を、栞はコンビニで買ったおにぎりを食べた。ほんの数週間前までは凶悪だった太陽の光は嘘のように穏やかで、そよぐ風も心地好い。

二人とも食べ終えたところで、胡桃は保冷バッグに入ったプラスチック容器をいそいそと取り出した。

「約束通り、チーズケーキ作ってきました！」

「ありがとう。では、いただきます」

ベイクドチーズケーキを出すと、持ってきていた紙皿にのせて栞に手渡す。佐久間にも好評だったし、おそらく不味《まず》いことはないと思うのだが。それでもやっぱり、緊張する。

プラスチックのフォークにのったチーズケーキが、小さな口へと運ばれるのを、穴が開くほどじいっと観察する。すると、「あまり見ないで」と叱られてしまった。恥ずかしがっているところも可愛らしい。

「……うわっ、美味しい！」

ベイクドチーズケーキを一口食べた栞は、目を見開いて声をあげる。彼女がこんなに大きな声を出すところを、胡桃は初めて見た。

「夏原先輩も〝うわっ〟とか言うんですね」

「……失礼しました。つい」

「いえ、喜んでもらえて嬉しいです！　お口に合いましたか？」

「ええ、とても……！　ものすごくしっとりしていて、今まで食べたどんなチーズケーキよりも美味しい……もし近くにお店があったら、毎日通ってしまいそうなぐらい」

思いのほか熱のこもった褒め言葉に、胡桃は嬉しくなった。喜びのあまり栞に抱きつきたくなったが、先日佐久間にも拒絶されたことだし、やめておこう。

「なんだか、紅茶が欲しくなるわね。さっきコンビニで買えばよかった」

「チーズケーキには、キームンっていう紅茶がよく合いますよ。昨日お隣さんに教えてもらいました」

佐久間の部屋にはたくさんの紅茶があるけれど、いつもそのときのお菓子に合うものを、すっと出してくるのが不思議だ。昨日飲んだキームンも、スモーキーな香りがチーズの香りと調和しており、ぴったりの組み合わせだった。

「参考にします。紅茶に詳しいお知り合いがいるのって、いいわね」

「紅茶というより、筋金入りのスイーツオタクなんです！　甘いものが大好きで、もう血液がハチミツみたいになってるんじゃないかってぐらい。でも性格は全然甘くなくて、口と態度が悪くて偏屈なんです」

「酷い言いようね」

「……でも、そのひとと一緒に食べるお菓子が一番美味しいんです。きっと、美味しい食べ方を知ってるんでしょうね」

佐久間に淹れてもらった紅茶の味を思い出して、うっとりする。チーズケーキをのせたストーンプレートも洒落ていて、そのままお店に出せそうだった。胡桃の作ったお菓子を一番美味しく食べてくれるのは、きっとあの男なのだ。

胡桃の話を聞いていた栞は、微笑ましいものを見るような目でこちらを見ていた。目元が緩んで、いつもより優しい顔をしている。

「？　夏原先輩、どうしたんですか」

「……いいえ。あなたはお隣さんのことが、とても好きなのね」

「え」

「お付き合いしているの？」

予想外の誤解をされて、胡桃は慌てふためいた。

もちろん佐久間のことは嫌いではないけれど、そういう目で見たことはなかった。不器用なりに優しいことも知っているし、一緒にいると楽だけれど、恋愛対象では断じてないのだ。

「ちっ……違います！　そ、そういう、こ、恋人とかじゃないっていうか！」

「あら、ごめんなさい。表情と口ぶりから、てっきり交際相手かと」

「いやっ、さ、佐久間さんは、そんな……そ、そんなことより、夏原先輩！　チーズケーキ、まだあるんですけど、もうひとつ食べませんか⁉」

動揺を誤魔化すように、胡桃は栞に向かってチーズケーキを突き出す。栞は少し悩んだ様子を見せたが、「遠慮しておきます」と片手を上げた。

「……とても、美味しかったけれど。これ以上食べるのは、さすがにカロリーが気になるわ」

「えっ⁉　な、夏原先輩、そんなに痩せてるのに……⁉」

胡桃はまじまじと、隣に座る栞を見つめる。栞は胡桃よりも華奢《きゃしゃ》で、ウエストなどは内臓がちゃんと揃っているのか心配になるほど細い。同じ制服を着ているぶん、その差は顕著である。

（そういえばわたし、最後に体重計乗ったのいつだったっけ……）

今日はお風呂上がりに体重計に乗ろう、と心に決めて、胡桃はベイクドチーズケーキを頬張る。とろけるような甘さが口いっぱいに広がった瞬間、カロリーのことなんてすっかり忘れてしまった。

次に胡桃がベイクドチーズケーキのカロリーのことを思い出したのは、入浴後に身体を拭いていて、自分の身体が洗面所の鏡に映ったときだった。

（なんか……おなか出てる⁉ チーズケーキ食べすぎたかな……）

胡桃はもともと比較的肉付きがいい方で、全体的にふっくらとした丸みのある身体つきをしている。元カレからもよく、「もうちょっと痩せろよなー」なんてことを言われていたのだが、そんなことは今はどうでもいい。

（彰人くんと付き合ってたときより、絶対、太ってる気がする……！）

そういえば最近、制服のスカートが少しキツくなってきた。胡桃は久しぶりに体重計のスイッチをオンにして、ゆっくりと爪先から、体重計に乗って──

「ぎゃああああ!!」

ディスプレイに表示された数字を見た瞬間、以前頭から水をかぶったときよりも、大きな声が出た。

デジタル式の体重計には、未だかつて見たことのない数値が示されていた。間違いなく、糀谷胡桃史上最大体重である。

そんなまさか、と思って体重計から降りて、もう一度スイッチを入れ直してから乗ってみる。まったく同じ数字が表示されて、胡桃は全裸のまま頭を抱えてしまった。

（でも、当たり前だよね……こんなに甘いものばっかり食べてるんだから……！）

佐久間と出逢ってから、お菓子を作る頻度がうんと増えたし、深夜に甘いものを食べることが多くなった。こんな生活をしていては、太るのも当然である。

胡桃が膝を抱えて落ち込んでいると、ピンポーン、とインターホンが鳴った。脱衣所から顔だけ出すと、玄関の扉の向こうから声がする。

「おい。すごい声が聞こえてきたが、大丈夫なのか」

佐久間だ。またしても、声が隣に聞こえていたらしい。きっと佐久間は、風呂場の壁の向こうで仕事をしているのだろう。

胡桃は慌てて「だ、大丈夫です！」と返事をした。

「ちょっと待ってください！　今お風呂上がりで裸なので、すぐ服着ます！」

半袖のシャツとハーフパンツを着たあと、胡桃は玄関の扉を開ける。腕組みをした佐久間は、怒った顔でこちらを睨みつけていた。

「風呂上がりとか裸とか、わざわざ言うものじゃない。相手が俺じゃなかったら、襲ってくれと言っているようなものだぞ」

「あ、すみません。気をつけます」

「それで、どうしたんだ。今度こそゴキブリか」

「違います！　その……体重計に乗ってて」

「はあ？」

渋面を作った佐久間は首を傾げる。胡桃は彼の胸倉を摑んで、勢いよくガクガクと揺さぶった。

「佐久間さんの！　せいですよー！」

「おい、なんだ。一体どうした」

「めちゃめちゃ、体重が増えてたんです！　佐久間さんと一緒に、お菓子ばっかり食べてるからー！　もう、さっき体重計乗ってびっくりして！」

「……そんなくだらないことで、あんな殺人鬼と遭遇したような悲鳴をあげたのか。大袈裟な奴だな」

「……」

胡桃の八つ当たりに、佐久間は心底呆れたように溜息をついた。それから顔を近付けてきて、じいっと胡桃を見つめてくる。意外なほどに整った顔が至近距離にあって、ちょっとどぎまぎした。

「言われてみれば、少し顔が丸くなったな。顎のあたりも、もう少しシャープだったはずだが」

「……ええい、うるさい！　そもそも、佐久間さんはなんで太らないんですか⁉　わたし以上に食べてるのに！」

「日頃から頭を使っているからだろう」

胡桃が言うと、佐久間はしれっと答えた。その言い方だと、胡桃が普段頭を使っていないみたいだ。

「とにかく！　わたしが痩せるまで、しばらくお菓子は作りません！」

「おい、なんだそれは。困るぞ。そもそも太ったのは、きみの自己管理不足だろう」

胡桃の宣言に、佐久間は慌てた様子を見せた。彼にしてみれば胡桃の体重などどうでもいいのだろうが、作ったお菓子を食べられなくなるのは嫌なのだろう。相変わらず身勝手なひと、と久々に腹が立ってきた。

「もう決めましたから！　お引き取りください！」

不服そうな佐久間の背中を押し出して、玄関の鍵をガチャンと閉める。鼻息荒く部屋に戻った胡桃は、そのまま床に寝そべって腹筋を始めた。

——そして、ダイエットを始めてから一週間。胡桃のストレスは、早くも最高潮に達していた。

まず食事の量を減らしているので、おなかが空く。空腹でただでさえイライラしているのに、仕事のストレスは容赦なく降りかかってくる。ストレス発散のために、お菓子が作りたくなる。

……なのに、作れない。最悪の負のループである。胡桃はこのときばかりは、自分のストレス解消方法がお菓子作りであることを、心底呪った。

「糀谷さん、最近元気ないね。大丈夫？」

三時間かけて作った書類を「ごめん、こっちのプラン断られたから、やっぱりいらなくなった」と言われ、途方もない虚無感に襲われていたところ。栞に書類を提出しにきた水羽が、声をかけてきた。

「顔色も良くないし、体調悪いんじゃない？」

心配そうな水羽の声からは、胡桃への気遣いが滲み出ている。以前栞のフォローをしていたときにも思ったが、本当に善良なひとである。天然タラシだなんて思ってごめんなさい、と胡桃は心の中で謝罪する。

「だ、大丈夫です。最近ダイエットしてるだけで。全然健康です」

「えっ、そうなの⁉　必要ある？」

「お菓子ばっかり食べてるせいで、すごい太っちゃって……人生最高体重更新してて、ほんとにやばいんですよ……」

「糀谷さん、全然太ってないのになー。俺は、ちょっとふっくらしてる女の子の方が好きだよ」

そう言ってニコッと笑いかけられて、胡桃は、やっぱりこのひと天然タラシだわ、と認識を改める。こんなことを言われては、勘違いする女性はごまんといるだろうに。

以前までの胡桃であれば、勘違いして舞い上がっていたかもしれない。しかし今の胡桃は、自分の男運のなさをよくよく理解している。こんなに善良な男性が、自分のことを好きになってくれるはずもないのだ。

「水羽主任。そういう発言は、昨今ではセクハラとも捉えられかねないので、控えた方がよろしいかと」

「ヤベッ。それもそうだな。ごめん、糀谷さん」

隣の琛からクールにたしなめられて、水羽はバツが悪そうに片手を上げる。胡桃は「いいえ！」とかぶりを振った。このあいだ「丸くなったな」などと言い放った隣人に比べると、全然失礼じゃない。

「食べるの我慢するより、運動した方が健康的に痩せられるんじゃない？　俺が通ってるジム、紹介しようか」

「そ、そうですね……検討します」

「じゃあ、あとでLINEするよ。よかったら、糀谷さんの連絡先……」

水羽がスマホを取り出したところで、琹がすっと書類を彼に差し出す。

「水羽主任、申請書チェックできました。ここところ、修正お願いします」

「あ、ハイ」

「あと、そういうプライベートなお話は業務終了後にしてください。あと二〇分で、定時ですから」

琹の厳しい言葉に、水羽は「……そうします」と苦笑した。腕時計にチラリと目を落として、にこやかに胡桃に話しかけてくる。

「糀谷さん、今日定時で仕事終わりそう？」

「あ、はい。なんとか」

「俺も。もしよかったら、今日このあと……」

水羽が言いかけたそのとき、向こうから二課の社員である田山が、猛スピードでこちらに走ってくるのが見えた。嫌な予感、と胡桃は冷や汗をかく。

結婚十年目にして
新婚旅行!?
話題沸騰のすれ違い
溺愛ロマンス!
『拝啓見知らぬ旦那様、離婚していただきますⅢ』
著者／久川航璃　イラスト／あいるむ
毎月25日頃発売
メディアワークス文庫
HeadLine
Volume.
168
2023.11.25
https://mwbunko.com/
メディアワークス文庫公式X(旧Twitter)@mwbunko

ミステリー ハラハラ 衝撃

異端の民俗学者にして探偵
――桜小路光彦登場!

佳き結婚相手をお選びください

死がふたりを分かつ前に

似《に》鳥《とり》航《こう》一《いち》　イラスト/鈴木次郎
●定価792円(税込)

海堂財閥の創始者・右近の異様な遺言。それは同家に縁がありながらも理不尽な扱いを受けていた美雪にすべての財産を渡すというものだった。条件は海堂家の三兄弟の誰かと結婚すること――。それが惨劇の始まりだった。

グルメ 癒やし 楽しい

一日だけ、あなたの夢をかなえます。
『ちどり亭にようこそ』著者・最新作!

キッチン「今日だけ」

十《と》三《さ》湊《みなと》　イラスト/tabi
●定価792円(税込)

パティスリーを開くという夢が叶った直後に消えた美月が辿り着いたのは、「シェアキッチン 今日だけ」。そこで再起をかけた彼女は、様々な事情を抱える訪問者たちの「夢のお店」を一日限定で形にするため、奔走することに――。

メディアワークス文庫　11月の新刊

拝啓見知らぬ旦那様、離婚していただきますⅢ
結婚十年目にして新婚旅行!?
話題沸騰のすれ違い溺愛ロマンス！
恋愛 ときめき 楽しい
久《ひさ》川《かわ》航《こう》璃《り》
イラスト／あいるむ
●定価781円(税込)
戦地に派遣され、バイレッタの出産に立ち会えなかったアナルド。消沈する彼に上司から『新婚旅行』に行くよう命令がされる。娘を連れて旅行に出かける夫婦だが、別荘にバイレッタの学生時代の友人が押しかけて……!?

爆発的ヒット中!
コミックシーモア 月間総合ランキング 第1位
※『【単話】拝啓見知らぬ旦那様、離婚していただきます』(2023年7月度)
FLOS COMIC フロースコミック
拝啓見知らぬ旦那様、離婚していただきます
Haikei Mishiranu Dannasama, Rikon Shiteitadakimasu
コミックス第1巻、12月5日発売予定!
漫画/紬いろと　原作/久川航璃
キャラクター原案/あいるむ
コミックシーモアで先行連載中!
https://kdq.jp/haikeicomic_c
コミックス第2巻、
12月8日発売!
(角川コミックス・エース)
私の薬学を、
異世界に捧げる。
薬師と魔王 2
永遠の春に恋に咲く
漫画：初瀬白
原作：優月アカネ(メディアワークス文庫)
キャラクター原案：白谷ゆう
原作小説
1(上下巻)～2巻
大好評発売中!
ヤングエースUPで 試し読み
https://web-ace.jp/youngaceup/contents/1000229/

「ちょっと、糀谷さん！　悪いんだけど篠原《ささはら》建設さんの見積書と発注書、今すぐ作ってくれる⁉　このあとアポあったの、すっかり忘れてた！」

「えっ、ええ……⁉　わ、わかりました……」

　定時間際に無茶な仕事を押し付けられ、胡桃は半泣きでパソコンに向き合う。残念ながら、今日も定時退社は叶わないらしい。栞と水羽が「手伝おうか」と言ってくれたが、さすがに申し訳なく、断った。

　必死でキーボードを叩きながら、胡桃が考えるのはお菓子のことだ。

（……お菓子、作りたい。カスタードクリームとダークチェリーが入った、カロリーの爆弾みたいなガトーバスクがいい……）

　想像しただけで、にわかに空腹が襲ってくる。ぐうっと大きく腹の虫が鳴いて、胡桃は奥歯を食いしばった。……そろそろ、我慢の限界が近いようだ。


　仕事を終えた胡桃は、二〇時過ぎに帰宅した。勢いのままにエプロンを身につけて、狭いキッチンに立つ。今すぐ、ガトーバスクを作らなければ気が済まない。

　ガトーバスクは、フランスのバスク地方に伝わる郷土菓子だ。クッキーとケーキの中間のような生地でカスタードクリームを挟んでおり、素朴だけれど贅沢な味わいもあって、とっても美味しい。

（作るだけなら、セーフ！　そうよ、自分が食べなきゃいいんだから……）

まずはボウルに常温に戻したバター・粉糖・塩を入れて、ゴムベラでよく混ぜる。ホイッパーに持ち替えて、白っぽくなるまでまた混ぜる。卵を四、五回に分けて入れながら、まだまだ混ぜる。アーモンドプードルとラム酒を加えて、どんどん混ぜる。

（……ああ、わたし今、生きてるって感じがする……！）

必死で生地を混ぜているこの時間こそ、自分が一番輝いているのではないかとさえ思う。ハンドミキサーを使用せずに、これだけ頑張って混ぜているのだから、少しはカロリーが消費されないだろうか。お菓子作りダイエット、と銘打って流行《はや》らせてみようか。ただし完成品は食べられないものとする。

ふるった薄力粉を加えて、ゴムベラでさっくり混ぜる。粉っぽくなくなったところで、口金をつけた絞り袋に入れる。

一五センチのセルクル型に沿って、底に円を描くように生地を絞っていく。冷凍庫に入れて軽く冷やしたあと、先に作っておいたカスタードクリームの半量を流し入れる。シロップ漬けのダークチェリーを並べて、さらにその上からカスタードクリームを。上からまた生地を絞ったあと、綺麗にならす。溶き卵を塗ったあと、一七〇度に予熱していたオーブンへ。

焼き上がりを待っているあいだ、オーブンからとてつもなく良い匂いが漂ってきて、胡桃はテーブルに突っ伏した。晩ごはんは、キャベツとササミを茹《ゆ》でたものしか食べていない。

オーブンから完成したお菓子を取り出す、本当ならばお菓子作りにおいてもっとも幸せであるはずの時間が、今日ばかりは拷問のように感じられる。こんなに美味しそうなのに、匂いしか嗅げないなんて……。

冷めたあと、型から外したら完成だ。こんがりと焼けて、表面がひび割れしたちょっと無骨な見た目だけれど、飾らない可愛さがある。せめて味見だけでも、と手を伸ばしかけて、ぐっと堪える。

（……仕方ない。佐久間さんに食べてもらおう）

胡桃は皿にガトーバスクをのせて部屋を出ると、隣のインターホンを鳴らす。まるで待ち構えていたかのように、すぐに扉が開いた。

「おっ、やっと来たか」

「……なんですか、それ」

「さっきから、いい匂いがするなと思って待っていたんだ。ガトーバスクとは、また素晴らしいチョイスだな」

「はあ」

「入れ。紅茶を淹れよう」

佐久間はウキウキとガトーバスクを受け取り、いつものように胡桃を招き入れようとした。が、胡桃は力なく首を横に振る。

「……いえ、いいです。わたしは部屋に戻るので、佐久間さんお一人でどうぞ……」

「なんだ。ダイエットは諦めたんじゃないのか」

「あ、諦めてません！　まだ全然痩せてないんですから！」

胡桃が言うと、佐久間は胡桃の頭のてっぺんから足の爪先までを、じろじろと眺めた。少々無遠慮だったけれど、いやらしい視線ではなかったので黙っていた。

「きみ、今体重何キロなんだ」

「い、言えるわけないでしょう！」

「見たところ、充分健康体重の範囲内だろう。つくべきところに肉がついているだけだ。健康に問題がないのなら、無理して痩せることはないいんじゃないか」

「それは、そうですけど……でも、気になります」

自分の周りにいるスタイルの整ったひとたちを見ていると、「自分も痩せなければ」という強迫観念に近いものを覚えるのだ。彰人にふざけて「デブ」と言われたことだって、何度もある。

「食べちゃダメだけど、どうしても作りたかったから……佐久間さん、わたしの代わりに食べてください」

胡桃がしゅんと肩を落としていると、佐久間はガシガシと頭を掻いた。しばらく腕組みをして考えたあと、「歩きやすい靴に履き替えてこい」と言う。

「……え？」

「食べるのならば、そのぶん運動すればいい。一時間ほど歩けば、多少はカロリーも消費されるだろう」

「な、なるほど」

「俺も付き合う。ガトーバスクはそのあとだ。さっさと行くぞ」

強引な佐久間の言葉に、胡桃は押し切られるように頷く。急いで自分の部屋に戻ると、白いスニーカーに足を突っ込んだ。

立ち並ぶビルの合間の向こう側、満月よりも少し欠けた月が空に浮かんでいる。ひやりとした冷たい風が、さわさわと街路樹の葉を揺らしている。肌に触れる空気は、すっかり秋のものだった。

黒の長袖Tシャツの下に黒のスウェットを穿《は》いた佐久間は、スタスタと足早に歩いていく。スニーカーまで黒なので、全身真っ黒だ。あまりにも暗闇に溶け込んでいるので、反射板とかつけた方がいいのでは、と胡桃は思う。

「佐久間さん、よくお散歩するんですか？」

「たまにな。ネタを考えるときとか、執筆に行き詰まったときとか。深夜に近所を当てもなく歩き回っている」

「わあ。通報されないでくださいね」

「通報されたことはないが、職務質問されることはしょっちゅうだな」

たしかに、こんな剣呑《けんのん》なオーラを漂わせた男が、ウロウロと当てもなく歩き回っていれば、職務質問のひとつもしたくなるだろう。おでかけモードではない佐久間は、怪しげな不審者である。

佐久間はマンションの目の前にある横断歩道を渡って、駅とは反対側へと歩いていく。一緒におでかけをしたときにも思ったが、彼は歩幅も大きく歩くのが速いので、胡桃は小走りでついていかなければならない。

「ちょっと、佐久間さん。歩くの速いですよ」

耐えかねた胡桃が文句を言うと、佐久間はチラリとこちらを横目で見た。

「そのくらいの速度の方が、カロリーも消費されるだろう」

「それは、そうですけど……でも女性と一緒にいるときは、もう少しゆっくり歩いた方がモテますよ」

「モテる必要はない。今のところ、きみ以外の女性と並んで歩く予定はないからな」

さらりとそんなことを言うものだから、ほんの少しだけドキッとしてしまった。発言の主が佐久間でなければ、つい勘違いしてしまいそうである。

（……もしかして。このひとも大概、天然タラシなのかしら）

自覚がないだけで、今まで幾多の女性たちを泣かせてきたのかもしれない。じろりと睨みつけてみると、佐久間は意に介した様子もなく「なんだ」と言う。胡桃は「いいえ？」と唇を尖らせる。

そのとき、佐久間が唐突に足を止めた。すっと無言で指差す方を見ると、マンションの近くを流れる川沿いに、可愛らしいパティスリーがあった。白を基調としたお洒落な看板が掛かっていたが、当然この時間だと営業しておらず、店内は真っ暗だ。

「この〝ソレイユ〟で売られている、秋限定のモンブランは絶品だ。先週から販売開始されているから、きみも食べてみるといい」

「へえ、そうなんですか。近くに住んでるのに、知りませんでした」

「ちなみに、あそこの道を入ったところにあるパン屋は、シナモンロールが美味い」

彼の頭の中にはきっと、この近隣のスイーツマップが網羅されているのだろう。ひとがダイエット中だろうがなんだろうが、お構いなしだ。胡桃はぐぅと鳴き出す腹の虫を押さえて、がっくりと項垂れる。

「……はぁ。おなか空いてきました……」

「ガトーバスクを食うためのカロリーにはまだまだ到底足りないぞ。ここからふたつ橋を越えたところにもパティスリーがある。そこのお薦めは洋梨のシブーストだ」

「甘いものの話しながら歩くの、やめましょうよ！　全然カロリー消費できる気がしないです」

佐久間は石の階段を下りて、河川敷《かせんじき》にある歩道を歩いていく。胡桃も慌てて、その背中を追いかけた。

この時間でも意外と出歩いているひとはいるらしく、途中でジョギングをしている男性とすれ違った。穏やかな川の下流は、街灯の光を跳ね返してゆらゆらと揺らめいている。

家にこもってお菓子を作ってばかりのインドア派の胡桃は、今まで散歩をしたことなど、ほとんどなかった。今住んでいるところには、大学卒業以来丸三年住んでいるが、駅とマンションの往復をするだけで、周りに何があるのかほとんど知らない。たまにはこうして歩くのも楽しいものだな、と思う。

しばらく川沿いの歩道を進んでいくと、佐久間が唐突にチッと舌打ちをした。

「邪魔だな」

「え？」

「前を歩いているカップルだ。道幅いっぱいに並んでいるせいで、追い越すに追い越せない」

佐久間の背中越しに前方を確認すると、たしかに並んで歩くカップルの姿が見えた。仲睦《なかむつ》まじく手を繋いで、ときおり繋いだ手をぶんぶんと振り回している。見ようによっては微笑ましいが、ちょっと胸焼けしそうなラブラブっぷりだ。

あのあいだを抜けるのは気まずいなと思っていると、佐久間が大きく咳払いをした。カップルはハッとしたように振り向いて、申し訳なさそうに立ち止まる。

「す、すみません」

男の方が彼女を抱き寄せて、道を空けてくれた。その隙に、佐久間は堂々と、胡桃はコソコソとカップルを追い抜く。最後にチラリと後ろを確認すると、カップルはそのまま熱烈な抱擁を交わしていた。

「すごいイチャイチャしてますね」

「あまりジロジロ見るんじゃない。きみは小学生か」

「あっ、チューした！」

「こら、見るな！」

抱き合ったまま口づけをしたカップルを見て、胡桃は思わず声をあげる。さすがに居《い》た堪《たま》れなかったのか、佐久間は胡桃の腕を掴んで足早に歩き始めた。ぐいっと強い力で引っ張られて、思わずよろめく。

ごつごつと骨張っている彼の手は、胡桃の二の腕を簡単に覆ってしまう。佐久間さんも男のひとなんだなあ、とあらためて思った。

カップルの姿が見えなくなると、彼はやや安堵したように息を吐いた。それから胡桃の腕を摑んだままであることに気付いたのか、「……悪い」とバツが悪そうに手を離す。

「いえ、大丈夫です。それにしても、すごいカップルでしたね」

「……まったく。ああいう輩《やから》には、羞恥心というものが備わっていないのか。TPOを考えろ」

「でも、ちょっと羨ましい気もします。……わたし、元カレと手を繫いで歩いたことないから」

周りの目を気にしてか、彰人は外では決して胡桃の手を握ろうとしなかった。一度、周りに誰もいないときを見計らって、勇気を出して「手を繫ぎたい」と言ってみたのだが、「めんどくさいこと言うなよ」とうんざりされてしまった。

それ以来、胡桃は一度も彼にワガママを言ったことがない。

胡桃の言葉に、佐久間はなんだか変な顔をして、口元をモゴモゴさせた。もしかしたら、慰めの言葉を探しているのかもしれない。慰めてほしいわけではなかったので、胡桃は気丈に笑ってみせた。

「わたし、冷え性で。冬なんかは特に、手が冷たいから嫌なんだって」

彰人の言葉がただの言い訳だったってことぐらい、胡桃はとっくに気付いている。彼はきっと、胡桃と手を繋いでいるところを、誰にも見られたくなかったのだ。

そのときふいに、佐久間が胡桃の手を取った。意外と細い指が、胡桃のてのひらをそっと撫でる。壊れものにでも触れるかのような優しい手つきに、胡桃は戸惑う。

（わたしなんかの手にそんなに大事そうに触れるひと、他に知らない）

ただそれだけのことで、不思議と泣きそうになってしまった。しかし涙を流してしまっては、意地悪な彼にまた「泣き虫」と言われてしまうかもしれない。

奥歯を噛み締めてじっと耐えていると、佐久間がポツリと呟いた。

「……冷え性の方が、パティシエに向いているらしいぞ」

「え？」

「その方が、自分の体温で生地の温度が変わらずに済むだろう」

「……まあ、たしかに」

「よかったな。やはりきみは、お菓子作りの神様に愛されているらしい」

佐久間はそう言って胡桃の手を離すと、何事もなかったかのように歩き出した。不器用な男の背中を、胡桃はじっと見つめる。

（……佐久間さんの手、あったかかった）

元カレが握ってくれなかった冷たい手を、価値のあるものだと言ってくれるひとがいる。ただそれだけのことで、胡桃は自分の手がまるで宝物のように感じられた。

胡桃は小走りで佐久間に追いつくと、腰を屈《かが》めて彼の顔を覗き込む。照れ隠しのように「なんだ」と答えた男に、「なんでもないです」と笑ってみせた。


たっぷり二時間の散歩を終えた胡桃と佐久間は、ようやくマンションに戻ってきた。

ただでさえ空腹だったのに、たくさん歩いたおかげで、もう餓死寸前だ。時刻は深夜一時。佐久間は鼻歌交じりに、ティーセットで紅茶を淹れている。

「……よく考えると。こんな時間にお菓子食べる方が、罪深くないですか⁉」

「それならいっそ寝なければいい。きみも明日は休みだろう」

夜型の佐久間はそれでもいいのかもしれないが、胡桃はさすがに眠い。しかしガトーバスクの誘惑には逆らえず、渋々ダイニングチェアに着席する。

二人で「いただきます」と手を合わせたあと、待ちきれずに大きな口を開けて、ガトーバスクにかぶりついた。

豊かなアーモンドとラム酒の風味。ダークチェリーのほどよい酸味、カスタードクリームの優しい甘さ。久々の甘味が、五臓六腑《ごぞうろっぷ》にひしひしと染み渡る。深夜に食べるお菓子は、何故こんなにも美味しいのか。

「すべての要素が邪魔をすることなく、見事に混ざり合っているな。やはりガトーバスクは素朴でありながら、全体的なバランスが絶妙なお菓子だ」

「ううっ……佐久間さん……」

「どうした」

「背徳の味がします……カロリーって美味しいんですね……」

胡桃がしみじみと言うと、佐久間は真面目くさった顔で頷いた。

「カロリーは美味い。自然の摂理だ」

佐久間が淹れてくれた紅茶を飲みながら、ガトーバスクを黙々と口に運んでいくと、積もり積もっていたストレスが嘘のように消えていく。

（ああ、どうしてダイエットなんてバカなことをしていたんだろう……）

胡桃が持ってきたホールのガトーバスクは、佐久間があらかた食べてしまった。胡桃は一切れしか食べなかったが、充分満足だった。

「佐久間さん、たくさん食べましたね」

「ああ。散歩をして腹が減っていたからな。まだまだ食べられるぞ」

「……うう。だったらやっぱり、わたしのぶんも食べてもらえばよかったかな……」

食べ終わると同時にガトーバスクのカロリーを思い出して、さすがにちょっと後悔した。せっかく頑張って我慢していたのに、この一週間の努力が水の泡になってしまったのではないだろうか。

しかし佐久間は、「もうダイエットはやめておけ」と言う。

「食べたいものを我慢しても、ストレスが溜まるだけだろう。どうしても気になるなら、散歩ぐらいは付き合ってやる」

「……どうして、そこまで」

本当なら佐久間は、胡桃の作ったガトーバスクを独り占めしてもよかったはずだ。わざわざ胡桃を散歩に引っ張りだしてまで、一緒に食べる必要はない。

佐久間は紅茶に口をつけたあと、なんてことのないように言った。

「きみの作るものは、何でも美味いが。一人で食べるより、きみと食べた方がもっと美味いだろう」

ティーカップを持ち上げた体勢のまま、胡桃は固まってしまった。

（……今このひと、さらっと、結構すごいことを言った気がする）

片手で自分の頬に触れると、ほんのりと熱を持っていた。

「……もしかして佐久間さんって、天然タラシなの？」

胡桃が首を傾げると、佐久間はようやく自分の発言の意味に気付いたらしく、あからさまに狼狽した。

「……あ。いや、違う。その、べつに、他意はない。生産者の顔が見えると安心できるというか……いや、それも何か違うな……」

しどろもどろに弁明しようとする佐久間がおかしくて、胡桃は思わず吹き出す。ケラケラ笑っている胡桃を、佐久間は「何を笑ってるんだ」と睨みつけた。

「わたしも、佐久間さんと食べるお菓子が一番美味しいです」

それはきっと、彼が淹れる紅茶のおかげだけではないのだろう。どこで誰と何を食べたとしても。お隣さんと一緒に食べるお菓子が、一番美味しい。

「……調子のいい奴だな」

佐久間はそう言って、つまらなそうにそっぽを向く。ひねくれた男の横顔を見つめながら、きっとしばらくダイエットはできないんだろうなあ、と胡桃は思った。

八．やきもちバニラフィナンシェ

午前八時のロッカールーム。胡桃は欠伸を嚙み殺しながら、制服に着替えていた。

八時一五分を過ぎるとだんだん人が増えてくるのだが、この時間だとまだ出勤しているひとは少ない。胡桃はロッカールームで繰り広げられる噂話の類が苦手なので、なるべく早めに来るようにしている。話題に加わらないせいか、胡桃は女性社員のあいだで浮き気味だったが、それでも構わなかった。

ブラウスの上からカーディガンを羽織り、ロッカーの扉の裏についた鏡で前髪を整えていると、栞がやって来た。胡桃はぱっと表情を輝かせて挨拶をする。

「あっ、夏原先輩！　おはようございます！」

「おはようございます」

栞の私服はシンプルだが、いつも品が良く高級そうなものを身につけている。耳に光るゴールドの小さなピアスも素敵だ。今日も美人だなあと見惚れていると、栞は「そういえば」と黒のトートバッグを漁《あさ》り始めた。

「これ、ありがとう。昨日一気に読んじゃったわ」

栞が差し出したのは、表紙にデフォルメされたムカデのイラストが描かれた文庫本だった。先日胡桃が貸した、佐久間の著書だ。胡桃は先週読み終えたのだが、読了後にどうしようもないやるせなさと虚無感に襲われ、この気持ちを共有したいと栞に押し付けたのである。

「よ、読みました⁉　ほんとっ、もう……救いがなさすぎて最低でしたよね⁉　虫の描写がずーっと気持ち悪くて、しばらく本触るのも嫌でしたもん！」

胡桃はそう言って、差し出された文庫本をこわごわと受け取った。思い出すだけで、足がびっしりと生えた虫がゾワゾワと身体を這い回る感覚がする。まるで危険物のように、そうっと文庫本をバッグにしまう胡桃を見て、栞は苦笑した。

「少し露悪趣味が過ぎるけれど、読者を引き込む力は凄いわね。支離滅裂なようで話の筋は通っていて、しっかり伏線も回収されていたし、面白かったです」

栞の言葉に、胡桃はうんうんと何度も頷く。

話の筋とか伏線とか、難しいことはよくわからないけれど、佐久間の作品が褒められていると、妙に誇らしい気持ちになる。布教のために文庫本を持ち歩いている大和の気持ちが、少しわかった。

「わたしも、まだ全部は読めてないんですけど……よかったら他の作品も貸します！　あっ、もうすぐ新刊が出るらしいですよ！」

「ありがとう。でも、ちょっと他の小説で箸休めしたい気分だわ……彼の作品、面白いけどハイカロリーよね。重たくて胸焼けしちゃった」

栞はそう言って、ひらひらと片手を振った。佐久間の作品を続けて摂取したくない気持ちも、よくわかる。連日読み続けていると、自分がこの世に生を受けたことが心底悲しくなり、世界を滅ぼしたくなってしまうのだ。

「私は読んだことがなかったけれど、熱狂的なファンが多いのも頷けるわね。そういえば、水羽主任も佐久間諒の小説が好きだって言ってたわよ」

「え、そうなんですか？」

「ええ。このあいだ、休日に本屋さんで会ったんです。そのとき、流れでそういう話題になって」

胡桃の頭に、温和そうな垂れ目のイケメンの顔が浮かぶ。あの爽やかで優しげな男が、猟奇的で血なまぐさく、地獄と悪夢を煮詰めたような佐久間の作品を読むなんて、ちょっと意外な気もする。しかし、胡桃の水羽に対する好感度は上がった。

今度どの作品が好きか聞いてみよう、と考えていると、栞がチラリとこちらを向いて、素早く唇を湿らせた。黒髪をひとつに結びながら、「そういえば」と切り出す。

「……水羽主任が、あなたと私と三人で飲みに行かないかと言っていたのだけれど、どうかしら」

「え⁉　夏原先輩も来てくれるんですか⁉」

思わず、はしゃいだ声をあげた。胡桃は栞ともっと親しくなりたいと思っているが、業務時間外の彼女のことを、ほとんど知らない。そのうち絶対ごはんに誘おう、と目論《もくろ》んでいた胡桃にとっては、願ったり叶ったりだった。

「行く！　行きます！　わー、楽しみ！」

「そう、よかった。それなら、水羽主任に返事をしておきます」

「夏原先輩とごはんだなんて嬉しいなあ……でも、珍しいですね。夏原先輩、いつも営業部の飲み会にも参加しないのに」

「……先日のミスの件で、私は彼に借りがあるから。きちんと役目を果たしたのだから、これでチャラにしてもらいます」

栞はそう言って、ロッカーの扉をパタンと閉める。それってどういう意味ですか、と尋ねようとしたところで、賑《にぎ》やかな女性社員たちが入ってきたので、胡桃と栞はそそくさとロッカールームを出た。

無事に仕事を終えた、一九時。胡桃は最寄り駅からマンションに向かう道を、足取りも軽く歩いていた。

太陽はすっかり隠れてしまったけれど、残り火に照らされた西の空はまだほの明るく、淡いピンクと水色のグラデーションが美しい。

もう少し歩いてみたい気がして、胡桃は遠回りして帰ることにした。先日佐久間と散歩をしたときに聞いた、お薦めのパティスリーの前を通りかかる。

先日は暗くてよくわからなかったが、あまり主張の激しくない、シックで落ち着いた外観は、まるでお洒落な美容室のようだ。この時間でも、まだ営業中らしかった。

（せっかくだし、何か買ってみようかな。佐久間さんお薦めのモンブラン、まだあるかなあ……）

胡桃はガラス越しに、店内を覗き込む。店員は女性一人だけのようだ。ケーキが並ぶショーウィンドウの前に、男女のカップルが立っているのが見えた。その男の顔を見て、胡桃は息を呑む。

（……佐久間、さん）

キラキラと瞳を輝かせながらケーキを選んでいるのは、佐久間凌そのひとだった。いつものボサボサ頭にスウェット姿ではなく、ネイビーのジャケットにベージュのチノパンを穿いて、身なりは爽やかに整えられている。

彼の隣にいるのは、ツヤツヤした栗色《くりいろ》のワンレンボブの綺麗な女性だった。丸顔でややおっとりとした雰囲気があり、琹とはまた違ったタイプの美人である。どこかで見た覚えがあるなと考えて、思い出した。

（前に、佐久間さんの部屋に入っていった女のひとだ……）

胡桃がまだ、佐久間と知り合う前。佐久間の部屋に入った彼女の姿を見て、胡桃は隣人が女性だと勘違いしていたのだった。

彼女との関係について、佐久間はなんと言っていたっけ。「ただの身内」といった説明を受けた気がするけれど、詳しいことは聞かなかった。母親という年齢ではなさそうだが、関係性がよくわからない。しかし、気軽に部屋の出入りをしているぐらいだから、相当親しい間柄なのだろう。

胡桃がぼんやりしているうちに、佐久間がケーキを選んで会計を終えた。出口に向かってくるのが見えて、胡桃は反射的に身を隠す。

店から出てきた二人は、マンションのある方向へと歩いていった。もしかすると佐久間の部屋で、今買ったケーキを一緒に食べるのだろうか。胡桃がいつもそうしているように、あのダイニングテーブルで佐久間の淹れた紅茶を飲むのかもしれない。

そんな光景を想像すると、胸がずきりと痛む。自分でも理由がわからなくて、首を傾げながら胸を押さえる。

並んで歩いている二人は、こうして見るとお似合いの美男美女カップルのように見える。会話の内容までは聞こえてこなかったが、女性の方が何やら佐久間に話しかけて、佐久間が何度か頷くのが見えた。

（わたし以外の女のひとと並んで歩く予定はないって、言ってたのに……うそつき）

そんなことを考えて、憤りを覚えている自分に驚く。

佐久間に恋人がいたところで、ただのお隣さんである胡桃には、なんの関係もないことだ。口を出す権利など、ないというのに。

二人の姿が見えなくなるまで、胡桃はその場にじっと立ち尽くしていた。一〇分ほどそうしていたところで、我に返る。いつのまにかすっかり陽が落ちて、周囲が暗くなっていた。

先ほどの光景が頭にこびりついて離れない。どうして佐久間のことで、こんなにイライラモヤモヤしなければならないのだろうか。なんだか余計に腹が立ってきた。

（……お菓子、作りたい。濃厚な発酵バターの、バニラフィナンシェがいい……）

胡桃はぐっと拳を握りしめると、マンションへと向かう道を足早に歩いていった。

胡桃が帰宅すると、隣の部屋の電気が点いていた。佐久間が誰とケーキを食べているのか想像して、またモヤモヤが募る。雑念を振り払うため、さっそくフィナンシェを作ることにした。

まず、バターを溶かす。今回使うのは、ちょっと高級な風味のある発酵バターだ。普通のバターよりも濃厚な香りが漂ってきて、胡桃はうっとりする。

バターを冷ましているあいだに、卵白・砂糖・ハチミツ・塩ひとつまみをボウルへ。

混ぜたあと、バニラペーストを加える。アーモンドプードルと薄力粉をふるって入れる。よく混ぜたあと、冷ましたバターを再び加える。

　生地を絞り袋に入れて、オイルスプレーを吹きかけた型に入れる。一八〇度に予熱したオーブンで、おおむね一五分。オレンジ色の光にじりじりと焼かれるフィナンシェを眺めながら、胡桃は考える。

（……よく、考えたら。身内って言ってたから、お姉さんとか妹さんかもしれないよね……）

　オーブンからバターの甘い香りが漂ってくるにつれて、胡桃のモヤモヤはだんだん落ち着いてきた。佐久間が「恋人はいない」と言っていたのだから、きっとそれは嘘ではないのだろう。こんなことで落ち込んでいるのが、馬鹿馬鹿しくなってきた。

　結局追加で三分焼いて、胡桃はオーブンから天板を取り出した。型から外すと、こんがり茶色に焼けた可愛いフィナンシェの完成だ。

　さっそくひとつ、味見代わりに齧りつく。口の中に入れた瞬間、ふわっとバニラが香る。アーモンドと焦がしバター豊かな風味も最高だ。冷めるともう少ししっとりモチモチになるのだけれど、焼きたては外がカリカリ中がフワフワで、また美味しい。

　今回はシンプルなバニラ味にしたけれど、秋らしくマロンクリームと栗の甘露煮を入れた、マロンフィナンシェなんかもいいかもしれない。抹茶とホワイトチョコという組み合わせもいい。今度試してみよう、などと考えているうちに、胡桃はどんどん元気を取り戻していた。

(よし、佐久間さんにも食べさせてあげよう!)

プラスチック容器にフィナンシェを入れて、部屋の外に出る。ちょうど、隣の部屋から女性が出てきたところだった。胡桃はフィナンシェを抱えたまま、その場で固まってしまう。

胡桃に気付いたらしい彼女は、軽く会釈をしてから微笑んだ。口角がきゅっと上がり、頬にエクボが浮かぶ、ひどく感じの良い笑顔だった。

「こんばんは」

「……あ、こんばんは……」

胡桃は頬に貼りついたような、下手くそな笑みを浮かべる。彼女は当たり前のように持っていた鍵でドアを閉めて、颯爽《さっそう》とエレベーターに乗り込んでいった。

(合鍵持ってるんだ……ほんとに、どういう関係なんだろう)

せっかく浮かんでいた気持ちが、また少しずつ落ちていく。胡桃はほの暗い思いを抱えながらも、彼の部屋のインターホンを押した。

「なんだ、忘れ物か……って、きみか」

顔を出した佐久間は、胡桃を見て意外そうな顔をした。おそらく、先ほどの女性が戻ってきたと思ったのだろう。

わたしですみませんでしたね、と内心拗ねている胡桃をよそに、佐久間は容器の中身を覗き込んで、「おお！」と嬉しそうな声をあげる。

「フィナンシェじゃないか！　俺は〝ko-jiya〟のフィナンシェが世界で一番好きなんだ。これは期待できるぞ」

ウキウキとダイニングへと向かう佐久間の後ろを、胡桃はノロノロとついていく。ダイニングテーブルの上には、二人ぶんのティーセットとケーキプレートが置かれていた。いつも胡桃がいる場所に、さっきまで他の女性が座っていたのだ。

「あの、佐久間さん……さっきの女のひと、誰ですか？」

胡桃の問いに、佐久間はやや驚いたように片眉を上げた。

「なんだ、杏子《きょうこ》に会ったのか」

彼はやけに気安いトーンで、女の名前を口にした。ファーストネームで呼び捨てる声に、親しみが滲んでいる。

（わたしの名前は覚えてるかどうかも怪しいくせに、あのひとのことはそんな風に呼んでるんだ……）

胡桃は内心の屈託を気取られないよう、できるだけ明るい声で「きれいなひとでしたね！」と言う。

「前に言ってた……身内って？　お姉さんとか？」

「まあ、みたいなものだな。ふたつ歳上の従姉だ」

「……そう、なんですか……」

姉でも妹でもなんでもない、歳の近い綺麗な従姉。従姉なら問題なく結婚できますね、なんてことを言いかけて、慌てて飲み込んだ。

「……従姉が、なんで合鍵持ってるんですか」

「もともとこの部屋は、彼女が住んでいたものだからな。二年前に仕事で海外に行くことになったから、俺が譲り受けたんだ。今は一時帰国しているらしい」

「ふぅん……」

「悪いが、テーブルの上を片付けてくれるか。今新しいものを出す」

(他の女とお茶したあとを、わたしに片付けろって言うの？)

悪びれた様子もなく、いつものように指図してきた佐久間に、胡桃はむかっ腹が立った。つい、棘《とげ》のある口調になってしまう。

「さっきのひとと、何食べてたんですか？」

「〝ソレイユ〟のモンブランだ。先日、きみにも教えただろう」

「……こんな時間まで一緒にいたの？　もう二一時《じゅうじ》ですよ」

「べつに、それほど遅い時間ではないだろう」

「でも、きれいなひとだった」

「今この話に、彼女の美醜が関係あるのか」

佐久間が疑問に思うのも、もっともだ。しかし胡桃は、彼が胡桃の知らない綺麗な女性とお菓子を食べていることが、どうにも我慢ならなかった。彼が他の誰かのために紅茶を淹れたのかと思うと、ふつふつと怒りが湧き上がってくる。

「そもそも、こんな時間にやって来たきみが言えたことではないだろう。普段、深夜に押しかけてくるくせに」

「押しかけてくるって、酷い！　せっかくフィナンシェ持ってきたのに」

「……それは、たしかにそうだな。悪かった」

「珍しく、ずいぶん素直に謝るんですね！　今日はご機嫌がいいんですか⁉」

声を荒らげた胡桃に、佐久間は苛立ちを滲ませつつ腕組みをする。

「きみは、何を怒っているんだ。意味がわからない」

「べつにっ、怒ってなんか！　きれいな女のひとと一緒に、美味しいモンブラン食べられて、よかったですね！」

勢いに任せて胡桃が捲し立てると、佐久間は心底呆れたように溜息をついた。セットされた髪をぐしゃぐしゃに掻き乱して、ポツリと呟く。

「……なんなんだ、さっきから。面倒臭いな」

――胡桃、めんどくさいこと言うなよ。

そのとき胡桃が思い出したのは、元カレの言葉だった。彼は胡桃の反論やワガママを、いつもそんな一言で封殺していた。鬱陶しそうにそう言われるたび、胡桃はぎゅっと心臓が縮み上がるような気持ちになっていた。

それでも胡桃はいつだって「ごめんね」と笑って、言いたいことを全部飲み込んでいた。彼に、嫌われたくなかったからだ。

それでも今の胡桃は、引き下がることができなかった。気付けば目の前の男を睨みつけて、勢いのままに叫んでいた。

「……っ、そんなこと、言うなら！　わたしっ、もう二度と！　佐久間さんに、お菓子作ってあげません！」

「はあ⁉」

佐久間がギョッと目を剝いた、そのとき。ピンポーン、とインターホンの音が場違いに呑気に鳴り響いた。

胡桃はズカズカと玄関に向かい、扉を開ける。そこに立っていたのは、佐久間の担当編集である大和だった。

「あれ、こんばんは。いらっしゃってたんですね」

礼儀正しくぺこりとお辞儀をした大和に、胡桃はフィナンシェを押し付ける。大和は戸惑いつつも、それを受け取ってくれた。

「筑波嶺さん！　よかったらそれ、差し上げます！」

「へ？　え、あ、僕に？」

「佐久間さんには！　絶対絶対絶対、食べさせないでくださいね！」

「おい、ちょっと待て！」

　佐久間の慌てた声が背中から聞こえてきたが、胡桃はそれを無視した。振り返りもせず「お邪魔しました！」と言い捨てて、彼の部屋を出て行く。

　自分の部屋に戻って、鍵を閉めてから、胡桃はずるずるとその場にしゃがみ込んだ。

（なんで、あんなこと言っちゃったんだろう……）

　どうしてあんなに怒ってしまったのか、どうしてこんなに悲しいのか、自分でもよくわからない。胡桃の胸中は、どうしようもない感情の渦に掻き乱されていた。

　佐久間が言っていた「一人で食べるより一緒に食べた方が美味しい」というのは、きっと胡桃でなくてもよかったのだ。それなのに浮かれていた自分が情けなくて恥ずかしくて、泣きたくなる。

「……佐久間さんの、バカ……」

　そう呟いたところで、壁一枚隔てたところにいる男の耳には届かない。胡桃は膝に顔を埋めると、今度は大きな声で「……わたしのバカ！」と叫んだ。

てしまった。

＊＊＊

原稿の進捗確認のために、担当作家の元へと訪れたところ、とんだ修羅場に出くわしてしまった。

いつもはホンワカしたオーラを振《ふ》り撒《ま》いているお隣さんは、珍しく激怒しており、大和にフィナンシェを押し付けて出て行ってしまったのである。とり残されたのは、至極不機嫌そうに表情を歪めた男だけだ。

「……」

「佐久間先生、あんま睨まないでくださいよ。今にも人殺しそうな顔してます」

「……なんなんだ、あの女は。何を考えているのか、さっぱりわからない」

ブツブツと不満げに呟いた佐久間は、恨みがましい目つきでこちらを見てくる。そんな圧をものともせずにフィナンシェを口に運んだ大和は、思わず「うまっ」と声をあげた。

「このフィナンシェ、マジで美味いですね。デパ地下で三個六〇〇円ぐらいで売ってても、全然おかしくないですよ」

そう言って、もう一口フィナンシェを齧る。大和はそれほど舌が肥えているわけではないが、それでもこのフィナンシェが抜群に美味いことはわかった。バターの味をしっかりと感じるのにしつこくなくて、甘すぎずちょうどいい。

佐久間はまるで親の仇でも見つけたかのような目つきで、フィナンシェを頬張る大和を睨みつけている。

「当たり前だ。彼女の作ったフィナンシェが不味いはずがない」

「ほんとに美味いです。こんな美味いもの食べられなくて残念ですね、先生！」

「寄越せ。一口ぐらい、食べてもバレないだろう」

「いやー、先生にはあげるなって言われちゃったしなあ」

「……なんできみが食べられて、俺が食べられないんだ。どう考えてもおかしい」

「先生、一体何したんですか？　めっちゃ怒ってましたけど」

「べつに、何もしていない。彼女が勝手に怒っているだけだ」

佐久間はふてくされたように言ったが、どう考えても「何もしていない」ようには見えなかった。おおかた、佐久間が余計なことを言って彼女を怒らせたのだろう。

当人たちには申し訳ないが、大和は少しワクワクしていた。些細な喧嘩《けんか》やすれ違いは、ラブコメにおいては恋を盛り上げるスパイスでしかないのだ。もちろん、最終的に元鞘《もとさや》に収まるのが前提ではあるが。ここはひとつ、ラブコメのプロとしてアドバイザーになってやろう。

「じゃ、遡って原因を考えてみましょう。胡桃さんが怒ってたのは、いつからですか？」

「……。……ここへやって来たときには、もう機嫌が悪かった」

「へー。珍しいですね」

「部屋の前で杏子とすれ違ったらしく、さっきの女性は誰かと尋ねられて」

「はいストップ！　杏子さん⁉　ちょっといったん咀嚼させてください！」

大和は勢いよく手を上げて、佐久間の言葉を制止した。途端に前のめりになった大和に、佐久間は「なんなんだ」とややたじろぐ。

佐久間の従姉である杏子とは、大和も顔見知りだった。一度、三人で食事に行ったこともある。聞けば佐久間は幼い頃から叔母の家で育てられたらしく、杏子とは姉弟同然に過ごしてきたのだという。そのあたりの詳しい事情を、佐久間は教えてくれなかった。

杏子は佐久間の親族とは思えないほど穏やかで親切で、おまけに美人だ。身なりをきちんと整えた佐久間と並んでいると、お似合いのカップルに見えなくもない。

これまで佐久間との微妙な関係に甘んじてきたお隣さんが、今まで女の影を感じなかった隣人の部屋から、美女が出てくるのを目撃したとき。一体何が起こるのか？　――やきもちイベント一択である。

（杏子さん、いい仕事してくださってありがとうございます！）

「なるほど、完璧に理解しました。続きどうぞ」

「……詳しく説明するような話でもない。何をしていたのかと訊かれて、二人でモンブランを食べていたと答えたら、どんどん怒り出して……」

「あちゃー」

「面倒臭いな、と言ったら……〝もう二度とお菓子を食べさせてあげない〟と言われただけだ」

そう言って佐久間は、打ちひしがれたようにテーブルに突っ伏した。それだけのことで、普段は鬼か悪魔のような不遜なこの男が、まるでこの世の終わりのような顔をしているのがおかしい。

「佐久間先生。胡桃さんがなんで怒ってたのか、わかります？　先生が、杏子さんとモンブラン食べてたからですよ」

「……。……あの女、そんなにモンブランが食べたかったのか……それならそうと、言えばいいものを」

佐久間は大和の言葉をどう解釈したのか、斜め下の方向に納得したらしい。そんなわけあるかい、と言いたかったが、突っ込むのをやめた。この鈍感唐変木には、何を言っても響くまい。

「しかし胡桃さん、可愛いこと言いますね。もうお菓子あげません！　だなんて」

「でも、面倒臭いって言ったのは良くないですよ。ちゃんと謝って、仲直りした方がいいです」

「……」

「……」

ふてくされた顔をしていた佐久間の表情が、どんどん険しいものに変わっていく。腕組みをしたまま怖い顔で黙っているので、大和は「先生?」と首を傾げた。

「……さっきから、気になっていたんだが。〝胡桃さん〟ってなんだ」

「えっ、名前違いましたっけ? たしか、胡桃さんでしたよね」

一度だけ聞いた彼女のフルネームは、たしか〝糀谷胡桃〟だったはずだ。お菓子にぴったりの可愛い名前だと思ったから、よく覚えている。

佐久間は不機嫌そうに人差し指でテーブルを叩きながら、「そういうことを言ってるんじゃない」と眉間の皺を深くする。

「どうして筑波嶺くんが、彼女のことをファーストネームで呼んでいるんだ」

「……へ?」

「そんなに親しいわけじゃないだろう。ちょっと馴れ馴れしいんじゃないのか」

(……意図せずして、こっちでもやきもちイベントを起こしてしまった……!)

大和は拳を高々と掲げてガッツポーズしたくなるのをぐっと堪える。好き好んで当て馬になる趣味はないが、推しカップルの進展のためなら甘んじよう。

あからさまにイライラしている佐久間を煽《あお》るように、大和はニヤニヤ笑ってフィナンシェに手を伸ばす。

「いやあ、ほんとに美味しいです。胡桃さんのフィナンシェ」

「……なんっか知らんが……腹立つな。一発殴ってもいいか」

「ちょ、ちょっとストップ」

立ち上がって腕まくりをした佐久間を制して、大和は人差し指をピンと立てる。

「先生。ラブコメのプロであるこの僕が、先生のイライラの正体を教えて差し上げましょう」

「そんなものにプロもアマチュアもあってたまるか。……一応聞くが」

「それ、やきもちです」

拳を振り上げた体勢のまま、佐久間はかちんと固まる。

たっぷり十数秒の沈黙のあと、「何を馬鹿な」と言った声は裏返っていて、大和は思わず笑ってしまった。

＊＊＊

それから一週間以上経っても、胡桃のモヤモヤはいっこうに晴れなかった。

ストレス解消のためにお菓子を作っても、佐久間に食べさせる気になれず、栞にばかり差し入れている。大量のお菓子を持ってくる胡桃に、栞は「ありがたいけれど、これ以上はさすがに太ります」とちょっとげんなりしていた。

今日はようやく金曜日。定時を過ぎてもカタカタとキーボードを叩いている胡桃に向かって、定時ぴったりに業務を終えた栞が声をかけた。

「糀谷さん。終わりそう？」

「あ、はい。この書類作ったら終わります」

「そう。じゃあ、先に着替えてるわね。水羽主任は、直接店に来るらしいから」

「え？」

キョトンとした胡桃を見て、栞は呆れたように肩をすくめる。

「……忘れたの？　今日、三人で食事に行く予定だったでしょう」

「……あ」

言われて、ようやく思い出す。申し訳ないが、すっかり忘れていた。栞と飲みに行くのを、あんなに楽しみにしていたのに。佐久間のことで、頭がいっぱいになってしまっていたのだ。

胡桃の反応を見て、栞は「まさか、他に予定を入れてしまったの？」と形の良い眉をひそめる。

「いえ！　まったく問題ないです！」

「そう、よかった。じゃあ、早く終わらせて来てください」

栞はそう言って、「お先に失礼します」と課長に頭を下げてからフロアを出て行った。

胡桃も余計な仕事を押し付けられぬよう、猛スピードで書類の作成を終えて、パソコンの電源を落とした。


ロッカールームに行くと、何人かの女性社員の輪から少し離れたところに栞がいた。既に私服に着替えており、軽くメイクを直しているようだ。

きゃあきゃあとはしゃいでいる女性社員の輪の中心は、梢絵だった。一応「お疲れさまです」と挨拶をしたが、彼女はまるで聞こえなかったかのように、胡桃を無視した。いつものことなので、気にしないことにする。

それから胡桃は、輪に加わることなく着替え始める。飲みに行くことをすっかり忘れていたので、シンプルなボーダーニットに黒のスカートという地味な格好で来てしまった。そもそも胡桃は、それほど服にお金をかけるタイプではない。

軽くファンデーションだけを直して、胡桃と栞は一言も言葉を交わさないまま、ロッカールームをあとにした。どこで誰が聞いているかもわからないし、水羽と飲みに行く、などと口が裂けても言えない。もし梢絵にバレたら、またあれこれと陰口を叩かれてしまうだろう。

二人で地下鉄に乗って、水羽が予約してくれたイタリアンの店にやって来た。

店内はカジュアルな雰囲気だけれど騒がしすぎず、さりげないインテリアにもこだわりが見えてお洒落だ。奥のテーブル席に並んで座った胡桃と栞は、メニュー表を覗き込む。

「わっ。ワインの種類が豊富ね」

栞が嬉しそうに言うので、胡桃もずらりと並ぶワインリストを眺める。辛口とか甘口とか赤とか白とかロゼとか書いてあったけれど、胡桃には今ひとつ、違いがわからない。

「わたし、あんまり飲めないんですけど……夏原先輩は、お酒飲むほうですか？」

「そうね。でも、あなたは無理に付き合うことはないわ」

「うーん……わたし、今日はお酒やめときます。水羽主任、そろそろ来るかな。先に食べたいもの考えときましょうよ」

「クワトロフォルマッジが食べたいわ。あと、チーズの盛り合わせを頼みましょう」

「あっ、ティラミス食べたいなー。パンナコッタとジェラートも美味しそう……ねえね
え夏原先輩、全部頼んで半分こしませんか？」

「あなた、もうデザートのことを考えているの？　食事が終わってから検討しなさい」

早々にドルチェのページを眺めている胡桃を、栞は軽く諫《いさ》める。こういうとき、佐久間だったら食事そっちのけでドルチェを注文するのだろうなあ、と考えて、また少し気分が落ちた。

「ごめん、ちょっと遅くなった」

あれこれ言い合っているうちに、水羽がやって来た。シックなネイビーのスーツに、無地のブラウンのネクタイを合わせている。相変わらず、爽やかさを濃縮したような男だ。彼をお菓子にたとえるならレモンサワークリームのヨーグルトケーキだな、と胡桃はぼんやり考える。

「水羽主任、お疲れさまです」

「待っててくれたんだ。先に食べててくれても、よかったのに」

水羽はそう言いながら、胡桃の正面の席に座った。「何食いたい？」とメニューを差し出してくるので、「わたしたち、もう食べたいもの決めちゃいました！」と笑って答える。

「とりあえず飲み物頼もうか。俺はワインにしようかな。ボトルで頼む？」

「いえ。糀谷さんが、あまり飲めないらしいので。私は赤ワインのグラスにします」

「あ、そうなんだ。糀谷さん、好きなの頼んでいいよ」

「えーと、じゃあ……このブラッドオレンジジュースにします」

それから水羽がテキパキと注文してくれて、三人で「お疲れさま」と乾杯をした。あらためて、この会合ってなんの集まりなのかしら、という疑問が湧いてくる。

ワイングラスを傾けている水羽と栞は驚くほど絵になっており、胡桃はなんだか自分が場違いな気がしてきた。年齢も近く美男美女である二人はお似合いで、自分だけがこの場から浮いているような気がする。そもそも水羽が胡桃を誘ってくれたのも、栞のオマケだったのでは。

胡桃が疑心暗鬼になっていると、水羽がこちらを向いて笑いかけてくれた。

「今日、来てくれてありがとう。予定とか大丈夫だった？」

「は、はい全然！　いつも暇なので！」

「前に美味しいお菓子貰っちゃったから、ずっとお礼したくてさ。今日はどんどん好きなもの食べて」

「ありがとうございます！　じゃあ、あとでドルチェ全種類頼んでもいいですか⁉」

「あはは、やっぱ糀谷さん甘いもの好きなんだね。女の子って感じで可愛いなー」

　天然タラシはそう言って笑ったが、胡桃の隣に住む可愛くない甘党男が聞いたら、「どういう意味だ」と顔を顰めそうだ。

　栞と水羽との三人の飲み会は、意外なほどに楽しかった。運ばれてくる食事はどれも気取らないのに美味しく、前菜の盛り合わせもパスタもピザも絶品だった。

　水羽は穏やかで気の回るタイプであり、飲酒やお酌、サラダの取り分けを強要することもない。職場の人間の悪口を言ったり、独りよがりな自慢話を繰り返したりしない。口数が多い方ではない栞と胡桃に上手く話題を振って、時に冗談を飛ばして場を盛り上げていた。

「糀谷さんって、お休みの日とか何してるの？」

「えーと、おかし……じゃなくて、本とか読んでます」

　お菓子作り、と言いかけて慌てて言い直す。水羽にはもうバレているとはいえ、お菓子作りを「女子力アピール」だと思われるのは心外である。余計なことは言わずにおこう。最近は佐久間の作品をよく読んでいるから、嘘ではない。

「え、そうなんだ。俺もめっちゃ本読むよ。休みの日なんか、一日眼鏡にジャージで読書かゲームしてる」

「インドア派なんですね。ちょっと意外かも」

「はは、よく言われる。そーいや夏原さんもかなり本読むんだっけ。一回、休みの日に本屋で会ったもんね」

「そうですね。私はミステリーが好きです。水羽主任、佐久間諒の作品がお好きなんですよね」

栞が言うと、水羽はやや動揺したように視線を泳がせた。どことなく気まずそうな顔で、「……いや、もーちょいライトなのも読むよ」と頰を搔く。

「糀谷さんも、佐久間諒がお好きらしいので」

「えっ⁉ す、すき⁉」

栞の発言に、胡桃の心臓はドキッと跳ねた。いやいや好きとかそんなんじゃ、と慌てて否定しかけて、小説の話だと思い直す。一体何を動揺することがあるのだろうか。

「そうなの⁉ 俺、佐久間諒作品好きな女の子初めて会った！ うわ、すげー嬉しい！」

水羽は勢いよく立ち上がると、胡桃の両手を取ってぶんぶんと振り回した。普段からは想像できないテンションの高さだ。呆気に取られている胡桃を見て、我に返ったように手を離す。

「……あ、ごめん。いや、佐久間諒が好きって言ったら、猟奇趣味の変態とか、永遠の厨二病《ちゅうにびょう》とか言われることが多くてさ……」

「そ、そんなことないですよ。わたしも好きです。ものすごく気分悪くなりますけど、ものすごく面白いですよね！」

ジャンルは違えど、自分の趣味を馬鹿にされる悲しさや悔しさはよくわかる。胡桃の言葉に、水羽は頰を紅潮させながら身を乗り出してきた。

「そうそう！　臭いとわかってるのに嗅ぎたくなるというか！　ここ数年はちょっと大衆向けに洗練されてきてるけど、俺は陰鬱さが全面に押し出された荒削りな初期作品群が特に好きで……」

「水羽主任。オタク特有の早口になってますよ」

「あ、やべ」

琹に注意されて、水羽は申し訳なさそうに照れ笑いを浮かべた。

どうやら彼は、想像以上に熱の入ったファンらしい。以前佐久間が言っていた通り、佐久間諒には「コアでマニアックなファンが多い」のだろう。

（……佐久間さんって、すごい……）

こんなにもひとの気持ちを摑んで離さないなんて、佐久間にはやはり才能があるのだ。

もともと、胡桃とは住む世界が違う人間だったのかもしれない。

——俺にしてみれば、こんなに美味いお菓子を作れる方がよほど凄い。天才はきみの方だ。

いつかの佐久間の言葉を思い出して、そんなことない、と心の中で否定する。胡桃はお菓子作りが好きなだけの、ただの凡人だ。

佐久間は胡桃の作ったお菓子を気に入ってくれているけれど、この世には美味しいお菓子が他にもたくさんある。彼にしてみれば、胡桃に固執する必要なんて、少しもないのだ。

(……でも。わたしのお菓子をあんなに美味しそうに食べてくれるひとは、佐久間さんの他にはいない)

本当は、ちっとも「持ちつ持たれつ」じゃなかった。胡桃にとっての佐久間は唯一無二だけれど、佐久間にとってはきっと、そうではない。

(やっぱり、仲直りしたい……ちゃんと謝らなきゃ)

そもそも胡桃が一方的に腹を立てているだけなのだから、お菓子でも渡して、一言「ごめんなさい」と言えば、きっと丸く収まるはずだ。……彼が、胡桃に愛想を尽かしていなければ。

面倒臭いな、という呆れた声を思い出して、ひやりと背中が冷たくなる。明日は土曜日だし、早急に何か作って持って行くことにしよう。

食事のあと、最後に全種類のドルチェを堪能《たんのう》した胡桃は、大満足で店を出た。特にティラミスは絶品で、上品なエスプレッソが香るスポンジも、濃厚でありながら口当たりが軽いマスカルポーネクリームも素晴らしかった。今度レシピを調べて自分でも作ってみよう、と決意する。

（もし作ったら、佐久間さんにも食べてもらえるかな……）

そんなことを考えていると、会計を終えた水羽が店から出てきた。バッグから財布を出そうとした胡桃と栞を、彼は笑って押し留める。

「いや、いいよ。俺が誘ったんだし、こう見えても意外と稼いでるから」

「……すみません。ごちそうさまです」

思う存分食べた手前、申し訳なさはあったが、お言葉に甘えることにした。

「二人とも、どうやって帰るの？」

「歩いて帰ります。私のマンション、すぐそこなんです」

「あっ、じゃあ送って……」

「結構です。会社のひとに住んでいるところを知られたくないので。それでは水羽主任、ごちそうさまでした。糀谷さんも、お気をつけて帰ってください」

栞はそう言って頭を下げると、一切の未練も見せずに颯爽と歩いていった。二次会に行きましょう、なんて言い出す隙さえまったく与えない。

胡桃と水羽は、苦笑いで彼女の背中を見送る。かなりたくさんワインを飲んでいたはずだが、背筋はピンと伸びており、歩き方もしゃんとしていた。

「夏原さんらしいなー。今日誘って来てくれたのも奇跡だよ」

「わたし、夏原先輩のああいうところ大好きです」

水羽は腕時計に視線を落としたあと、「糀谷さん、家どこ？」と尋ねてくる。胡桃は素直に最寄り駅を答えた。

「じゃあ、タクシー拾って帰ろう。俺の帰り道だし、途中で降りたらいいよ」

「え、いいんですか？　じゃあご一緒します」

「会社のひとに住んでるとこ知られるのは平気？」

「はい、平気です」

それから水羽はタクシーを一台捕まえて、二人は並んで後部座席に腰を下ろした。運転手がいるとはいえ、男のひとと車内で二人きり、というシチュエーションはなかなか緊張するものだ。

「糀谷さん。今日、来てくれてありがとう」

「い、いいえ！　あの、わたし……お邪魔だったんじゃ」

「えっ、そんなことないよ！　そもそも俺が夏原さんに頼んで、糀谷さんを誘ってもらったんだし」

「そ、そうなんですか？」

「一回糀谷さんとゆっくり話したかったんだ。やっぱ一課と二課だと、なかなか交流もないし。でも、ほんとに楽しかった」

「わたしも楽しかったです。また三人でごはん行きましょうね！」

「……三人で、かあー……うん、そうだね」

水羽は微妙な表情を浮かべつつも、笑って頷いてくれた。夜の街明かりに照らされた横顔は、やっぱりなかなかイケメンだった。

タクシーに乗って一五分ほどで、胡桃のマンションの前に到着した。お金を払おうとする胡桃に、水羽は「いいよ。気にしないで」とかぶりを振る。

「何から何まですみません。ありがとうございました」

最後にもう一度お礼を言ってから、タクシーを降りようとする胡桃を、水羽は躊躇《ためら》いがちに「待って」と呼び止めた。やや言いづらそうに、唇を湿らせてから口を開く。

「その……糀谷さん、佐久間諒の『荒城の狼《おおかみ》』は読んだ？」

「いいえ、まだです」

「よ、よかったら今度貸すよ。俺の一番好きな作品なんだ。それで……えーと、か、感想聞かせて」

「はい、ぜひ！」

胡桃が頷くと、水羽は緊張が解けたように息をつく。それからいつもの優しい笑みを浮かべて、「じゃあ、おやすみ」と言った。

水羽の乗ったタクシーがすっかり見えなくなってから、胡桃はマンションのエントランスに入った。

時刻はまだ二二時前だ。マッチングアプリで出逢った男に比べて、水羽のなんと紳士的なことか。

そういえば彰人との関係は、飲み会のあと、彼がなし崩し的に胡桃の部屋にやって来たことがキッカケだった。あのときの胡桃は浮かれていたが、まともな男性は交際してもいない女性の部屋に、いきなり上がり込んだりしないのだ。今までの胡桃は、そんな簡単なことにすら気付けなかった。

一五階に上がって、エレベーターから降りる。と、胡桃の部屋の前に、誰かが立っていた。むすりと不機嫌そうな顔をして、虚空を睨みつけている。

「……佐久間さん……」

よく見知った男の名前を呼ぶと、彼はチラリと目線だけをこちらに向けた。

「遅かったな」

「……会社の先輩たちと、ごはん食べてたんです」

「……」

「あの、佐久間さんは」

「入れ」

佐久間は胡桃の言葉を最後まで聞くことなく、自分の部屋の扉を開けた。胡桃は、やっぱり勝手なひと、と内心憤りつつも、素直に従う。

いつもの癖でダイニングチェアに腰掛けると、佐久間はキッチンに立って紅茶を淹れ始めた。二人とも黙りこくっているため、カチャカチャというティーセットの音だけが部屋に響く。

しばらくすると、紅茶のいい匂いがふわりと漂ってきた。佐久間は無言のまま、胡桃の前にティーカップとケーキプレートを置く。

「……わあ、美味しそう！」

気まずさも忘れ、胡桃は感嘆の声をあげた。

洒落たストーンプレートの上に鎮座していたのは、モンブランだった。繊細なマロンペーストの上に、ツヤツヤと輝く栗がのせられて、上から雪のような粉糖がふりかけられている。

「どうしたんですか、これ⁉」

「〝ソレイユ〟のモンブランだ。今日買いに行ったら、最後のひとつだった」

「わたしが食べてもいいんですか？」

「構わない」

つい先ほど、たっぷりドルチェを楽しんだところではあるけれど、こんなに美味しそうなモンブランを目の前にして、食べないという選択肢はない。佐久間ほどではないにせよ、胡桃もかなりの甘党なのだ。

「紅茶はアッサムのミルクティーにした。アッサムの香りは栗と近いものがあるため、モンブランとの相性が抜群だ」

「へー、なるほど。いただきます」

胡桃は両手を合わせて、慎重にモンブランの山を崩し始めた。口の中でほどけるマロンクリームは濃厚で、和栗の風味がかなり強い。ややあっさりとした風味の生クリームが、マロンクリームをさらに引き立てている。土台のダックワーズはサクサクで、ほどよい甘さのバランスが良かった。

「……美味しい！」

そう言った胡桃の顔を見た途端、佐久間の口元が緩むのがわかった。

うっとりとモンブランを頬張る胡桃を、佐久間はものすごく羨ましそうな目つきで見ている。なんだか、申し訳ない気持ちになってきた。視線の熱に押し負けた胡桃は、おずおずとケーキプレートを差し出す。

「あの。半分こしましょうか」

「……いや、俺はいい。きみのために買ったものだ」

「でも、そんな目で見られてると食べにくいです……わたし、さっき甘いものたくさん食べたので、よかったらどうぞ」

胡桃はモンブランを半分に切り分けて、揃いのプレートの上にのせた。佐久間はやや躊躇いつつも、甘味への欲求には勝てなかったのだろう。渋い顔で「……いただこう」と受け取った。

さすが佐久間のイチオシということもあり、胡桃が今まで食べた中で、最高のモンブランだった。アッサムのミルクティーとの相性もばっちりだ。

仲良くモンブランを分け合った二人は、「ごちそうさまでした」と手を合わせる。

「……美味しかったです。けど……急に、どうしたんですか」

胡桃は紅茶を飲みながら、上目遣いに尋ねる。まさか胡桃にモンブランを食べさせるために、部屋の前で待ち伏せをしていたわけではあるまい。佐久間は頬杖をついて、じっとこちらを見つめていた。

「……機嫌は直ったか」

「え？」

「食べたかったんだろう。モンブラン」

（……このひと、わたしがモンブラン食べたくて、あんなに怒ってたと思ってるの⁉）

それはあまりにも、胡桃を馬鹿にしている。胡桃は膨れっ面で、佐久間をじろりと睨みつけた。

「わたし、そんなこと一言も言ってないですけど！」

「じゃあ、なんであんなに怒ってたんだ。理由を教えてくれ」

「……」

とはいえ、教えてくれ、と言われてもちょっと困る。原因がモンブランでないことは確かだが、胡桃自身もどうしてあんなに腹を立てたのか、よくわからないのだ。

胡桃が下を向いたまま押し黙っていると、佐久間は困り果てたように髪をぐしゃぐしゃと掻きむしり、ポツリと呟いた。

「……でないと、こちらも謝りようがない」

（……もしかして、このひと。わたしと仲直りするために、ここに来たの？）

胡桃が腹を立てた理由を考えて、わざわざモンブランを買いに行って、いつ帰ってくるかもわからない胡桃を、部屋の前でずっと待っていたのか。

胡桃は顔を上げて、佐久間の顔を見つめる。いつも気だるげな黒い瞳は、ほんの少しだけ不安げな光を湛《たた》えて、まっすぐに胡桃のことを見据えていた。

「なん、で……」

「うん？」

「なんで、モンブランまで買って……わたしのこと待ってたんですか？　わたしのことなんて、面倒臭いと思ってるんでしょう。それなら、ほっとけばよかったのに」

邪魔になった胡桃をあっさりと捨てた元カレのように、佐久間も胡桃に見切りをつければよかったのだ。胡桃は膝の上で拳をぎゅっと握りしめて、言葉を絞り出すように続ける。

「……この世界には、わたしが作るもの以外にも、美味しいお菓子はたくさんあります。佐久間さんがわたしにこだわる理由なんて、何もないじゃないですか……」

胡桃が言うと、佐久間は怒ったような、それでいて悲しそうな表情を浮かべた。いつものように眉間に皺を寄せて、顰めっ面のまま口を開く。

「きみは、自分の価値を低く見積もりすぎだ」

「……わたしに、価値なんて……」

「この世に美味いものはたくさんあるが、きみが作るお菓子はきみにしか作れない。俺は、きみが作ったお菓子が、好きなんだ。もっと誇りに思った方がいい」

（こんなふうに、わたしの価値を認めてくれるひとが……一体他に、どれだけいるんだろう）

自分に唯一無二の〝何か〟があるなんて、考えたこともなかった。それを教えてくれたのは、他でもない佐久間なのだ。

胡桃がじっと黙っていると、佐久間はモゴモゴと口ごもったあと、やや言いづらそうに付け加える。

「……あー……あと。面倒臭い、と言ったのは……悪かった。面倒臭いと感じたのは事実だが、きみが面倒臭いのは今に始まったことではない」

「……ひ、ひどい。なんですか、それ」

怒ろうと思ったのに、胡桃はうっかり笑ってしまった。このひとは胡桃のことを心底面倒臭いと思っているのに、それでもわざわざモンブランを持って、仲直りをしに来たのだ。

おかしくて嬉しくて、くすくすと笑みをこぼす胡桃に、佐久間は「何を笑ってるんだ」と顰めっ面をする。ふっと心が軽くなった胡桃は、佐久間に向かって素直に頭を下げた。

「……一方的に怒ったりして、ごめんなさい。もうお菓子作らないって言ったのは、撤回します」

「……本当か。なら、よかった」

「だから、あの……わたしの作ったお菓子、また食べてくれますか？」

胡桃の言葉に、佐久間は心底安堵したような表情を浮かべた。

「当たり前だ。きみのフィナンシェを食べられないなんて、一生後悔するところだったぞ。もう少しで筑波嶺くんを絞め殺すところだった」

「ふふ、ごめんなさい。今度また作りますね。次は、マロンフィナンシェにしようと思ってたんです！」

「楽しみだな。次は絶対食わせてくれ」

「はい、約束します」

胡桃が差し出した小指を、佐久間はおそるおそる握り返してくる。ゆびきりげんまん、と指を軽く振ると、恥ずかしそうに「やめろ」と言われる。テーブルの上で繋いだ小指は、驚くほどに温かかった。

なんだかこそばゆいのに、このぬくもりを離すのが惜しくて、胡桃はいつまでも彼の指を握りしめたままでいた。

九．さよならシフォンケーキ

一週間の仕事を無事終えた、金曜日の夜。駅ビルの八階にある本屋に足を踏み入れた胡桃は、一目散に小説の新刊コーナーへと向かった。

これまであまり活字に馴染みのなかった胡桃は、本屋に来ても手に取るのはお菓子のレシピ本が中心で、小説を買いに来たことはほとんどない。しかし今日は、お目当ての本があるのだ。

新刊が並べてある棚にやって来たが、目的の本は置いていなかった。事前に予約をしているため、手に入らないことはないのだが、胡桃はかなりがっかりした。いやしかし、と思い直し、タイミングよく通りかかった店員に声をかける。

「あの、今日発売の……佐久間諒の新刊ってありますか？」

「あー。はいはい、こちらです」

黒縁の眼鏡をかけた店員は、ほんの少し大和に雰囲気が似ていた。なんとなく親しみを覚えながら、彼の後ろをついていく。

「新刊もここにまとめて置いてるんですよ」

「わ、すごい！」

胡桃は思わずはしゃいだ声をあげた。案内された先には、佐久間諒の作品ばかりが集められた特設コーナーがあったのだ。〝もうこれ以上読みたくない！　なのに読む手が止められない！〟と書かれたポップまで置いてある。平積みされた新刊のみならず、既刊もずらりと並んでいた。

（やっぱり佐久間さんってすごい！　ほんとに人気作家さんなんだ……）

嬉しくなった胡桃は、スマートフォンを取り出して店員に尋ねる。

「写真撮っても大丈夫ですか？　友達に見せたいので」

友達、というより、見せたいのは作者である佐久間本人なのだが。眼鏡の店員はにこやかに頷いてくれた。

「はい、結構ですよ。ＳＮＳに投稿いただいても大丈夫です」

ありがとうございます、と礼を言ってから、胡桃は二、三枚写真を撮った。それから新刊を一冊手に取って、レジへと向かう。予約していたぶんと合わせて、合計二冊お買い上げだ。

ずっしりと重たい、ハードカバーの単行本が入った袋を抱きしめて、胡桃は足取りも軽やかに地下鉄に乗り込んだ。

「佐久間さーん！　新刊発売おめでとうございます！」

帰宅してすぐさま隣の部屋に突撃した胡桃は、家主が現れるなり、購入したばかりの新刊を高々と掲げた。

「なんだ、お菓子を持ってきたわけじゃないのか」

どうやら期待していたらしい佐久間は、あからさまに残念そうな様子を見せる。まさか追い返すつもりかと一瞬身構えたが、彼は「入れ」と胡桃を迎え入れてくれた。

「あっ、こんばんは。さっそく買ってくださったんですね！　ありがとうございます！」

どうやら大和も来ていたらしく、胡桃が持っている本を見て瞳を輝かせた。

仕事中ならお暇しようかと思ったのだが、佐久間が無言で隣の椅子を引いたので、胡桃はそのまま腰を落ち着ける。佐久間はそのままキッチンに行って、三人ぶんの紅茶まで淹れてくれた。今日は手ぶらなので、ちょっと申し訳ない。

「すみません、何かお菓子作ってくればよかったですね」

「いやいや、新刊買ってくださっただけで充分ですよ！」

「なんで筑波嶺くんが勝手に答えるんだ。俺はお菓子も欲しかったぞ」

「発売日に買ってくださるのは、ありがたいです。やっぱり初動が大事ですから」

「ちゃんと予約して買いましたよ！　そういえば会社の近くの本屋さん、佐久間諒の特設コーナーがあったんです！　ほら！」

胡桃がスマホを差し出すと、佐久間と大和が覗き込んでくる。大和は「うわー、すごい！」と眼鏡の向こうの目を細めた。

「書店員の中に佐久間先生のファンがいるんですかね？　あるいは、ウチの営業が頑張ってくれたのかも。どこの書店ですか？　今度お礼しに行きます」

大和が本当に嬉しそうにしているので、胡桃まで嬉しくなってきた。

「読むの楽しみです！　売れるといいですね！」

胡桃が言うと、二人は「死ぬほど売れますように……」と声を揃えて拝み始めた。普段は神など信じていなさそうな佐久間まで、必死になって拝んでいる。

「佐久間さんにも、そういう……バカ売れして印税生活したい、みたいな願望あるんですね」

「そこまでは言ってない。だが、こちらも生活がかかっているんだから、売れるに越したことはないだろう。……もっとも、売れようが売れまいが、書くこと自体はやめられないんだろうが」

佐久間はそう言って、テーブルの上に置かれた紅茶をごくりと飲む。喉仏が動くのを横目で見つめながら、やっぱりこのひとの顎から首にかけてのラインはセクシーだな、と惚れ惚れしてしまった。

「そうだ、佐久間さん。よかったら、新刊にサインしてください！」

胡桃が単行本を一冊差し出すと、佐久間はなんだか微妙な反応をした。

「……きみは。しょっちゅう顔を合わせている隣人のサインを貰って、本当に嬉しいのか？」

「え、嬉しいですよ！　大事にします！」

胡桃が言うと、佐久間は溜息をついてから、テーブルの脇にある小物入れに手を伸ばした。サインペンを取り出すと、本を開いてサラサラと書き始める。それを見ていた大和が、驚いて目を丸くした。

「す、すごい。佐久間諒のサイン本なんて、この世にほとんど出回ってないですよ。激レアです。僕にもください！」

「何を言ってるんだ。担当作家のサイン本を貰う編集者がどこにいる」

書き終えた佐久間は、「ほら」と言って、新刊を胡桃の頭の上にポンと乗せた。

「転売するなよ」

「売りませんよ！　わーっ、ありがとうございます！」

胡桃がニコニコと言うと、佐久間は照れたようにぷいと視線を逸らした。

表紙を開いた裏側に、〝佐久間諒〟という独特な字体のサインがある。その隣に〝糀谷胡桃さんへ〟と書かれているのを見て、胡桃はおやと瞬きをした。

「……わたしの名前……」

「ああ、転売防止だ」

「佐久間さん、わたしの名前ちゃんと覚えてたんですね」

胡桃の言葉に、佐久間はムッと片眉を上げる。

「当たり前だろう。俺の記憶力を舐めるな」

「だって、いっつも〝きみ〟とか〝おい〟とか呼ぶじゃないですか」

「そういえば、僕の前でも〝彼女〟としか言いませんよね！」

大和はやけに楽しげに、身を乗り出してきた。佐久間は心底面倒臭そうに、ティーカップを口に運んでいる。

「それで通じるなら、わざわざ名前を呼ぶ必要はないだろう」

「わたしは自分の名前気に入ってるので、佐久間さんにも呼んでほしいです！」

「そうですよ。可愛い名前ですよね、〝胡桃さん〟」

「どうしてきみが名前で呼ぶんだ。馴れ馴れしいだろ」

佐久間は大和をギロリと睨みつけた。大和は気にした様子もなく、ニヤニヤ笑いを顔いっぱいに浮かべている。

「えー、べつにいいですよね？　胡桃さん」

「はい、全然問題ないです」

「……」

「そんなに気に入らないなら、先生も名前で呼んでみたらどうです？」

「そうですよ！　ちょっと呼んでみてください。胡桃さんでも、胡桃ちゃんでもいいですよ！」

「…………断る」

ひねくれ者の隣人は、唇をへの字に曲げて、ぷいっとそっぽを向いてしまう。胡桃と大和は、しつこく佐久間の肩を揺さぶったが、彼が胡桃の名前を呼ぶことはついぞなかった。


一夜明けた土曜日。ポカポカと陽光が降り注ぐ、長閑な昼下がり。胡桃は頑《かたく》なな男に名前を呼んでもらうべく、強硬手段に出ることにした。

製菓用の生クルミを、一六〇度に予熱しておいたオーブンでローストする。粗熱が取れたら、薄皮を剝がしておく。フライパンに砂糖と水を入れて、沸騰させてしっかりと煮詰める。

カラメル色がつく直前で火を止めて、すぐにクルミを加えて、木べラでよく混ぜる。手早く混ぜていくと、次第に表面がキャラメル化していく。ほどよいところでバターを加えて、再び混ぜる。

オーブンシートの上に広げて、ばらばらにして冷ましたら、クルミのキャラメリゼの完成だ。パウンドケーキなどに入れるのもいいけれど、そのまま食べてもとっても美味しい。

胡桃はクルミのキャラメリゼを透明な容器に入れると、佐久間の元へと向かう。

インターホンを押して、しばらくしてから顔を出した佐久間は、うつろな目をしていた。いつも以上のボサボサ頭だ。きっと寝ていたのだろう。

寝惚け眼の佐久間に向かって、胡桃はずいっと容器を差し出す。

「……なんだ、これは」

「お菓子です！　よかったら、おひとつどうぞ」

胡桃が容器の蓋を開けると、佐久間は人差し指と親指でクルミをつまんだ。未だ覚醒しきらない顔で口に放り込んで、「……うん、美味い」と頷いている。

「……これは、クルミか？」

「はい、胡桃です」

「……シンプルだが、無限に食べたくなる美味しさだな。クルミの香ばしさとキャラメルの甘さがやみつきになる」

寝惚けているくせに、お菓子のこととなるとずいぶん饒舌である。リスのようにクルミを頬張る佐久間に向かって、胡桃は尋ねる。

「佐久間さん、胡桃はお好きですか？」

「……ああ、好きだ。ブラウニーやスコーンに入れてもいいし、メープルシロップにもチョコレートにもキャラメルにも合う」

胡桃は「うんうん」と頷いて、佐久間の顔をじいっと見つめた。寝起きの男は、胡桃の策略に未だ気付いていない。

「……佐久間さん、何が好きなんですか？」

「？　だから、クルミが」

「もう一度、わたしの目を見ながら、大きな声でお願いします！」

「……くる、み………」

そこでようやく罠《わな》にかかったことに気付いたのか、佐久間は中途半端に口を開けたまま固まった。ようやく覚醒したらしく、みるみるうちに耳まで真っ赤になる。

あら可愛い、と思って見つめていると、パチンと額を軽く叩かれた。

「……いい大人をからかって遊ぶんじゃない」

胡桃は悪戯っぽく笑って、「作戦成功です！」とピースサインをしてやった。

＊＊＊

一一月に入り、次第に秋も深まってきた。ある日の昼休み、胡桃は栞と二人、食堂でお弁当を食べていた。一匹狼タイプの栞だけれど、最近は誘えば三回に一回はランチに付き合ってくれる。

「糀谷さん糀谷さん、佐久間諒の新作読んだ⁉」

栞と他愛もない会話をしていると、通りかかった水羽が興奮気味に声をかけてきた。胡桃が「はい」と答えると、彼は断りもなく隣に腰を下ろしてくる。いつになく熱を込めて、前のめりに語り始めた。

「いやー、面白かったよね。主人公のキャラクターのせいか、今回はわりとポップな地獄だなーと思ってたけど、最後の最後でやられたよ。オチはここ最近の作品では一番好きかも」

「わ、わかります。わたしも最後の一行読んだあと、これ書いたひとのこと、今すぐ殴りに行こうかと思いました……」

さすがに、実際に殴りはしなかったけれど。読み終わったあと隣の部屋に行って「この外道！」と罵るだけに留めておいた。

胡桃の話を聞いた水羽は、目を細めて「わかるなあ」と笑っている。本当に爽やかな笑い方をするひとだ。あんなに物騒な小説の話をしているとは思えない。本当に佐久間の作品が好きなのだろう。

（水羽主任には、佐久間さんのサイン本を持ってることは黙っておこう……）

もし水羽にバレたら、土下座してでも欲しがるかもしれない。あれは佐久間が胡桃のために書いてくれたものなのだ。たとえ水羽が佐久間の大ファンであろうと、絶対に渡したくない。

「あとこれ。前に話してた本、持ってきた」

「あ、ありがとうございます……」

「世間的な評価は高くないんだけど、ファンのあいだでは最高傑作との呼び声も高くて

……あ、また早口になってるな。このへんにしとこ」

いつになくテンションの高い水羽に、胡桃は苦笑いを返す。彼のことは嫌いではないし、佐久間の作品の感想を言い合うのは楽しいけれど、それよりも今は周囲の目が気になった。

少し離れたテーブルでは、水羽の同期である前川梢絵が座っているのが見える。他の女性社員と一緒に、こちらを見てヒソヒソ話をしているようだった。絶対悪口言われてる、と胡桃は冷や汗をかく。

（せめて、夏原先輩の隣に座ってくれればよかったのに……！）

さすがの梢絵も、完璧超人である栞に対しては一目置いているらしく、強気に出ることは少ない。胡桃の正面にいる栞は、水羽のことも梢絵のことも気にする様子もなく黙々とお弁当を食べている。手作りなのか、弁当箱に入った卵焼きの形がちょっといび

つだ。なんでもできるひとだけれど、あまり器用な方ではないのかもしれない。

「あ、そういえば」

しばらく佐久間の作品について熱く語っていた水羽だったが、ふと思い出したように話題を打ち切る。弁当を食べ終えた栞に向かって、尋ねた。

「夏原さんって、技術課の香西彰人と同期だったよね？」

突如として水羽の口から飛び出してきた元カレの名前に、胡桃の心臓はドキッと大きく跳ねた。ずいぶんと久しぶりに、その名前を聞いた気がする。

「……そうですが」

栞は弁当箱を片付けながら、嫌悪に満ちた表情で答える。あまりにも露骨な反応に、水羽は申し訳なさそうに声をひそめた。

「……あ、ごめん。もしかして仲悪い？」

「いいえ。そもそも、ほとんど関わりがありません。関わるつもりもありませんが」

栞はきっぱりと言ったが、そばで聞いている胡桃でさえ、大嫌いなんだろうなあ……と感じ取れる声色だった。一体彰人は、栞に何をしたのだろうか。知りたいような、知りたくないような。

「夏原さんの代、イケメン多いよな。福岡支店にいる常盤《ときわ》だっけ？　アイツも結構……」

「……香西くんが何か？」

「あ、いや。香西、もうすぐ結婚するらしいから。夏原さん知ってるかなーって」

「え⁉」

声をあげて立ち上がったのは、胡桃の方だった。さっきまで興味なさげにしていた栞が、驚いたようにこちらを見る。

「糀谷さん、どうしたんですか」

「……あ、い、いえ」

「あれっ、糀谷さんアイツと知り合いだったの？　関わりあったっけ？」

水羽に問われて、胡桃は引き攣り笑いを浮かべて「ちょっとだけ」と答えた。必死で動揺を押し隠しながら、ノロノロと腰を下ろす。

モソモソとお弁当のエビフライを口に運んだが、ちっとも味がわからなかった。周囲のざわめきも、まったく耳に入らなくなっている。

（彰人くんが、結婚する……）

胡桃は膝の上でぐっと拳を握りしめたまま、小さな声で尋ねた。

「……香西さん、恋人いたんですか」

「あー、なんか学生の頃から、ずっと付き合ってるらしいよ。東京と大阪の遠距離恋愛だってさ。一途《いちず》だよなー」

　どこが一途なの、と言い返したくなるのを必死で堪える。

　要するに胡桃は、遠距離でなかなか会えない恋人の代わりに、慰み者となっていただけなのだ。そんなことにも気付かず、一人で浮かれていた。

（やっぱり、佐久間さんの言う通りだった……本命が、他にいたんだ……わたし、遊ばれてた……）

　うすうす気付いてはいたことだけれど、やはりショックが大きい。落ち込んでいる胡桃に気付いたのか、水羽が遠慮がちに問いかけてきた。

「……なんか、ごめんね。もしかして糀谷さん、香西のファンだった？」

「い、いいえ。全然。まったく！」

　胡桃は力強く否定する。すると水羽は、安心したような表情を浮かべた。それから腕時計に視線を落として、慌ただしく立ち上がる。

「やべ、俺もう出なきゃ。糀谷さん、またゆっくり話そう」

「……はい……」

「そうだ、夏原さん。技術課のやつらが、二次会の余興動画作るのに、香西の同期のメッセージ集めてたけど……」

「断固お断りします」

「……ですよねー。失礼しました」

水羽は小さく肩をすくめて、「それじゃあ」と片手を上げて立ち去っていく。

下を向いたままブロッコリーを食べている胡桃に向かって、栞は心配そうに尋ねた。

「……糀谷さん。あなた、香西くんと何かあったの？」

「……いいえ……何も」

胡桃は下手くそな笑みを浮かべて、首を横に振る。栞は痛ましそうに眉を下げて、言葉を選びながら、ゆっくりと言葉を紡いだ。

「……本人のいないところで、こういうことを言いたくないけれど……彼には近付かない方がいいわ。……あまり、いい噂を聞かないから」

「……」

必死で平静を装ってはいたけれど、胡桃の心の中はぐちゃぐちゃになっていた。卵と砂糖と薄力粉と生クリームを、全部ボウルに入れてハンドミキサーでかき混ぜたあとのような感じ。このまま型に入れてオーブンで焼いてしまえば、甘くてちょっぴりほろ苦いだけの思い出になるのだろうか。

（……お菓子作りたい……生クリームを添えた、お布団よりもフワッフワのシフォンケーキがいい……）

「……あなたは、危なっかしいところがあるから……騙されて悲しい思いをしないか、心配です」

栞の口調はいつものように平坦《へいたん》なものだったけれど、胡桃への気遣いに満ちていた。もう手遅れです、とは言えず、胡桃は力なく微笑む。「そうですね」と答えた声は、少し掠《かす》れていた。

仕事を終えて帰宅するなり、胡桃はさっそくシフォンケーキを作った。

祈るような気持ちで天板をオーブンから取り出した胡桃は、がっくりと項垂れた。型に入ったシフォンケーキは、オーブンの中では綺麗に膨らんでいたはずなのに、みるみるうちに無惨に萎《しぼ》んでしまったのだ。

おそらく、卵白の泡立てが足りなかったのだろう。おまえは集中力に欠けている、と父に怒られたことを思い出す。お菓子作りに失敗はつきものとはいえ、こんなことは久しぶりだ。どうやら、まだまだ修行が足りないらしい。

（こんなものを、佐久間さんに食べさせるわけにはいかない……）

佐久間は胡桃のお菓子作りの腕を、心の底から信頼している。そんな彼に失望されるのは、絶対に嫌だった。萎んでしまったシフォンケーキは、冷凍して少しずつ自分で食べることにしよう。

とはいえ今の胡桃は、佐久間に愚痴を聞いてもらいたくて仕方がなかった。元カレの所業をぶちまけて、思う存分怒り狂いたい。しかし、手ぶらで佐久間の元を訪れるわけにはいかない。胡桃と佐久間の関係は、手作りお菓子をもとに成り立っているのだから。

ぺしゃんこになったシフォンケーキを前に、しばらく打ちひしがれていた胡桃だったけれど、両頰を叩いて、気持ちを切り替えた。

(今あるもので、すぐにできるものを作ろう)

ボウルにオートミール、薄力粉、砂糖、卵を入れて、ぐるぐる混ぜる。オイルを入れて、さらに混ぜる。溶かしバターではなくオイルを入れることで、作成時間の短縮になるのだ。それからチョコチップとクルミ、アーモンドとオレンジピールを入れる。

シートを敷いた天板に、スプーンで形を整えながら生地をのせる。一八〇度のオーブンで、だいたい二〇分。素早く簡単にできる、オートミールクッキーだ。

無事にお菓子を完成させた胡桃は、一目散に隣の部屋へと向かった。まるで待ち構えていたかのように胡桃を迎え入れた佐久間は、いつものようにキッチンに立つ。

「簡単なものですけど、オートミールクッキーです」

「ありがたい。ちょうど甘いものが欲しかったところだ」

「佐久間さんが甘いものが欲しくないときなんて、ないでしょ」

キッチンからふわりと漂ってきたのは、いつもと違う香ばしい香りだった。目の前に急須と湯呑みを置かれて、胡桃はすんすんと鼻を動かす。

「なんですか、これ？」

「玄米茶だ。今日は少し気分を変えてみた」

なるほど。洋菓子と日本茶の組み合わせは意外な気もするが、たしかにオートミールクッキーには合うかもしれない。

「クッキーは焼きたてが美味しいので、先に食べてください」

「うむ。お言葉に甘えていただこう」

佐久間はオートミールクッキーをつまんで、口の中に入れる。胡桃もそれに続いて、クッキーに齧りついた。たったの三〇分で完成させたと思えないほど、香ばしくて美味しい。一緒にいただく玄米茶の風味も、驚くほどマッチしていた。

「こんがり焼かれているのが、ザクザク感が強くて美味いな。中に入ったオレンジピールがまた、いいアクセントになっている」

「……そんなことより佐久間さん！　聞いてくださいよ！」

男の顔が満足げに綻ぶのを確認してから、胡桃はかくかくしかじかと話し始めた。

胡桃を捨てた元カレが、もうすぐ結婚すること。学生時代から付き合っている女性がいたらしく、やはり胡桃とのことは遊びだったこと。そのことを突然知らされて、胸中が掻き乱されていること。

胡桃の話を聞いた佐久間に、驚いた様子はなかった。湯呑みを持ち上げて、ずずず、と玄米茶を啜っている。

「わかっていたことだろう。結婚が決まったから、きみを切り捨てたパターンだ。ずるずるとキープされなかっただけ、まだマシじゃないか」

「……それは、そうですけど」

「そんな男のことなど、さっさと忘れることだな。いまさら、未練などないだろう」

「……ない、と思ってたんですけど……」

胡桃が一番ショックだったのは、彰人の結婚に傷ついている自分がいたことだ。あんなロクデナシのことなんてどうでもいい、と思っていたはずだったのに。

(……こんなことで傷ついてる時点で、全然彰人くんのこと忘れられてない……)

あんな男のことを、みっともなく引きずっている自分にうんざりする。

そのとき、テーブルに置いていた胡桃のスマートフォンが短く二回震えた。「見てもいいぞ」と佐久間に言われたので、胡桃はスマホのロックを解除する。LINEのメッセージが二件、届いていた。

[久しぶりー　元気してる？　笑]

[週末ひま？　久々に会わん？]

発信元を確認して、思わずヒッと息を呑む。おおよそ半年ぶりにメッセージを送ってきたのは、今しがた噂をしていたロクデナシの元カレだった。

(笑、ってなに……あんなに一方的に振った相手に、送りつけてくるメッセージじゃやない……）

胡桃が愕然としていると、佐久間が「どうしたんだ」と訊いてくる。胡桃は震える手で、スマホのディスプレイを佐久間に向けた。

「……なんか……元カレから、連絡きたんですけど……」

「はぁ⁉　まだその男をブロックしてなかったのか。きみは馬鹿か」

佐久間は心底呆れた様子で吐き捨てる。胡桃は黙って下唇を噛み締めた。

ＬＩＮＥもインスタも、胡桃は未だに彰人のことをブロックしていない。わざわざアカウントを覗きにいくようなことはなくなっていたけれど、完全に彼を断ち切ることはできずにいたのだ。

「……どうしましょう」

「きみがとるべき行動はひとつだろう。無視して今度こそブロックだ」

「……そう、ですよね……」

「……まさかきみは、この期に及んであの男に未練があるのか」

佐久間はやけに怖い顔で、胡桃のことを睨みつけている。胡桃は俯いたまま、ポツリと答えた。

「……よく、わかりません」

「わからない？」

「彼が結婚するって聞いて、ショック受けてるのは、ほんとです。でも、未練っていうより、なんというか……」

上手く説明できずに、そこで言葉を切った。胡桃が黙っていると、佐久間は苛立ったように、人差し指でテーブルを叩き始める。しばらく考えたあと、胡桃は顔を上げて言った。

「わたし。もう一回だけ彼と話してみようかな……」

「何を言ってるんだ、きみは！」

「だって、一回ぐらい怒鳴りつけてやらないと気が済まない……」

胡桃は結局ただの一度も、感情を彼にぶつけることができなかった。胡桃の中に残る彼への怒りや悲しみは、消えるどころか今も胸の奥底に根を張って、呪いのように胡桃を苦しめている。

佐久間はテーブルに叩きつけていた人差し指を、びしりと胡桃に突きつけた。

「きみの元恋人が今、何を目論んでいるのか教えてやろう。最後の独身生活を謳歌《おうか》すべく、せいぜい女と遊びたくなったが、手頃な女性が周りにおらず、黙って言うことを聞いてくれそうな、都合のいい女に連絡してきた、だ」

「……でしょうね」

「わかっているなら、もう関わらない方がいい。一度会ってしまったら、きみはきっと流されるぞ」

佐久間の声には必死さが滲んでおり、本気で胡桃を心配していることが伝わってきた。

やっぱり優しいひとだな、と思う。

きっと、佐久間の言うことは正しいのだろう。近付かない方がいいわ、と栞も言っていた。胡桃だって、もうこれ以上あんな奴に傷つけられて、悲しい思いをするのはごめんだ。でも。

——俺たち、別れよう。勝手なこと言ってごめん。でも、胡桃ならわかってくれるよな。

最後通告を言い渡されたあのときの光景を、今でも夢に見ることがある。あっけなく握り潰された恋心は、未だに成仏できないまま、胡桃の中に残っているのだ。彼と過ごした思い出はどんどん美化されて、すごく幸せだったような気さえする。そんなこと、絶対あるはずもないのに。

……どうにかしてこの恋を終わらせなければ、胡桃は次の恋に踏み出せないのだ。

「わたし、絶対に流されないです」

きっぱりと答えた胡桃の目を、佐久間はまっすぐに睨みつけていた。わからずや、とでも言いたいのだろうか。

しばしの沈黙のあと、やれやれと呆れたように首を振る。

「……それならもう、勝手にしろ。俺はもう知らん。さっさと自分の部屋に帰れ」

佐久間はお茶を飲み終えた胡桃を強引に立たせて、玄関へと引っ張っていった。怒った顔をしてはいたけれど、最後に律儀に「……オートミールクッキーは美味かった、ありがとう」と付け加える。このひとのこういうところは、結構好ましい。

部屋に戻った胡桃は、彰人へのＬＩＮＥに返信をした。［元気だよ］という短い文字列に、すぐに既読がつく。

［俺はあんまり元気じゃない……胡桃に会って癒されたいなー］

明らかな下心の滲んだ言葉に、吐き気がする。胡桃は少し悩んだあと、［いいよ］の三文字を打ち込んで送信した。

＊＊＊

土曜日、午前一〇時。ベッドから出た胡桃は、寝惚け眼を擦りながら洗面台の前に立った。冷たい水で顔を洗うと、ぼんやりしていた意識が次第に覚醒していく。

（やっぱり、やめておいた方がよかったかな……）

鏡に映る自分は、なんだかやけに不安げな表情をしていた。化粧水を染み込ませるついでに、気合いを入れるようにパチンと頬を叩く。会うと決めたのは自分なのだから、いまさら怖気《おじけ》づくわけにはいかない。

髪を頭の後ろで結んで、鮮やかな赤のニットにデニムを合わせる。彰人と付き合っているときは、彼の好みに合わせて、ガーリーな格好ばかりしていた気がする。可愛い格好は嫌いではなかったけれど、本当はもっと動きやすい服が好きだったのに。

ベージュのトレンチコートを羽織り、白のスニーカーを履いて外に出ると、エレベーターに乗ってマンションの下まで降りる。胡桃が降りると同時に、エレベーターは再び上へと上がっていった。

一一月も半ばに差し掛かり、街路樹の葉も黄色く色づいている。地に落ちて潰れている銀杏《ぎんなん》の匂いが、小さい頃の胡桃はちょっとだけ苦手だった。スニーカーで落ち葉を踏むたびに、カサカサと軽い音を立てる。

平日朝はすし詰めになる地下鉄も、休日はそれほど混んでいない。シートの端っこに腰掛けた胡桃は、目を閉じて思い出す。彰人と付き合っていた頃、こうして彼の元へと向かっている時間が好きだった。当然だけれど、今はちっとも気持ちが弾まない。

地下鉄から降りた胡桃は、改札を通って地上に出る。待ち合わせ場所は駅の近くにあるファミレスだ。ここから歩いて一〇分ほどのところに、彰人のマンションがある。本当は部屋に来ないかと誘われたのだけれど、それは断固拒否したのだ。

「いらっしゃいませ。一名様ですか？」

「あ、いえ。連れが先に来てるので」

声をかけてくる店員にそう断ってから、胡桃は店内をぐるりと見回した。

店の奥の方、四人掛けのボックス席に、彰人が座っているのを見つけた。胡桃に気付いたのか、唇の片側を軽く上げて微笑む。

（……なんだ。全然……ときめかないや）

あの頃は大好きだった彼の顔に、もう何も感じなくなっていた。一般的に見ればたしかにイケメンなのだろうけれど、心を揺さぶるものが少しもない。もっと魅力的な男性は、この世界にたくさんいる。

胡桃が彼の正面に腰を下ろすと、彰人はあの頃と同じように、軽い口調で「よっ」と片手を上げた。

「胡桃の顔、久しぶりに見たー。同じ会社にいても、意外と会わないもんだな」

「……そうだね」

彰人の目の前には、ほぼ手付かずのホットコーヒーのカップが置かれている。そういえばこのひと猫舌だったっけ、と思い出して、そんなことを覚えている自分にうんざりした。彼は胡桃に向かって、メニュー表を差し出してくる。

「なんか食う？　昼飯にはちょっと早いけど……胡桃、甘いモン好きだったよな。パフェとか頼めば？」

「……いい。ゆっくりするつもり、ないから」

胡桃はボタンを押して、注文を取りに来た店員に、「ロイヤルミルクティーひとつ」と告げる。胡桃の背中側の席に座った男性客は、シフォンケーキのセットを注文していた。

彰人は無遠慮に、胡桃の姿を頭から爪先まで、舐めるように眺めてきた。

「胡桃がそういうカッコしてんの、珍しくない？　スカート以外穿いてるの、初めて見た気がする」

「……彰人くん。結婚するんだってね」

彰人の言葉を無視して、単刀直入に切り出した。彼は一瞬息を呑んだあと、誤魔化すようにへらっと笑って、軽い口調で言った。

「なーんだ。知ってたんだ」

おそらく、胡桃が言い出さなければ、黙っているつもりだったのだろう。胡桃はテーブルの上で拳を握りしめながら、畳み掛けるように続ける。

「学生時代から付き合ってる彼女だって聞いたけど。わたしと付き合ってるときから、ずっと二股かけてたんだね」

胡桃の言葉に、彰人は罪悪感など微塵も見せずに、はっ、と鼻で笑った。ひとを小馬鹿にしたようなこのひとの笑い方が、付き合っているときから胡桃は苦手だった。

「それ、誰から聞いたの？」

「……営業一課の水羽主任」

「あー、水羽さんか。あのひと、意外とお喋りだな」

彰人はチッと舌打ちをした。口に運んだロイヤルミルクティーは甘ったるく、やたらと喉に引っかかる。余計に喉が渇いてしまいそうだ。佐久間が淹れてくれた紅茶が恋しくなる。

「結婚することになったから、わたしのこと邪魔になったんでしょ？」

「そういう言い方するなよ。……彼女と離れて寂しかったタイミングで、可愛い女の子に告白されたら、そりゃ揺らぐだろ」

「もし恋人がいるって知ってたら、告白なんてしなかった」

「胡桃のことが本気で好きだったのはほんとだよ。いい加減な気持ちで付き合ってたわけじゃない」

いい加減じゃない二股ってどういうこと、と胡桃は怒りを通り越して呆れ返ってしまう。テーブルの上に置かれた手は、すっかり冷え切っていた。冷え性の胡桃の指は、ロイヤルミルクティーのカップで温めたそばから、すぐに冷たくなっていく。

（わたし、なんでこんなひとのこと好きだったんだろう……）

見苦しい言い訳を連ねる男を前に、胡桃は驚くほどに冷静だった。やはり彼はろくでもない男だったのだと、あらためて認識できただけで、ここへ来てよかったと思う。

彰人はキョロキョロと周囲を気にしながら、テーブルの上にある胡桃の手に、自らの手を重ねてくる。身を乗り出した彼は、囁くような音量で言った。

「……なあ、胡桃。やっぱり場所変えてゆっくり話そう。俺の部屋来ない？　胡桃だって、俺が結婚するってわかってて来たんだろ」

「……」

「俺、結婚決まってるって言っても、あんまり彼女と上手くいってなくて……胡桃と別れて初めて、胡桃の素直さが恋しくなったっていうか」

胡桃は下唇を噛み締める。あの頃の胡桃は、本当はちっとも、素直なんかじゃなかった。胡桃が彰人に対して従順だったのは、ただ本音を押し殺していたからだ。嫌われるのが怖くて、言いたいことを全部我慢して。

そんな自分のことが、誰よりも一番嫌いだった。

「彼女、あんまり家庭的なタイプじゃなくて、料理も上手くないしさ。あ。お菓子作り、あれまだやってんの？　久しぶりに、胡桃の作ったお菓子食べたいな」

（……わたしの作るものの価値なんて、これっぽっちもわかってくれないくせに）

「……ふざけたこと言わないでよ」

へらへらと笑う男に、とうとう胡桃の堪忍袋の緒が切れた。

重ねられた手を振り払い、ドン、と拳をテーブルに叩きつけると、彰人はびくっと肩を揺らす。憎しみを込めて真正面から睨みつけると、ややたじろいだように視線を彷徨《さまよ》わせた。

「……わたし。もう二度と、あなたのためにはお菓子作らない」

「……く、胡桃……」

「わたしの作ったお菓子を食べてほしいひとが、もっと他にいるから」

「……」

「彰人くん。わたし、好きなひとができたの。わたしの価値を理解して、必要としてくれるひと」

口に出した瞬間に自覚した気持ちは、すとんと胡桃の胸に落ちてきた。

(ああ。やっぱりわたし、好きなんだ)

本当はうすうす、気付いていた。彼と食べるお菓子が、どうして一番美味しいのか。

彼が他の女のひとと一緒にいると、胸が苦しくなるのは何故なのか。辛《つら》いことや嬉しいことがあったとき、一番に伝えたいのは誰なのか。

口と態度が悪くて傍若無人で、素直じゃなくてぶっきらぼうで、甘党なのに全然甘くないお隣さん。胡桃自身も気付かなかった価値を見出《みいだ》して、特別なものだよと教えてくれるひと。いつのまにか胡桃にとって彼は、かけがえのない、なくてはならない存在になっていた。

それがわかったなら、こんな男と話す意味はもう少しもない。胡桃はすっかり冷めてしまったロイヤルミルクティーを一気に飲み干す。

「じゃあ、わたし帰る。もう二度と連絡してこないでね」

「お、おい……」

「……あ。でも、最後にひとつだけ。言いたいことあったんだった」

胡桃は立ち上がると、大きく息を吸い込む。おなかに力を込めると、情けなく眉を下げた最低男に向かって、ずっとずっと溜め込んでいた怒りを全力でぶつけた。

「……地獄に堕《お》ちろ、このクソ男!!」

長閑な休日のファミレスに、場違いな胡桃の怒号が響く。

店内にいる人間の視線がいっせいに集まるのがわかったが、胡桃は晴れ晴れとしていた。新しく生まれ変わったような、清々しい気持ちだ。

胡桃はトートバッグを手に取ると、自分の背中越しに座っていた男性客に向かって声をかけた。

「佐久間さん。帰りましょう」

背中を丸めて紅茶を飲んでいた男は、ノロノロと顔を上げた。髪型はきちんと整えられていて、焦茶色のニットにデニムを合わせている。今日は一応、おでかけモードみたいだ。

(うん。やっぱりこのひとの方が、元カレなんかよりよっぽど素敵)

佐久間は胡桃と目が合うと、バツが悪そうな表情を浮かべた。

「……まだ、注文したシフォンケーキが来ていないんだが」

「シフォンケーキなら、わたしが帰って作ってあげます。ちょうど作ろうと思ってたんですよ」

「それはいいな。さっさと帰ろう」

佐久間はそう言うが早いか、意気揚々と立ち上がる。そのときタイミング悪く、店員がシフォンケーキを運んできた。佐久間は悪びれた様子もなく、彰人の方を顎でしゃくってみせる。

「そこのテーブルに置いてくれ。伝票もそっちに」

「え？　は、はぁ……」

「お、おいちょっと待て。胡桃、この男誰だよ」

突然の展開についていけないのか、彰人は狼狽えている。佐久間は彰人を横目で見て、フンと鼻を鳴らした。

「彼女のシフォンケーキが食べられないなんて、あんたはつくづく哀れな男だな」

「はぁ？　何言って……」

「まあ、代わりにそれを食うといい。ここのシフォンケーキもなかなか美味いぞ。ファミレスとは思えないクオリティだ」

佐久間はそう言い捨てると、さっさと歩いていく。胡桃は彰人の方を振り向くことなく、さよならも言わずに佐久間の背中を追いかけた。

「佐久間さん！」

ひと足先に店の外に出た佐久間を呼び止めると、彼はぴたりと足を止めた。小走りで隣に並ぶと、ムスッとした顔で再び歩き出す。

「……いつから気付いてたんだ」

「最初からです。佐久間さん、尾行下手くそですね。探偵にはなれませんよ」

「べつに、なるつもりもない」

「……わたしのこと心配して、来てくれたんですよね」

「違う。久しぶりに、あそこのシフォンケーキを食べたかっただけだ」

ああ、つくづく素直じゃないひと。耐えきれなくなった胡桃がくすくすと笑みをこぼすと、照れ隠しのようにパチンと額を弾かれた。

「それで。気は済んだか」

「そうですね。スッキリしました。……佐久間さんは、会わない方がいいって言ったけど……わたしにとっては、必要な過程だったんだと思います」

「……それなら、まあいい」

ぴゅうっと冷たい秋の風が、二人のあいだを吹き抜ける。胡桃はすっかり冷え切った手を擦り合わせて、ぶるりと身震いした。

そのときちょうどすれ違ったカップルは、仲睦まじげに手を繋いで歩いていた。駅からマンションに向かう短い距離でさえ、彰人は手を繋いでくれなかったな、と思い出して、恋心の残骸がちくりと胸を刺す。

そんな微《かす》かな鬱屈を知ってか知らずか、佐久間がふいに胡桃の手を取った。弾かれたように彼の顔を見ると、しっかりと手を繋いだまま、「帰るぞ」とそっぽを向く。黒髪から覗く耳がほんのりと赤い。

「え、あ、あの、佐久間さん」

「……」

「えーと、わたしの手……つ、冷たいでしょ」

「……そうだな。パティシエ向きの手だ」

そう言った佐久間の手は驚くほど熱を持っていて、氷のように冷たかった胡桃の手は、次第に溶かされていく。あなたのことが好きです、という言葉を飲み込んで、胡桃は黙って微笑んだ。

燃え滓《かす》のように残っていた微かな恋心は、ふうっと風に吹かれて飛んでいく。温かな手をぎゅっと握り返した胡桃は、甘くない恋に別れを告げて歩き出した。

佐久間とともに帰宅した胡桃は、さっそくエプロンを身につけた。思えば佐久間を自分の部屋に入れるのは、一緒にブルーベリーマフィンを食べたとき以来だ。

「以前に来たときも思ったが……狭いな」

「佐久間さんのお部屋が広いんですよ。でもワンルームのわりに、キッチンスペースが広いので気に入ってます」

「たしかに。大事なことだな」

「さ、作りますよ」

胡桃は髪をきつく結び直して手を洗うと、前回失敗したシフォンケーキのリベンジに挑むことにした。佐久間は胡桃の隣に立ち、物珍しそうにまじまじと観察してくる。

「ずいぶんと本格的な道具が揃っているんだな」

「自分で買ったものもありますけど、ほとんどが実家から持ってきたやつです。このハンドミキサーは、こないだのボーナスで買いました」

「……なるほど、〝ko-jiya〟の。さすが、使い込まれたいい道具だ」

佐久間は感慨深げに目を細めて、うんうんと頷いている。胡桃は気合いを入れるように腕まくりをする。

まずは卵黄、砂糖、バニラエキスをよく混ぜ合わせる。そこに、湯煎で温めておいた胡麻油《ごまあぶら》を投入。よく料理に使われるものじゃなくて、製菓用のちょっといいやつだ。しっかり乳化させたあと、四〇度に温めた牛乳を加えて混ぜる。生地の温度には、細心の注意を払わなければならない。薄力粉、強力粉、ベーキングパウダーをふるったものを加えて、ホイッパーで混ぜる。

「見事な手際だな」

「お褒めいただき光栄です」

何が面白いのか、佐久間は先ほどから胡桃の手元をじっと見ている。やはりスイーツ好きとしては、作業工程も気になるのだろうか。怖い顔で腕組みをして隣に立たれるのは、少し緊張するが。かつて父の厳しい指導を受けながら、お菓子を作っていた頃のことを思い出した。

「次に、シフォンケーキにおいて重要なメレンゲを作ります」

前回はここで失敗したため、生地が上手く膨らまなかった。卵白と砂糖をしっかりとかき混ぜて、メレンゲを作る。真っ白いフワフワのメレンゲを見た佐久間が、ほうっと息を吐いた。

「……もうこの時点で食べたい」

「ダメです。でもメレンゲ美味しいですよね。このまま焼いて、メレンゲクッキーにするのも好きです」

「それも最高だな……」

「でも、それはまた今度にしましょうね」

それから、メレンゲと先ほどの生地を混ぜ合わせる。生地がだいたい均一になると、もう触らない方がいい。あまり混ぜすぎると、気泡が潰れてフワフワ感が失われてしまうからだ。シフォン型に流し入れて、一七〇度に予熱したオーブンで約四〇分。そのあいだに、シフォンケーキに添える生クリームを作っておく。

焼き上がりが待ちきれず、胡桃はオーブンの中を覗き込む。甘いバニラの匂いが漂ってきて、ワクワクが高まっていく。

ピーッという音とともに、胡桃はキッチンミトンを嵌めて、中からシフォン型を取り出す。今度は萎むことなく、綺麗に膨らんでいた。

「やった！　成功です！」

佐久間にハイタッチを求めると、意外にもノリ良く応じてくれた。パチン、と一瞬だけ触れたてのひらは熱かった。

適当な瓶をシフォン型の穴に刺して、逆さまにひっくり返す。そこでようやく、胡桃はエプロンを脱いだ。

「はい。では、ここから五時間ぐらい放置します」

「は⁉　五時間⁉」

「そのぐらい経たないと、型からきれいに抜けませんから」

「なんだ……すぐに食べられるわけじゃないのか……」

佐久間は肩を落としてしょんぼりしている。あからさまにがっかりしているところも可愛い、とこっそり胸をときめかせてしまう。

胡桃はにんまり笑って、用意しておいたミニカップをひとつ、佐久間に手渡した。

「？　なんだ、これは」

「試食用のシフォンケーキです。型に入りきらなかった生地を、別の小さなカップに入れて焼いておいたんです。これなら焼きたてが食べられますよ」

「おお！」

「ほんとは、作り手の特権なんですけど……今回だけは、佐久間さんにもお裾分けしてあげましょう」

胡桃がウィンクをすると、佐久間はまるで地獄で仏にでも出逢ったかのように、大袈裟に両手を合わせて拝み始めた。

「……やはり、持つべきものはお菓子作りが得意な隣人だな」

小さなカップサイズのシフォンケーキの上に、生クリームを絞ってのせる。佐久間は一度自分の部屋に戻って、紅茶の準備をしてきたようだ。狭い部屋の真ん中にあるローテーブルに、ティーセットを置く。

「ストレートのウバティーだ。軽やかな味わいのシフォンケーキにはこれだな」

「わ、美味しそう。じゃあ食べましょうか」

今日は佐久間と隣に並んで座った。向かい合うよりも距離が近くて、ドキドキする。

「いただきます」

焼きたてのシフォンケーキにフォークを刺して、甘い生クリームとともにいただく。バニラの味わいが優しく、口に入れた瞬間にとろけるほどに柔らかい。顎の筋肉が必要ないのでは、と思うほどだ。

隣にいる佐久間の顔を盗み見ると、普段の仏頂面からは想像できないほど、幸せそうに緩んでいた。彼のこの表情を見るために、胡桃はお菓子を作っているのかもしれない。

「美味い。甘くてフワッフワで、いくらでも食べられそうだ。普段焼きたてのシフォンケーキを食べることは滅多にないが、これもまたいいものだな」

「でしょ？　型から外れたぶんは、また明日一緒に食べましょうね」

胡桃はそう言って、ティーカップを口に運ぶ。

とびきり甘いお菓子と、美味しい紅茶。隣には、胡桃が作ったものを美味しいと言って食べてくれる、好きなひとがいる。これ以上に幸せな休日があるのかしら、と胡桃は思う。

シフォンケーキをモグモグと頬張った佐久間は、小さく咳払いをしてから「そういえば」と切り出す。

「……さっき。好きな男ができた、と言っていたな」

「え？　あ、はい。実は、そ、そうなんです」

頬を赤らめつつ、胡桃は頷く。先ほどの彰人とのやりとりを聞かれていたのだろうが、当人に直接指摘されるのは照れ臭いものだ。

佐久間はなんだか面白くなさそうな顰めっ面で、こちらを睨みつけている。

「……悪いことは言わないから、やめておけ。きみが好きになる男なんて、どうせ碌でもない奴だろう」

佐久間の言葉に、胡桃はがっくりと肩を落とした。

この男は、あの話を聞いてもなお、胡桃の好きなひとが自分だという可能性に少しも思い至らないのだ。おそらく、胡桃をそういう対象としてまったく見ていないのだろう。脈がなさすぎる。もし今この場で告白なんてしたら、こっぴどく振られてしまうに違いない。

「そ、そんなこと言わないでください！　とっても素敵なひとですよ」

「どうだか。きみは見る目がないからな」

「……そうですか？　今のわたしは結構、見る目があると思ってるんですけど」

傍若無人で口も態度も悪い男の不器用な優しさを、胡桃はよくよく知っているのだ。

佐久間の顔を覗き込んで、じいっと見つめる。彼はややたじろいだあと、呆れた様子で「……懲りない奴だな」と溜息をついた。

（前途多難な恋、だろうけど……そう簡単に、諦めるつもりはありません）

胡桃はティーカップをソーサーの上に置くと、まっすぐ佐久間に向き直った。

「ね、佐久間さん。わたし今度こそ、とびきり甘い恋をするって心に決めてるんです」

「……」

「だから、覚悟しておいてくださいね」

「……何がどう覚悟が必要なのかわからないが、俺は絶対に応援してやらないぞ。一人で勝手に頑張るといい」

バッサリと斬り捨てられて、胡桃は膨れっ面で佐久間を睨みつける。……やはりこのひねくれた隣人を攻略するのは、そう甘い道のりではないのかもしれない！

胡桃がむくれていると、佐久間は人差し指で胡桃の額をパチンと弾いてきた。

「……諦めきれないならさっさと失恋して、せいぜい俺にお菓子でも作ってくれ。甘い恋より甘いお菓子だ」

「絶対、お断りです！　今度は失恋するつもり、ありませんから！」

人差し指を突きつけてくる佐久間に向かって、胡桃はべーっと舌を出す。甘くない甘党男の減らず口を塞いでやるために、生クリームたっぷりの甘い甘いシフォンケーキを、口の中に思い切り突っ込んでやった。

番外編　ひねくれ者のアールグレイティー

　佐久間はテキストファイルがきちんと添付されているのを、三回ほど確認したのち、祈るような気持ちでメールの送信ボタンを押した。

　宛先は担当編集者、送信したのは今度出す新作の原稿データだ。自分が脳から絞り出した物語を、他人の元へと送り出す。この瞬間は何度経験しても緊張するものだな、と小さく息をつく。

　送信した直後に、やはりちっとも面白くないのでは、という不安に駆られたが、もうどうしようもない。あとは野となれ山となれ、だ。今は他の締切もないし、担当編集からの返事が返ってくるまでは自由時間である。

　佐久間は身支度を整え、マンションの外に出た。

　時刻は一三時。太陽がやけに眩しく感じられ、まるで日の光を浴びた吸血鬼のようによろめく。ここ最近は締切に追われていたため、外に出るのは久しぶりだ。

　少し外出しないうちに、ずいぶんと季節が冬めいたものだと思う。道行く人々も、厚手のコートやダウンジャケットを身につけている。前回外に出たときは、まだ少し秋らしさが残っていたものだが。

地下鉄に乗り、佐久間が向かったのは、行きつけの紅茶専門店だった。ブランド物の茶葉をデパートで買うこともあるが、佐久間は専門店に出向くことが多い。値段は少々張るものの、質の高い茶葉が取り揃えられており、種類が豊富で、気になる紅茶は試飲もできる。

「いらっしゃいませ」

重いガラス扉を開けると、カウンターに立つ老紳士が会釈をしてきた。この店の店主である。以前に会ったときよりも、こんがりと健康的に日焼けをしていた。彼はありとあらゆる茶葉を買いつけるため、しょっちゅう海外を飛び回っているらしい。

「どうぞ、ご覧ください。試飲したいものがあれば、お申しつけくださいね」

店主は口元の皺を深め、柔らかな笑みを浮かべる。丁寧で親切ではあるが、必要以上に雑談を振ってこないところも、この店の好きなところである。佐久間はあまり社交的な方ではない。

ゆっくりと店内を見て回りながら、紅茶に合わせるお菓子のことを考えていた。佐久間にとっての紅茶とは、甘いものの魅力を引き立てる名脇役なのである。ふと手に取った缶は、ダージリンベースのアールグレイティーだった。

（……そういえば。彼女が作ったアプリコットタルトの中には、アールグレイの茶葉が入っていたな……あれも美味かった）

紅茶を選ぶ佐久間の頭に浮かぶのは、のほほんと笑う隣人の顔だ。泣き虫で危なっかしくて、どことなく頼りない雰囲気があるが、根っこの部分は逞《たくま》しい女だ。先日の元恋人への啖呵《たんか》は、なかなかのものだった。

彼女——糀谷胡桃の製菓の腕は、確かなものである。胡桃が作るものは家庭的でありながら本格的で、どれも素朴で優しい味がする。彼女の父が営んでいた〝ko-jiya〟のDNAを受け継いだ、作り手の丁寧さが感じられるあたたかい焼き菓子だ。胡桃自身は「売り物にするようなものではない」と謙遜しているが、充分にプロとしてやっていけるレベルだと思う。

胡桃が頻繁に部屋に訪れるようになってから、紅茶の消費量が倍近くに増えた。今まで一人で飲んでいたものを、二人で飲むようになったのだから当然だ。彼女はあまり紅茶には詳しくないようだが、いつも佐久間の蘊蓄《うんちく》を興味深げに聞き、美味そうに飲んでいる。癖のあるものも抵抗なく飲んでいるので、あまり好き嫌いはないらしい。

店主に声をかけ、試飲をさせてもらうことにした。アールグレイとは、茶葉にベルガモットの香りをつけたフレーバーティーである。ベルガモットのみならず、オレンジやライムの香りもほのかに感じる。すっきりとした味わいで、彼女の作るお菓子にもきっと合うだろう。クッキーやスコーン、マドレーヌやフィナンシェでもいい。

焼き菓子と紅茶のハーモニーを想像したあと、佐久間は唐突に我に返った。

（どうして当然のように、彼女の作ったものが食べられると思っているんだ）

――わたし今度こそ、とびきり甘い恋をするって心に決めてるんです。だから、覚悟しておいてくださいね。

そう言ってはにかむ胡桃の顔を思い出して、佐久間は下唇を緩く嚙む。

しかし、もし胡桃にまともな恋人が――彼女の作ったお菓子を、美味しいと言って食べてくれる恋人ができたら。彼女自身がかつて言っていたように、佐久間は「お役御免」となるのだろう。

（覚悟しておいてくださいね、というのは……そういう意味か）

まあ、あまり悲観することはない。男を見る目のない彼女のことだ。好きになった男など、きっと碌でもない奴に決まっている。そんなにすぐ、恋人ができるわけではないだろう。

佐久間は結局、アールグレイとセイロンの茶葉を購入した。他にも気になるものはあったが、茶葉の新鮮さを保つため、一度にたくさん買うわけにはいかない。

マンションへの帰り道、地下鉄を途中下車して、お気に入りのパティスリーでリンゴのクランブルケーキを購入した。さっそく、アールグレイティーとともにいただくことにしよう。

まず、水を電気ケトルで沸かし、沸騰寸前の湯で、抽出用のティーポットを温めておく。それから、ティースプーンで正確に量った茶葉を入れ、沸騰した直後の湯を勢いよく注ぐ。砂時計をひっくり返して、砂が落ち切るまでの三分間、じっくり蒸らす。柑橘系の芳しい香りが漂ってくる。三分経ったら、サーブ用のティーポットに、紅茶を注いでいく。ゴールデンドロップと呼ばれる最後の一滴が落ち切るまで、静かに待つ。その時間もまた、優雅で贅沢なものだ。

クランブルケーキをプレートにのせ、アールグレイティーとともにいただく。仕事も終わった、ゆったりとした昼下がりのひととき。お菓子も紅茶も文句なしの美味さだったが、何故だか妙な味気なさを感じた。その理由がどうしてもわからず、佐久間は一人首を捻る。

そのとき、ピンポーン、というインターホンの音が鳴り響いた。佐久間は自分でも驚くほどの勢いで、素早く立ち上がった。足早に玄関に向かい、扉を開ける。

「こんにちは。紅茶のいい匂いがしますね！　また、何か食べてたの？」

そう言って隣人が笑った瞬間に、先ほどまでの味気なさの理由を、おぼろげに理解した気がした。まだ、上手く言語化できるものではないのだが。

「ああ。先ほど、とっておきの茶葉とケーキを購入してきたばかりだ」

「いいなあ。スコーン作ったんですけど、一緒にどうですか？」

「素晴らしい。いただこう」

佐久間は胡桃を迎え入れ、キッチンに立ってティーカップに紅茶を注ぐ。ふわりと漂うベルガモットの香りを嗅いだ胡桃は、「あ！」と嬉しそうに人差し指を立てた。

「そうだ、この匂い」

「なんだ、気に入らなかったか」

「いいえ、好きな匂いです」

胡桃はそう言って、ずいと鼻先をこちらに近付けてくる。思わず一歩引くと、上目遣いにこちらを見上げた胡桃が、ふにゃっと目を細めた。

「佐久間さんの香水、ベルガモットでしょ」

「あ、ああ」

「このあいだ、カフェでアールグレイ飲んだとき。佐久間さんの匂いがするな、って思ったの」

その瞬間、心臓がおかしな音を立てた。

一体なんなんだ、と佐久間は胸を押さえて首を傾げる。半年前に受けた健康診断では、心電図の結果に異常はなかったはずだが。彼女に出逢ってから、自分の変化に戸惑ってばかりいる。

……ただひとつ、わかることは。どんなお菓子でも、一人で食べるよりも彼女と一緒に食べた方が美味い、ということだ。

「このスコーン、自信作なんです！　中に、オレンジピールとチョコチップが入ってるんですよ」

「それは間違いなく、美味いだろうな」

胡桃が差し出してきたスコーンを、佐久間は手に取る。彼女が作ったお菓子を、いつか食べられなくなる日が来るのかもしれないが——それはもう少し、未来《さき》のことであってほしい。

ひとまず今の佐久間は、このお菓子作りが得意で男運のない隣人にしばらく恋人ができませんように、と願うことしかできなかった。

番外編　あまあまメレンゲクッキー

「先生、やっぱりこのキャラをここで退場させるのは、ちょっと早いと思うんです。非常に魅力的なキャラクターですし、もう少し主人公との関わりと気持ちの変化を描写してからの方が、死亡シーンの衝撃が際立つんじゃないかと……」

「断る。舞台装置としての役目は終わっているのだから、この駒は絶対にここで殺しておいた方がいい」

「わからなくもないですけど、もうちょっとエモさに重きを置いてですねえ……」

大和が言い終わらないうちに、佐久間はライターで煙草に火を点けた。これ以上きみの話を聞くつもりはないぞ、というポーズである。

言いかけた言葉を引っ込めた大和は、ティーカップに入った紅茶を一口飲む。もちろん、諦めたわけではない。どのように担当作家を説得するのか、考えているのだ。

佐久間諒という作家は、非常に面倒な性格をしている。才能があることには間違いないのだが、こだわりが強く、簡単に自分の意見を曲げようとはしない。大和の前任である先輩編集者は、佐久間との衝突を繰り返した結果、半年も経たないうちに担当替えとなった。先輩からは「あの作家相手に五年もやってる筑波嶺はすごい」と冗談交じりに言われるが、これぱかりは相性の問題だと思う。

打ち合わせは二〇時から開始したのだが、現在時刻は二三時五〇分。そろそろ日付が変わってしまう。深夜零時から、大和が追いかけているアニメの最終回があるのだ。是非ともリアタイで視聴したかったのだが、おそらく間に合わないだろう。佐久間に頼めば見せてくれるだろうか。このピリピリした雰囲気では、それも難しいか。

そのとき、重苦しい空気を吹き飛ばすように、ピンポーン、というインターホンの音が鳴った。

佐久間はハッとしたように目を見開いて、まだ長い煙草を灰皿に押し付けて消す。

「こんな時間に誰ですかね。僕、出ましょうか」

「……いや、きっと彼女だろう。俺が出る」

佐久間はそう言って、いそいそと玄関へと向かった。彼女、というのは間違いなく隣人である糀谷胡桃のことだろう。こんな時間に来るんですか？　と突っ込みたくなるのを必死で堪える。

「こんばんは、佐久間さん。もしかして、お仕事中だった？」

「ああ、筑波嶺くんが来ている。打ち合わせをしていた」

予想通り。玄関から聞こえてきたのは、胡桃の声だった。こっそり様子を覗《うかが》ってみると、シンプルなパーカーにニットのロングスカートという、部屋着に近いラフな格好をした胡桃が、何かを佐久間に差し出している。

「メレンゲクッキーです！　プリン作ったあと、卵白が余っちゃって。このあいだシフォンケーキ作ったとき、佐久間さん食べたいって言ってたでしょ」

「そういえば、そうだったな」

「プリンは冷蔵庫で冷やしてあるので、明日一緒に食べましょうね！」

「それはいいな。ついでに、午前中のうちに起こしに来てくれ」

「もう、仕方ないですねー。じゃあ、一一時でいいですか？」

漏れ聞こえてくるやりとりは、仲睦まじいカップルそのものである。どうしてこの距離感で、まだくっついていないのだろうか。いや、今すぐくっついてほしいわけではないのだが。

「きみも上がっていくか」

「いえ。邪魔したくないので、今日はやめておきます。それじゃあ佐久間さん、おやすみなさい」

「……ああ、おやすみ」

担当作家の、こんなに優しい「おやすみ」を、大和は初めて聞いた。ここからだと表情は見えないが、きっと穏やかな表情を浮かべているのだろう。ひらひらと手を振る胡桃は、まるで花が咲いたような笑みを佐久間に向けてから、去っていく。

「筑波嶺くん、休憩にしよう。紅茶を淹れ直す」

戻ってきた佐久間は、先ほどまでの不機嫌オーラはどこへやら、鼻歌交じりにキッチンに向かう。担当作家の機嫌が直ったのは喜ばしいことだ。大和は心の中で、可愛らしいお隣さんに感謝した。

「あ、テレビ点けていいですか。観《み》たいアニメがあるんです」

「勝手にしろ」

家主の了承を得て、大和は遠慮なくテレビの電源を入れた。両片想いの主人公とヒロインが結ばれるのか否か、その結末を見届けなければならないのだ。オープニングテーマが流れると同時に、紅茶を淹れた佐久間がダイニングチェアに座った。

楽しみにしていたはずなのに、佐久間と胡桃とのことが気になって、どうにもアニメに集中できない。テレビの向こうのピュアな幼《おさな》馴染《じみ》カップルの行く末も気になるが、三次元の推しカップルの進展具合も大変気になる。まったく贅沢な悩みである。

佐久間は紅茶とともに、メレンゲクッキーののったプレートをテーブルの上に置いた。クッキーは白と薄緑の二色。某有名RPGに登場するスライムのような形状をしており、見た目も可愛らしい。

クッキーを口に放り込んだ佐久間は、口元を綻ばせて満足げに頷いた。

「……うむ。サクサクの食感に、極上の軽い口どけ……抹茶の風味もたまらない。無限に食べられそうだな」

「へー。僕も食べてもいいですか」

「仕方ないな。いいだろう」

お許しが出たので、白い方をひとついただくことにした。羽根のように軽いメレンゲクッキーは、口に入れた瞬間にフワッと消えてなくなってしまう。口の中に残ったのは、優しい甘さだけだ。

「うわ、美味しいです。なんか、深夜に食べても罪悪感薄いですね」

「卵白で作られているから、カロリーは比較的低いかもしれないな。しかしきみは先週、深夜二時にラーメンと餃子《ぎょうざ》を食べていただろう。あれに比べたら全部無罪だ」

「まあ、それもそうか」

「しかし、彼女の作るものは本当に美味いな……」

メレンゲクッキーを食べながら、佐久間がしみじみと呟く。その表情には、お菓子に対するものだけではない甘ったるさが滲んでいる……気がする。

（うーん、これは。間違いなく、何かあったな……）

どうやって探りを入れようかと考えていた、そのとき。テレビの向こうの主人公とヒロインが想いを伝え合い、そっと手と手が重なり合った。高校生の純愛ならではの爽やかさに、涙が出そうになる。オープニング曲のオルゴールアレンジが流れると同時に、大和はうっとりと息を吐いた。

「はあ……やっぱり〝手を繋ぐ〟ってのはいいですよねぇ……」

「……」

「もちろんハグやキスもいいんですけど、それでは得られないピュアな栄養があるといいますか。言葉にできない、二人の恋心が伝わってきますよね！」

大和が言うと、佐久間は自分の左手に目をやった。何かを反芻するかのようにてのひらをじっと見つめたあと、不自然な咳払いをする。

「？　どうしたんですか、先生」

「い、いや。べ、べつに……恋人でなくても、手ぐらい繋ぐだろう」

訊かれてもいないのにそんなことを言って、佐久間はティーカップに口をつける。なんの話ですか、と尋ねようとして、ピンときた。

（これは……まさか？）

長年鍛え上げたラブコメセンサーが、ビビッと反応する。大和は目の前の佐久間の顔をまじまじと見つめ、ストレートに問いかけた。

「……もしかして。僕の知らないあいだに、お隣さんとの手繋ぎイベント消化しちゃいました？」

その瞬間、佐久間が紅茶を吹き出し、盛大に噎《む》せた。驚くほどわかりやすい反応を見せた担当作家に、大和は身を乗り出した。

「ちょっと！　いつのまに！　詳細聞かせてくださいよ！」

「な、何を言ってるんだ、きみは！　意味がわからない！」

「どういうシチュエーションで⁉　どっちから⁉　何があったんですか⁉」

「ああもう、うるさい！　きみは何しに来たんだ！　休憩はもう終わりだ！」

「ああっ」

ラストシーンを見届ける前に、無情にもテレビが消されてしまった。仕方ない。幼馴染カップルのハッピーエンドは、後日配信サイトで観るとしよう。

果たして不器用な担当作家と可愛いお隣さんが、ハッピーエンドを迎える日はいつ訪れるのだろうか。メレンゲクッキーよりも甘いじれじれのラブコメを、できればもう少し観察していたいのだが。

（せめて、あと一クール分ぐらいは楽しませてくださいね）

大和は心の中でそう呟いて、フワフワのメレンゲクッキーを口の中に放り込んだ。

番外編　二六歳のデコレーションケーキ

幼い頃、毎年誕生日になると、父がバースデーケーキを作ってくれた。

父が得意としていたのは、フィナンシェやパウンドケーキなどの素朴な焼き菓子だったけれど、胡桃の誕生日には豪華なデコレーションケーキを作ってくれた。生クリームとフルーツがたっぷりのケーキの上に、「くるみちゃん　おたんじょうびおめでとう」と書いたチョコプレートがのっているのだ。

普段怖い顔で、厳しくお菓子作りの指導をしてくる父に、「くるみちゃん」などと呼ばれたことは一度もない。一体どんな顔をしてこのケーキを作っているのだろうか、と想像すると、おかしくも嬉しかった。

胡桃が就職して一人暮らしを始めてからは、父に誕生日ケーキを作ってもらうこともなくなった。当時付き合っていた元カレは、近所のスーパーでショートケーキを買ってきてくれたけれど、父が作ってくれたケーキの方がうんと美味しかった。当然、そんなことはとても口にはできなかったけれど。

元カレへの未練もすっかり断ち切った、二六歳の誕生日。今年の一一月二五日は、気持ち良い秋晴れの土曜日だった。午前中のうちに目が覚めた胡桃は、カーテンを開けてうーんと伸びをする。

輝く太陽、青い空、白い雲。仕事もない、予定もない。最高の誕生日だ。

せっかくだから、どこかにケーキを買いに行こうか。少し足を延ばして、このあいだお薦めされた、橋の向こうにあるパティスリーに行ってみようかな――そんなことを考えて、はたと思いついた。

（そうだ！　今年は自分で、バースデーケーキ作ってみようかな）

前々からデコレーションケーキに挑戦したいと思っていたのだが、一人でワンホールを消費できるわけもないと、諦めていたのだ。しかし今年は佐久間がいる。彼ならホールのケーキぐらい、ぺろりと平らげてくれるだろう。

もちろん、好きなひとと一緒に誕生日を過ごしたい、という下心もある。

デコレーションケーキ作り欲を満たし、佐久間に喜んでもらえて、好きなひとと一緒に誕生日を過ごせる。まさに一石三鳥の名案を思いついた胡桃は、さっそくケーキ作りに取り掛かった。

まず卵をボウルに入れて溶きほぐし、砂糖とハチミツを加える。湯煎にかけて、人肌になるまでゆっくりかき混ぜる。湯煎から下ろして、今度は高速で泡立てる。白っぽくなり、生地がミキサーからゆらゆら落ちるぐらいになったら、ボウルを回しながら泡立て、生地のキメを整える。ここまでの工程を丁寧に、じっくり時間をかけることが大切だ。

ふるっておいた薄力粉を、全体に散らすように入れて、粉っぽさがなくなるまでゴムベラで混ぜる。しっかり混ざったら、温めておいたバターと牛乳を混ぜ合わせ、生地がつやっぽくなるまでよく混ぜる。生地を型に流し入れ、底を軽く叩いて余分な空気を抜いてから、オーブンで三〇分焼く。

焼き上がったら、型をひっくり返してケーキ台に落とし、粗熱が取れるまで置いておく。生地の上下を切り落としたあと、三枚にスライスして、裏表と側面にシロップを塗る。

底の生地に生クリームを塗り、フルーツをのせる。今回は、旬のイチジクと桃にした。鮮やかなイチゴのデコレーションケーキは見た目も華やかで可愛いけれど、今の時期は手に入りづらいのだ。生クリームとフルーツを交互にのせていき、三枚の生地を積み上げる。

さてここから、ケーキの上部と側面に、綺麗にクリームを塗っていく。いわゆるナッペと呼ばれる工程だ。これが、かなり難しい。ケーキをのせた回転台を回しつつ、パレットナイフでクリームをならしていく。残ったクリームで、デコレーションを行う。絞り袋に生クリームを入れ、側面に沿って、中央に向けて雫形に絞っていく。中央にどっさりイチジクと桃をのせて、最後にミントを飾れば完成だ。

（ハッピーバースデー、わたし！）

完成品を目の前にして、胡桃は一人、パチパチと拍手をする。淡いピンク色のイチジクと桃は控えめで可愛らしく、真っ赤なイチゴとは違う清楚《せいそ》さがある。側面のクリームに少々ムラはあるものの、初めてにしては綺麗にできたと思う。

胡桃はスマホで写真を撮影して、SNSに投稿したあと、隣人の元へ突撃した。まだ寝ているだろうな、と思いつつ、インターホンを押す。しばらくしてから、眠たげな顔の佐久間が現れた。

「……ああ、きみか……」

「おはようございます、佐久間さん！　やっぱり、まだ寝てた？」

「今、きみに起こされたところだ……」

「ケーキ食べられます？　寝起きには重たいかな」

胡桃が皿を持ち上げると、佐久間の瞳がみるみるうちに輝き出した。まじまじとケーキを眺めてから、「イチジクと桃か。いいチョイスだ」と唸る。

「俺を誰だと思っている。寝起きだろうがいつでも余裕だ」

「でしょうね。お邪魔しまーす」

胡桃は遠慮なく部屋に入ると、キッチンに立ってケーキを切り分けた。フルーツがたっぷり入った断面も美しい。佐久間から差し出されたレース模様の白い皿の上にのせると、清楚な愛らしさがさらに際立った。どこにお嫁に出しても恥ずかしくない、立派な淑女《レディ》だ。

「見事なデコレーションだな。シンプルで上品な中にも、華やかさが感じられる」

「でしょ？　とっても可愛くできたんです！」

ダイニングテーブルを拭いて皿を並べると、佐久間は鼻歌を歌いながら、ティーセットを置いた。薔薇《ばら》が描かれた、レトロながらもエレガントなデザインのものだ。

「わ。そのティーセット、初めて見るやつですね。高そう……」

「英国王室御用達《ごようたし》のティーセットだ。初めて自作が重版したときに、奮発して購入した。きみの月収分ぐらいはするだろうから、間違っても割るなよ」

「ヒィッ」

胡桃は思わず一歩退いた。茶器にもこだわりがあるのだろうと思ってはいたが、まさかこれほどとは。ティーカップを受け取る手が、思わず震えてしまう。

「見た目も華やかなデコレーションケーキには、このぐらい豪華なティーセットが相応しいだろう」

佐久間は満足げだが、所詮は素人の作ったケーキである。しかし、豪華絢爛《ごうかけんらん》なティーセットとともに並べられたケーキは、我が子とは思えぬほどの堂々たる風格を漂わせていた。このまま英国王室のお茶会に並べられても、不自然ではないかもしれない。

「甘い香りはスポンジケーキに、ほどよい渋みは生クリームによく合う、ストレートのアッサムだ。紅茶に含まれるタンニンは脂肪分を分解し、口の中をさっぱりとさせてくれる。一口一口を新鮮に楽しめる組み合わせだ」

「へぇ、そうなんだ。じゃあ、いただきまーす」

「いただきます」

胡桃と佐久間は揃って手を合わせる。スポンジとクリーム、フルーツののったフォークを口に運んだ佐久間は、うっとりと恍惚の表情で目を閉じた。

「美味い……このスポンジの食感、まったくパサつきと重さを感じない、奇跡のようなフワフワ感だ。甘すぎずしつこすぎない生クリームと、みずみずしいフルーツとの相性も最高だな。飽きがこず、いくらでも食べられそうだ」

佐久間がケーキを頬張る姿を、胡桃は自分が食べるのも忘れて眺めていた。甘いものを食べるときの幸せそうな顔が、こちらがおなかいっぱいになってしまいそうな食べっぷりが、つらつらと溢れてくる惜しみない賛辞が、胡桃は大好きなのだ。

ニコニコしている胡桃の視線に気付いたのか、佐久間は唐突に仏頂面を取り繕う。じろっとこちらを睨みつけてから、つっけんどんな口調で言った。

「なんだ。こちらを見てばかりいないで、きみも食べたらどうだ」

「食べますよ！　わたしが作ったんだから」

佐久間に促されて、胡桃もケーキを口に運ぶ。フワフワのスポンジに、生クリームとフルーツの優しい甘さが口いっぱいに広がる。佐久間が淹れてくれたアッサムティーも、相性ばっちりだった。

「うん、美味しい！　初めて作ったんですけど、成功してよかったです」

「そういえば、きみが生菓子を作るのは珍しいな。焼き菓子を得意にしているものかと思っていたんだが」

「はい、誕生日なので。デコレーションケーキに挑戦してみようと思って！」

「……は？」

胡桃の言葉に、佐久間は手を止めて目を丸くした。

「……誕生日？　誰のだ？」

「わたしです！　わたし、今日誕生日なんです！　二十六歳になりました！」

パンパカパーン、とセルフで効果音をつけて、一人で拍手をした。佐久間が何も言わないので、パチパチ、という音が虚しく響く。

（あれ？　佐久間さんのことだから、てっきり、「めでたくもない日だが、きみが作ったケーキが食べられるのは悪くないな」とでも、言うと思ったのに……）

佐久間はしばらく固まっていたが、ガタンと音を立てて、勢いよく立ち上がった。

「……なんで、そういう大事なことを先に言わないんだ！」

声を荒らげる佐久間に、胡桃は呆気に取られた。一体彼はどうしたんだろうか。怒られる意味が、さっぱりわからない。

「……言った方が、よかったですか？　どうして？」

胡桃が首を傾げると、佐久間は何故だかたじろいで、視線を彷徨わせた。

「いや、その……こ、心構えが、いろいろとあるだろう」

「それって、もし事前にわかってたら、お祝いしてくれるつもりがあったってこと？」

「まあ、そう……かもしれない」

「へえ！　佐久間さんにも、誰かのお誕生日お祝いしよう、みたいな気持ちあったんですね！」

「きみは、俺のことをなんだと思っているんだ」

佐久間はムスッとふてくされて、ケーキをモグモグ食べている。

「……一応、祝うつもりはあるぞ。普段から、こんなに美味いものを食わせてもらっているんだからな」

「ありがとうございます！　でも、その気持ちだけで充分です！」

遠慮をしたわけではなく、本心からの言葉だった。しかし佐久間は納得がいかないらしく、不満げに腕組みをしている。

「……そういうわけにはいかないだろう。何故きみは自分の誕生日に、自分でケーキを作って、なんの関係もない隣人に振る舞っているんだ」

「わたしがしたいから、してるんです！　日持ちしないんですから、ちゃんと残さず食べてくださいね！」

「言われなくても、そうするが……」

佐久間はトントン、と人差し指でテーブルを叩き始める。最近気付いたのだが、どうやらこれは彼の癖らしい。

「……きみは、何か欲しいものはないのか」

「欲しいもの、かあ……」

言われて初めて、考える。人並みに物欲がある方だと思うが、ブランド物のバッグやアクセサリー、洋服などにはあまり興味がなかった。元カレから貰ったブランド物のブレスレットも、お菓子作りの邪魔になるから、と小物入れにしまったままだ。

胡桃は数分たっぷり考えたのち、ようやく口を開いた。

「じゃあ、ケーキ型」

「……そんなものでいいのか？」

「海外の高級キッチンブランドのものなんかは、結構いいお値段がするんですよ。オシャレで可愛いんです」

胡桃が憧れのブランド名を挙げると、佐久間はスマートフォンを取り出し、何かを打ち込んだ。すいすいと画面をスクロールしたあと、「なるほど」と目を細める。胡桃に向かってスマホ画面を向けると、ぶっきらぼうな口調で言った。

「どれが欲しいんだ」

見ると、繊細なデザインのケーキ型の画像がずらりと並んでいる。胡桃もよく利用している、製菓道具の通販サイトのようだ。

「うーん……じゃあ、これにします」

「本当にこれでいいのか？　せっかく買ってやるんだから、もっと高いものを選べばいいものを」

佐久間は文句を言いつつも、すぐに購入ボタンを押してくれた。どうやら、数日後に届くらしい。ありがたいが、予定外に出費させてしまい、申し訳ない。これではまるで、誕生日プレゼントをねだりに来たみたいだ。

「佐久間さん、すみません……」

「……どうして謝るんだ」

「だって、わたしが勝手に押しかけてきたのに」

もちろん、あわよくば誕生日をお祝いしてもらおう、という気持ちがなかったわけではないけれど。それでも本当に、彼と一緒に美味しくお菓子が食べられれば、それだけでよかったのだ。

胡桃がしゅんとしていると、佐久間は人差し指を伸ばして、パチンと額を弾いてきた。そのまま、びしっと指を突きつけられる。

「いいか。俺はきみに施しをしたわけではなく、下心がある」

「え⁉ し、下心ですか⁉」

いつもの佐久間らしからぬ発言に、胡桃は素っ頓狂な声をあげた。いや、彼に限ってそんなことは。もちろん相手が佐久間ならば、やぶさかではないけれど。でも、まだ付き合ってもいないのにそんなこと……。

胡桃が一人慌てふためいていると、佐久間は呆れた顔で付け加えた。

「何を勘違いしている。あわよくばこのケーキ型を使ってお菓子を作ってもらおう、という下心だ」

「……あ。そ、そっちですか」

胡桃はホッと息をついた。安心したような、ちょっとだけ残念なような。

「とにかく。きみは、少しも気にしなくていいんだ。俺がしたくてしていることだからな。申し訳ないと思うなら、これからもせいぜい、美味いお菓子をたくさん作ってくれ」

佐久間はそう言って、フンと鼻を鳴らした。ずいぶんとひねくれた物言いだが、これが彼なりの優しさだと胡桃は知っている。胡桃が「はぁい」と答えると、彼はホッと安堵したように目元を緩めた。

（……わたし。やっぱりこのひとのこと、好きだな）

大好きなひとが胡桃の作ったお菓子を美味しく食べてくれることが。こうして一緒にいられることが、何より嬉しい。充分すぎるぐらい、素敵な誕生日プレゼントだ。他に望むものなど、何もない。

「ありがとうございます、佐久間さん」

胡桃が微笑むと、佐久間はやや照れたように頬を掻いた。

「しかし……日頃の礼としては、少々安すぎるな」

「そんなことないですよ」

「他に、欲しいものはないのか？」

佐久間の質問に、ほんとに何もいりません、と返そうとして、胡桃は口を噤む。今のままでも充分幸せ、なのは事実だけれど——せっかくの誕生日なのだから、少しぐらいワガママを言っても、許されるかもしれない。

胡桃はにんまり笑って、彼の顔を覗き込んだ。

「じゃあ、胡桃ちゃんお誕生日おめでとう、って言ってください」

ちっとも素直じゃない隣人はそう吐き捨てて、照れ隠しのデコピンをお見舞いしてくる。そのあとで付け加えられた、消え入りそうに小さな「おめでとう」の言葉は、胡桃の耳にしっかりと届いた。

「……馬鹿」

《終》

あとがき

はじめまして！　織島《おりじま》かのこと申します。「おりしま」ではなく「おりじま」と読みます。もしよかったら、名前だけでも覚えて帰ってください！

このたびは、『甘党男子はあまくない　～おとなりさんとのおかしな関係～』を手に取っていただき、誠にありがとうございます！　ちょっと長いタイトルなので、縮めて「甘あま」と呼んでいただけたら嬉しいです。可愛いよね、「甘あま」。

本作は、お菓子作りが得意で男運ゼロのＯＬと、ぶっきらぼうで甘党な小説家の、おとなりさんラブコメです。

もともと「お菓子作りが得意な女の子と、甘党な男の子のお話書きたいな～」程度の構想があったのですが、第八回カクヨムＷｅｂ小説コンテストに参加すべく、いっちょ形にしてみるか！　と書き始めました。

そしてありがたくもライト文芸部門の《大賞》をいただき、こうして書籍化の運びとなりました。誰よりも、私が一番驚いています。胡桃も佐久間も書いていて楽しく、本当に好きなキャラクターなので、こうして日の目を見ることができて嬉しいです。読者の皆様にも、二人を好きになってもらえますように！　ちなみに私が一番お気に入りのキャラは、担当編集の大和くんです。

さて、本作のテーマは「お菓子作り」ですが。お菓子って本当にいいですよね。

私は普段会社勤めをしているのですが、仕事でどうしようもなく落ち込んだときには、甘いものを食べて自分を存分に甘やかすことにしています。どんなに悲しくても悔しくても、美味しいものを食べると、不思議と「ま、しゃあない。もうちょっと頑張ってみるか」って気持ちになれるんですよね。

そうやって自分のご機嫌をとりながら、毎日頑張っている私も、そしてあなたも、とってもえらい！

この作品は、そんな頑張っているひとたちに、少しでも元気を与えられる、お菓子のような存在になれればいいな、と思いながら書きました。よかったら手元にお好きなお菓子と紅茶を用意して、読んでいただけたらとっても幸せです。

本作を書きながら、私もお菓子をたくさん食べました。家の近くの焼き菓子屋さんに行ってみたり、有名なパティスリーのクッキー缶を取り寄せしてみたり、妹に作ってもらったり、ハンドメイドのマルシェに参加してみたり！　どれもとても美味しく、そのお菓子に関わるひとたちに想いを馳《は》せることも、また楽しかったです。

たくさん食べたお菓子はすべて作品の血肉となり、そして私の脂肪となりました。この作品は、私の体重の犠牲のもとに成り立っています。

最後になりましたが、謝辞を。

この本の刊行にご尽力いただいたすべての皆様に、心よりお礼申し上げます。

数ある作品の中から本作を見つけ、選んでくださったメディアワークス文庫の担当様。的確なアドバイスと丁寧なサポートに、いつもものすごく助けられてます！

装画を担当くださった、けーしん様。

Ｗｅｂ掲載時から応援くださった、読者の皆様。

私の受賞を心から祝福してくれて、たくさん励ましてくれた友人たち。

そして、本作のお菓子作りの描写に関して、多大なる協力をしてくれた我が妹。

最後に、この本を手に取ってくださったあなたに。心の底から、ありがとうございます！　これからあなたの元に、たくさんの幸せが訪れますように。

織島かのこ

＜初出＞

本書は、2022 年にカクヨムで実施された「第 8 回カクヨム Web 小説コンテスト」ライト文芸部門で《大賞》を受賞した『甘党男子はあまくない〜おとなりさんとのおかしな関係〜』を加筆・修正したものです。

この物語はフィクションです。実在の人物・団体等とは一切関係ありません。

【読者アンケート実施中】

アンケートプレゼント対象商品をご購入いただきご応募いただいた方から抽選で毎月3名様に「図書カードネットギフト1,000円分」をプレゼント!!

https://kdq.jp/mwb

パスワード

xk7wu

■二次元コードまたはURLよりアクセスし、本書専用のパスワードを入力してご回答ください。

※当選者の発表は賞品の発送をもって代えさせていただきます。 ※アンケートプレゼントにご応募いただける期間は、対象商品の初版(第1刷)発行日より1年間です。 ※アンケートプレゼントは、都合により予告なく中止または内容が変更されることがあります。 ※一部対応していない機種があります。

メディアワークス文庫

甘《あま》党《とう》男《だん》子《し》はあまくない
～おとなりさんとのおかしな関係《かんけい》～

織《おり》島《じま》かのこ

2023年11月25日　初版発行

発行者　山下直久
発行　株式会社KADOKAWA
〒102－8177　東京都千代田区富士見2－13－3
0570-002-301（ナビダイヤル）
装丁者　渡辺宏一（有限会社ニイナナニイゴオ）
印刷　株式会社暁印刷
製本　株式会社暁印刷

※本書の無断複製（コピー、スキャン、デジタル化等）並びに無断複製物の譲渡および配信は、
著作権法上での例外を除き禁じられています。また、本書を代行業者等の第三者に依頼して複製する行為は、
たとえ個人や家庭内での利用であっても一切認められておりません。

●お問い合わせ
https://www.kadokawa.co.jp/（「お問い合わせ」へお進みください）
※内容によっては、お答えできない場合があります。
※サポートは日本国内のみとさせていただきます。
※Japanese text only

※定価はカバーに表示してあります。

© Kanoco Orizima 2023
Printed in Japan
ISBN978-4-04-915300-2 C0193

メディアワークス文庫　https://mwbunko.com/

本書に対するご意見、ご感想をお寄せください。

あて先
〒102-8177　東京都千代田区富士見2-13-3
メディアワークス文庫編集部
「織島かのこ先生」係

無駄に幸せになるのをやめて、こたつでアイス食べます

コイル

一緒に泣いてくれる友達がいるから、明日も大丈夫。

お仕事女子×停滞中主婦の人生を変える二人暮らし。じぶんサイズのハッピーストーリー

仕事ばかりして、生活も恋も後回しにしてきた映像プロデューサーの莉恵子。旦那の裏切りから、幸せだと思っていた結婚生活を、住む場所と共に失った専業主婦の芽依。

「一緒に暮らすなら、一番近くて一番遠い他人になろう。末永く友達でいたいから」そんな誓いを交わして始めた同居生活は、憧れの人との恋、若手シンガーとの交流等とともに色つき始め……。そして、見失った将来に光が差し込む。

これは、頑張りすぎる女子と、頑張るのをやめた女子が、自分らしく生きていく物語。

メディアワークス文庫

わたしの処女をもらってもらったその後。

高岡未来

第6回カクヨムコン
≪恋愛部門≫特別賞受賞作！

　真野美咲、年齢イコール彼氏いない歴更新中のもうすぐ29歳。処女を拗らせた結果、全く覚えがないまま酔った勢いで会社一のイケメン忽那さんと一夜を共にしてしまう⁉

「このまま付き合おう」と言われたものの、何もかもが初めてだらけで戸惑いを隠せない。真剣に迫ってくる忽那さんにだんだんほだされてきたけれど、“初めて”はやっぱり一筋縄ではいかなくて⁉

　第6回カクヨムWeb小説コンテスト恋愛部門《特別賞》受賞の笑って泣けるハッピーラブコメディ！

メディアワークス文庫

大凶ちゃんと太陽くん

#誰かじゃなくて君がいい

星奏なつめ

悪運×強運の凸凹な恋の行方はいかに!?

仏滅の日は会社を休みたい！

不運に愛された大凶体質のOL、暗野静香は超ネガティブ思考。人前でのパフォーマンスは大の苦手……なのに、運悪く四年に一度の大規模な社内コンペを任されてしまう。

絶望する彼女に手を差し伸べたのは、同じ部署の先輩である大陽寺照。笑顔の貴公子と名高い彼は、幸運はじける超ポジティブ男！　性格が真逆の彼に拒否反応を示す静香だったが、彼の笑顔に秘められた理由を知るうちに、だんだんと気持ちが変化してきて――？

メディアワークス文庫

#誰か『いいね!』を押してくれ

星奏なつめ

『チョコレート・コンフュージョン』の
星奏なつめが贈る新時代ラブコメ！

左遷部署に所属し、サエない毎日を送っているアラサーＯＬの小芋菜々美。現実がパッとしないならせめてインスタ界でちやほやされたい！　と思い、インスタグラマーを目指すことに。でも、ドＳ上司の冬真義宗からは「ダサダサ芋子には無理だろ」と一蹴されてしまう。

通勤服でも壊滅的なセンスを誇る菜々美を辛辣に斬り捨てる冬真だったが、実は彼こそが、菜々美が憧れるフォロワー10万人目前の神インスタグラマー「空透」の中の人で――!?

メディアワークス文庫

片想い中の幼なじみと契約結婚してみます。

神戸遥真

大好きな彼と、契約夫婦になりました。(※絶対に恋心はバレちゃだめ)

三十歳にして突如住所不定無職となった朝香。途方に暮れる彼女が憧れの幼なじみ・佑紀から提案されたのは──、

「婚姻届を出して、ぼくの家に住むのはどうかな」

大地主の跡継ぎとして婚約相手を探していた彼との契約結婚だった！

幼い頃に両親を亡くし、大きな屋敷でぽつんと暮らしている佑紀は、地元でも謎多き存在。孤独な彼に笑ってほしくて“愉快な同居人”を目指す朝香だけど、恋心は膨らむ一方で……。

優しい海辺の町で紡がれる、契約夫婦物語！

メディアワークス文庫

怪盗主夫は幸せな家庭を愛している

つるみ犬丸

愛する夫婦の裏稼業は、怪盗と捜査官!?
夫婦リバーシ・コメディ！

料理上手な専業主夫の黄太郎と家計を支えるキャリアウーマンの花恋。べったりとろ甘な新婚夫婦。だけども、お互いに言えないヒミツの顔があって……。

実はこの二人“伝説の大怪盗”とそれを追う“腕利き捜査官”だったのだ！

家をひとたび出れば知らずのうちに敵と敵。

それぞれが思い描くハッピーな未来を守るため、今宵もお互いの正体を知らない夫婦による大捕物が幕を開ける！

二人の幸せな家庭はいったいどうなってしまうのか――!?

メディアワークス文庫

おもしろいこと、あなたから。

電撃大賞

自由奔放で刺激的。そんな作品を募集しています。受賞作品は「電撃文庫」「メディアワークス文庫」「電撃の新文芸」などからデビュー!

上遠野浩平(ブギーポップは笑わない)、
成田良悟(デュラララ!!)、支倉凍砂(狼と香辛料)、
有川 浩(図書館戦争)、川原 礫(ソードアート・オンライン)、
和ヶ原聡司(はたらく魔王さま!)、安里アサト(86—エイティシックス—)、
瘤久保慎司(錆喰いビスコ)、
佐野徹夜(君は月夜に光り輝く)、一条 岬(今夜、世界からこの恋が消えても)など、
常に時代の一線を疾るクリエイターを生み出してきた「電撃大賞」。
新時代を切り開く才能を毎年募集中!!!

おもしろければなんでもありの小説賞です。

- **大賞** …… 正賞+副賞300万円
- **金賞** …… 正賞+副賞100万円
- **銀賞** …… 正賞+副賞50万円
- **メディアワークス文庫賞** …… 正賞+副賞100万円
- **電撃の新文芸賞** …… 正賞+副賞100万円

応募作はWEBで受付中! カクヨムでも応募受付中!

編集部から選評をお送りします!

1次選考以上を通過した人全員に選評をお送りします!

最新情報や詳細は電撃大賞公式ホームページをご覧ください。

https://dengekitaisho.jp/

主催:株式会社KADOKAWA

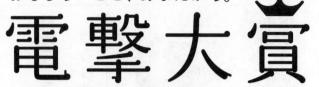